À la mémoire de Jamila, ma mère.
À la mémoire de son père le françaoui, le Français.
À la mémoire de sa mère la chel'ha, la Berbère.

Le Nouvel Attila 127 avenue Parmentier 75011 Paris.www.lenouvelattila.fr

Huriya
Entre les jambes

« Personne ne peut longtemps présenter un visage à la foule et un autre à lui-même sans finir par se demander lequel est le vrai. »

Nathaniel Hawthorne, *La Lettre écarlate.*

Pour Laurence et ses trois merveilles
Alexandre, Romain et Cyril

Pour AbdelJalil. B

Pour la belle Oum Kaltoum et ses princesses
Fatem Ezzahra et Zineb

Pour Louis et Clara

Pour Benoît Virot

PREMIÈRE PARTIE

1

Ça a débuté comme ça n'aurait jamais dû débuter.
Ça a débuté comme ça : « Tiens, le voilà ! Garde-le ! »
Je n'étais pas prêt à entendre ces mots-là.

Mais bon, c'est comme ça. Chez nous, on appelle ça le *mektoub*, la fatalité, le destin. Que sais-je ? J'ai grandi avec cette idée que tout est écrit d'avance. Le *mektoub*, ça veut dire le destin. Nous en avons tous un. Vous aussi, sans doute, je suppose.

Je vous emmène là où tout a commencé ; là où cette histoire prend ses racines. Ici, si vous prononcez le nom d'Allah, personne ne vous dira : « Ce nom ne me dit rien. » Nous sommes en terre musulmane et les terres musulmanes appartiennent à Allah ; l'occident, lui, appartient à Satan.

Marhabann bikoum fi Marrakish ! Bienvenue à Marrakech. C'est ici, dans cette ville aux murs ocres, qu'une femme m'a mis au monde. Cette femme est une putain qui ne s'embarrasse d'aucune morale. Qu'on ne se méprenne pas. Elle ne fait pas ça pour l'argent. Disons, qu'elle fait partie de ces femmes qui ne se contentent pas d'un seul homme. Elle a couché, oh, on ne les compte plus, les hommes ; disons beaucoup. Pour elle, il n'y a aucune différence entre le sperme et la religion. Faut dire qu'elle écarte facilement les cuisses. Ses cuisses, je les connais bien ; c'est par là que je suis passé pour venir ici. Nous passons tous par là.

Un jour, cette femme est tombée enceinte et j'ai commencé à grandir à l'intérieur d'elle. Je ne suis pas resté neuf mois dans son ventre, comme la plupart d'entre vous. Elle m'a expulsé deux mois avant la date, alors que je n'avais pas fait mon choix, je ne savais pas encore si je voulais être un garçon ou une fille. J'ai été pris au dépourvu. Ma mère a poussé et je suis sorti de son ventre avec un peu de sang et beaucoup de haine.

Je suis né dans l'anonymat d'une maison très sale de la médina. Ma mère ne savait plus qui était mon père. Elle avait beau revoir le visage des hommes qui flottait dans ses souvenirs, rien n'y a fait. Impossible de mettre un nom sur celui qui aurait pu être mon père. C'était l'*achouma*, la honte, comme on dit en arabe. Et la honte n'est jamais disserte, elle se tait et il faut la taire. Il a fallu se laver de ce déshonneur en silence. Et me trouver un père, vite, avant que les rumeurs ne commencent à bourdonner. D'après ce qu'on m'en a dit, celle qui m'a mis au monde s'est rendue dans un village très pauvre du sud du Maroc. Elle a choisi un homme au hasard dans un douar près de Mhamid, au seuil du désert. Ma mère et cet homme ont conclu un pacte. C'était un bédoin qui vivait au jour le jour. Il avait à peine de quoi manger ; et encore, pas tous les jours. Il a accepté la proposition. Ma mère l'a fait venir à Marrakech et moyennant finance, il a juré sur le Coran et devant de faux témoins qu'il était mon père. Ensuite, l'homme a pris l'argent du silence et il est rentré dans son village au milieu du désert avec de quoi vivre quelques temps. Ça arrangeait tout le monde.

On a enterré l'affaire. La parole a été muselée. Plus personne n'a revu celui qui est supposé être mon père. Je suis resté avec ma mère, la putain, jusqu'au jour où elle n'a plus voulu de moi. Dire *la putain*, oser dire ça de celle qui vous a mis au monde n'est pas la meilleure des choses à dire. Mais bon, c'est comme ça.

Et puis après tout, on n'écrit pas pour préserver son lecteur.

2

Depuis peu, je m'appelle Moulay Saïd. Avant, je n'avais pas de nom. Un enfant sans père est un enfant sans nom. Je suis né dans le mensonge une nuit du mois d'août dans cette ville sourde et aveugle.

J'aurais préféré naître ailleurs. Mais bon ! On ne choisit pas son sort. C'est comme ça ! Et, chez nous, personne n'ose retrousser les manches contre la volonté de Dieu.

D'après eux, je suis arabe et musulman. Ils ont respecté la *Sunna* et les *hadiths*. Sept jours après ma naissance, ils ont égorgé deux moutons proches en âge, en taille et en poids. Ici, on égorge deux moutons à la naissance d'un garçon ; et seulement un pour une fille. Le sang a coulé de la gorge des moutons. Dès lors, j'ai su que le sang coulera aussi de moi. On a examiné mon entrejambe et on a dit que j'étais un garçon. On a dit qu'Allah est grand. Et on a cousu les bouches avec le fil du silence.

La mère de ma mère est berbère. On l'appelle Salma Bent Ahmed ben Mohamed. Elle est voilée et ne parle que l'arabe.

Elle n'a jamais mis les pieds à l'école. Elle ne sait ni lire, ni écrire. Elle sait seulement déchiffrer l'heure et compter l'argent. Ça, compter l'argent, tous les Marocains savent le faire. C'est ce qu'on apprend en premier. Ici, dès le plus jeune âge, on vous apprend le Coran et à compter l'argent. Beaucoup d'entre nous finissent par compter leur misère.

Celle qui m'a mis au monde est moitié arabe, et presque française. Elle mène une vie à l'encontre des gens d'ici. Elle connait le *Bâh*, l'érotisme dans la tradition arabo-musulmane. Elle connaît l'art de célébrer la chair. Le Prophète, luimême, prêchait le culte de la chair, dit-on.

Nous sommes vendredi. C'est un jour saint de l'islam. Dehors, des accidents de lumière morcèlent la ville rouge. La chaleur coule d'entre les seins des femmes. C'est l'été. C'est toujours l'été, ici. À vrai dire, c'est pire qu'un été. C'est l'enfer qui montre ses humeurs torrides. La canicule s'est abattue sur la ville plus tôt que prévu. Les trottoirs brûlent. La rue est hostile. Marrakech s'évanouit. La moiteur accrédite les paresses mais l'appel à la prière retentit et rappelle les fidèles à leur devoir. C'est l'*al-'asr*, la prière de l'après-midi. C'est une émeute dans la rue. Les fidèles, soumis à Allah, rampent vers les mosquées. Écrasés par le poids de l'Éternel, ils se dépêchent de faire leurs ablutions. Le divin attend. Et on ne fait pas attendre Dieu. Il ne manquerait plus que ça !

Nous passons devant la mosquée *Kasbah*. Sous une parcelle fraîche, on voit une belle ombre que reflète la fourrure d'un oranger. Sous cette ombre, des aveugles et des mendiants se protègent des flaques de lumière. Dieu est Grand ! proclament-ils, l'index orienté vers le ciel. Personne n'en doute.

Personne, sauf ma mère. D'ailleurs, elle et moi, n'allons pas à la mosquée. Maman n'est pas croyante. Elle est tout, sauf ça. Je ne l'ai jamais vue prier. Elle ne se prosterne devant personne. Elle défie cette société profondément conservatrice. Elle se bat contre ce monde arabo-musulman qui déploie son obscurantisme. Elle ne croit à aucun Dieu. Aucune religion n'a su lui mettre la main dessus. Elle est sourde aux paroles des imams et aux répétitifs et assourdissants appels à la prière. Elle laisse Allah à ses tapis de prières et ses mosquées. Ce Juif nommé Jésus, elle le renvoie à ses synagogues, ses églises et ses vitraux. La seule fois où je l'ai entendue faire l'éloge de Dieu, c'est lorsque je l'ai vue se plonger dans les écrits érotiques musulmans du XVe siècle. Elle a toujours aimé lire *Le Jardin parfumé* de l'écrivain érotique Umar ibn Muhamed al-Nefzaoui, qui écrivait : « *Louange à Celui qui créa les femmes minces pour recevoir les assauts impétueux des membres virils.* » Elle aimait aussi cette phrase : « *Elmobeul, celui qui est toujours prêt à faire face. Ce nom est donné au vagin des femmes passionnées par le membre viril. C'est celui qui, non seulement ne se laisse pas intimider par un membre raide et dur, mais même le dégaine et en demande un plus raide encore.* » Elle a fait siennes ces phrases et elle a laissé la morale aux autres. À ceux de chez nous. Le vagin de ma mère est passionné par le membre viril.

Elle ne croit pas au *mektoub*. Son destin, elle a décidé de l'écrire avec le sperme qui s'écoulera des verges, au fur et à mesure de ses rencontres. Elle est là ; elle marche devant moi. Le soleil aime l'ondulation de ses hanches brûlantes. Si elle avait été croyante, on aurait juré que son corps venait tout juste d'être pétri par la main d'Allah, tellement il brille ; tellement elle se confond à la lumière. Les rayons de son visage aveuglent quiconque. Elle est cette fleur que l'on sent, avant même de la voir. Elle est à la disposition de tous ces regards masculins qui coulent sur sa silhouette, et dont on devine par le tissu transparent de la *djellaba*, le contour des hanches. Sa démarche est volontairement provocante. De près comme de loin, les mâles s'enflamment. On ne peut pas dire que ces hommes aient le désir poli, avec leurs yeux frôleurs. Elle est vue, se sait vue, mais passe sans voir. Pourtant, on ne voit qu'elle. Ce genre de privilège, elle le doit à sa beauté qui exténue ceux qui ne cessent de se retourner sur son passage. Indifférente à ses atouts, elle fait tourner bien des têtes. Elle porte sa liberté comme une arrogance. Comme une provocation envers ceux qui veulent voiler les femmes. Ceux qui s'arrangent pour que la femme soit maintenue dans un état servile d'infériorité. Elle se moque du « qu'en dira-t-on ». Elle n'a que faire de la rumeur. Cette rumeur qui, sans faire de bruit, vous suit et, par derrière, pose sa main sur votre épaule pour vous chuchoter : « Tu n'as pas honte de marcher comme ça ? », « Arrête de rouler des fesses ! »

C'est elle, la putain. Celle qui n'a pas honte de rouler des fesses est celle qui m'a mis au monde. Elle fait partie de ces femmes dont les hommes parlent au café en jouant aux cartes ou aux dames. Cette femme n'a pas d'amies. Et pour cause, les femmes ne sont pas folles. Elles tiennent à leur mari. Ma mère est une rivale. Elle pourrait, du jour au lendemain, faire abandonner femme et enfants à un homme. Et c'est déjà arrivé.

Elle a l'air comme ça, mais elle n'est pas comme ça. Elle est pire que ça. N'allez pas croire que c'est une mère comme les autres. Elle est tout, sauf une mère. Avec elle, je n'ai pas eu d'enfance et je n'ai jamais connu le goût du lait maternel. Ma mère n'a pas voulu abimer ses seins. Elle, cette femme qui continue de marcher en se déhanchant, ne fait pas semblant d'être pressée comme les femmes d'ici qui marchent vite et baissent les yeux toute leur vie. Non, ma mère est vraiment pressée. Et elle ne baisse jamais les yeux devant personne. Aucun homme n'a réussi à lui faire baisser le regard. Nous allons chez quelqu'un. Nous entrons dans une maison. Ma mère m'ordonne de m'assoir et d'attendre. Voilà ! Nous sommes chez grand-mère. Les deux femmes se parlent en berbère. Je comprends ce qu'elles disent. Je parle l'arabe et le berbère, le *tachelhït*. Il fait très chaud, ici. Maman est en sueur. Elle enlève sa *djellaba*. En dessous, elle est habillée à l'européenne. Elle porte un chemisier violemment décolleté et une mini-jupe qui ne demande qu'à être soulevée. Chez nous, les *djellabas* cachent bien des choses. Dans la rue, certaines femmes sont nues sous leur *djellaba*. Marrakech est complice. La ville sait se taire.

Quelque chose me dit que ce ne sera pas un jour comme les autres. Grand-mère et maman ne parlent pas. Elles hurlent ! Elles s'emportent ! On dirait une tempête de sable. Elles se disputent à cause de moi.

J'entends : « Tiens, le voilà ! Garde-le ! »

C'est ma mère qui vient de prononcer cette phrase guillotine. Je m'attendais à quelque chose, mais pas à ça. Que ça fasse mal ou pas, maman s'en moque. Elle ne veut plus de moi.

Je suis un bâtard conçu hors la bénédiction de Dieu. C'est maman qui me l'a dit. Elle l'a si souvent répété que j'ai fini par le croire. Peut-être que mon vrai père est musulman ? Ou peut-être Juif ? D'ailleurs, quand elle m'insulte, maman me traite de « nez de juif ». Peut-être, suis-je un bâtard avec un nez de Juif !

Grand-père, lui, est français. Il est réfugié quelque part, à errer et à se perdre dans ses livres, là-bas, dans une chambre de l'autre côté du couloir. C'est là qu'il vit, dans cette obscure thébaïde. Grand-mère et lui font chambre à part, depuis combien de temps ? Oh, depuis toujours. Le Français vit seul dans sa tête avec ses démons.

Il souffre d'une maladie honteuse : il est alcoolique.

Il n'entend pas ce qui se dit. Ou plutôt, il fait semblant de ne pas entendre ce que se disent grand-mère et maman. Il dit que ce sont des mouquères.

Pour comprendre, il faut mettre un pas dans la poussière sale du passé. À y voir de plus près, ils ont eu tort de faire ce qu'ils ont fait. Leur histoire a commencé là où elle aurait dû se terminer. Grand-père a rencontré grand-mère dans le sud du Maroc à l'époque où les forces françaises occupaient l'Afrique du Nord. C'était le protectorat. La France était sûre d'elle-même. Arrogante, elle a imposé sa puissance. C'était une époque rugissante où les Français faisaient ce qu'ils voulaient sous le prétexte d'une « œuvre civilisatrice ». Ces gens-là, on les appelait les colons, n'est-ce pas ? Grand-mère dira plus tard que les Arabes avaient fini par arracher leur liberté et qu'ils n'avaient vraiment pas besoin de Protectorat. Ils avaient Allah pour les protéger. Ça suffisait.

Qu'en est-il dans les faits ? Le rapport de force entre l'opprimant et l'opprimé était virulent. On ne s'est pas laissés faire, dit grand-mère. On voulait notre émancipation et on les a fait souffrir, ces colons. On les a combattus autant qu'on a pu. On en a massacrés. Nous leur avons fait subir la nuit de la Saint-Barthélemy marocaine.

« Comment tu connais ce nom, grand-mère.

— Je l'ai entendu de la bouche du Français. »

Grand-mère m'explique la suite avec beaucoup d'orgueil. Les manifestations tournaient à l'émeute. On a mutilé et achevé des policiers français. Grand-mère est fière que le sang des colons ait coulé. Elle précise que les Marocains n'ont pas manqué de courage. Que des hommes, des femmes et des enfants ont attaqué un poste de police. Les femmes étaient les plus acharnées. Grand-mère décrit ça comme un sanglant exploit. Deux Marocains portaient le tronc nu d'un Français, sans tête ni jambes. Ils passaient avec le tronc au milieu de deux haies parallèles formées par les colonisés. Ensuite, poursuit grand-mère, les Marocains ont pris un autre colon déjà blessé au flanc droit, l'ont arrosé d'essence et y ont mit le feu. Le Français criait « Pitié ! Pitié ! » au milieu des cris de joie de la foule. Ensuite, un Marocain a coupé la tête d'un autre Français et l'a accrochée à un piquet, avant de dépecer son corps. Les enfants ont jeté des pierres sur la tête du colon accrochée au piquet comme si c'était une cible à ne pas rater.

J'ai demandé à grand-père si tout ça a vraiment eu lieu. Il a confirmé ces massacres qui figurent au Journal Officiel de décembre 1956.

« Le pire de ce rapport de force, dit grand-mère, c'est lorsque les colons ont commencé à vouloir imposer leur langue, mais n'ont réussi qu'à installer un français défectueux. Ils nous forçaient à accepter leur français qui n'était, pour nous, qu'une langue illégale. Ils n'ont pas compris que leur langue ne supportait pas notre soleil. Leurs mots ont infesté le prestige de notre belle langue. Les colons ont obtenu un bouquet d'arabe, de berbère et de français, qu'eux-mêmes ne comprenaient pas. On a vu fleurir des magasins, des cafés et des restaurants avec des enseignes en français. Plus le temps passait, plus les colons nous forçaient à accepter leur français qui délavait notre arabe. Ils nous ont fragilisés au lieu de nous aider. Mais Dieu merci, tout ça est terminé. »

Grand-mère m'a raconté son histoire. Elle avait vingt ans de moins que le Français. D'abord, elle a commencé par être sa bonne, sa domestique, sa bonniche, sa servante ; elle a été tout ça, avant de devenir sa femme. Le Français a réussi à prendre le Créateur de vitesse. Une nuit, il est devenu son mari dans un lit, avant de devenir son mari devant Dieu. Ils ont couché ensemble. C'était une nuit de grande chaleur qui a fait tourner les têtes.

Aucun des deux n'a pu résister à la tentation. Ils se sont laissé aller. Ça n'a duré qu'une nuit. Ils n'ont fait ça qu'une fois, une seule, mais une fois a suffi. C'était la fois de trop. Grand-mère a dit que le Français a mis son venin dans son ventre ; et de ce venin qui s'est propagé est née une larve ; une fille qu'elle a appelée Jamila. C'est ma mère. C'était une grossesse coupable hors mariage ; et ça, cette union contre nature, c'était impensable. Il fallait donc se remettre dans le droit chemin et s'unir officiellement. Surtout religieusement. Ils se sont mariés à la va-vite. Le Français a soudoyé les parents de grand-mère. Ça marche comme ça. Il a rempli les poches de deux *adouls* corrompus – notaires – qui, comme le veut la loi islamique, ont été les témoins de cette union. Les lèvres achetées ont distillé le sacrement des mariés. Les *adouls* ont dressé l'acte officiel de mariage avec un peu d'encre et beaucoup d'argent. Seulement, il y avait encore un détail à régler : une Musulmane ne peut épouser un non-Musulman. Qu'à cela ne tienne. Un bakchich supplémentaire, une bonne liasse de billets, a suffi pour que les *adouls* donnent leur bénédiction et attestent que le Français s'était converti à l'islam. C'est ainsi que grand-mère fut consacrée par le mariage au *françoui*. C'est aussi, ce jour-là, que le Français a signé sa perte, sans le savoir.

Les parents de grand-mère étaient complices. C'était pour eux l'occasion de vendre leur fille. Ils ont été largement rétribués pour « services rendus ». Ils ont prétendu que leur fille avait disparu. Et pour cause ! À cette époque-là, il y avait beaucoup de disparitions. Les femmes fuyaient avec les roumis, les mécréants, les non-Musulmans pour fuir la pauvreté. Grand-mère et le Français ont quitté le village sans eau ni électricité. Et sans jamais donner de nouvelles. Seulement, les choses n'allaient pas se passer comme grand-mère l'avait souhaité. Elle n'a jamais réussi à convertir le Français à l'islam. Il restera un mécréant comme on l'appelle. Grand-mère, elle, est une vraie Musulmane. Elle fait ses prières et le ramadan. C'est une vraie croyante, contrairement au Français qui ne croit en rien. Il boit du vin. Il laisse les humains aux humains et s'en prend à Dieu, sans prendre de gants. S'en prendre à Dieu, c'est d'ailleurs sa seule forme d'orgueil. Il n'a pas les mêmes mœurs que nous. Et lorsqu'il a trop bu, il dit que Dieu *n'est que* Dieu, et ce n'est pas la peine d'en faire toute une histoire.

Et moi, je suis figé. Mon cœur a suspendu ses battements. Je ne l'entends plus, mon cœur. Mes doigts glacés sont enlacés derrière mon dos. Mes sandales de cuir tressé sont usées. Ma mère ne s'est jamais occupée de moi et mes vêtements sont troués. Mes cheveux ne sont pas crépus. J'ai de beaux cheveux blonds et longs qui m'arrivent aux épaules. Les traits de mon visage poussiéreux sont fins. Mon visage est couleur coucher de soleil. Mes yeux sont azurés comme le ciel d'ici. J'ai hérité des yeux bleus de mon grand-père, le Français. Je ne ressemble pas à un enfant d'ici. Je ne suis pas comme les autres. Ma différence sera mon destin.

On dit que j'ai un sourire qui rend heureux n'importe qui.

N'importe qui sauf ma mère. J'ai toujours eu peur d'elle. Aujourd'hui, j'ai peur de tout. Peur qu'elle sorte de la chambre. Qu'elle me donne des coups. Je ne connais pas ses raisons, mais elle doit en avoir. Bien sûr, je ne parle pas. J'ai appris à être obéissant. J'écoute ce qu'elles se disent sans s'occuper de l'oreille de l'enfant que je suis.

« Je te l'ai ramené, maintenant garde-le ! Je n'ai pas fait tout ce chemin pour rien. Je viens de loin. Et il ne repartira jamais avec moi.

— Tu ne me laisses pas le choix. Tu es capable de le laisser seul sur le bord d'une route.

— Je ne veux pas de ce monstre ! C'est une créature du *cheïtan*, du diable.

Elle dit ça à cause de ma différence.

— Ne dis pas ça, c'est ton enfant.

— Cet enfant est une erreur. Ce nez de Juif n'est pas à moi.

— Ne crie pas si fort, il va t'entendre.

Rien ne peut la ramener à la raison.

— De toute façon, il ne comprend rien.

— Va-t'en ! Fiche le camp d'ici !

Les deux femmes se vomissent du regard. Et les mots de maman sont sans regrets.

— Je suis jeune, moi ! Je veux profiter de la vie ! Je ne veux pas me sacrifier comme celles de chez nous qui dissimulent leurs gros seins sous les *djellabas* de la honte. Regarde-les, mes seins... ils tiennent tout seuls ! Regarde-les comme ils sont contents, mes seins. Regarde ma peau, elle est tendue ! Regarde-moi bien !!! Je suis cambrée. Mes fesses rendent heureux les hommes. Ce monstre est un accident. Tu comprends ?

— Tu as couché avec tellement d'hommes que tu n'es même pas capable de dire qui est le père de cet enfant. Je ne veux plus te voir ici. Allez va ! Tu n'es qu'une putain. *Ya Latif ! Ya Latif ! Ya Latif !* »

Ya Latif ! Ces mots viennent d'être prononcés trois fois. Ce sont les mots que l'on dit quand le malheur est là. Je crie en direction de ma mère :

« Maman, ne me laisse pas.

— Ne m'appelle pas maman. Je ne suis pas ta mère ! »

Tu as raison. Tu ne m'as jamais donné l'occasion d'être ton enfant. Tu n'as jamais eu l'occasion, non plus, d'être une mère. Grand-mère vient de mettre maman à la porte. Elle me fait avancer et derrière moi, elle jette une poignée de sel comme le veut la tradition, ou plutôt la superstition, pour éloigner les mauvais esprits et conjurer le sort.

Au-dehors, continue de résonner l'appel à la prière. Par

échos divins, les minarets conversent sous l'agrément et le témoignage de Dieu, Sentinelle de la foi. Tous les *mouslimins*, les Musulmans, sont dans les mosquées. Il n'y a pas l'ombre de l'ombre d'un nuage. Les croyants ont beau prier, il ne pleuvra pas. Tout est sec. Sauf mes joues humides de larmes.

Une valise en carton est posée sur le lit. C'est la mienne ! Maman est partie sans me regarder. J'ai couru vers elle. Elle a claqué la porte. Grand-mère m'a pris par la main et m'a demandé si j'avais entendu leur discussion. J'ai dit non. Je n'ai rien entendu. Rien du tout. Je ne veux plus rien entendre.

Puis, je me suis rendu à la fenêtre. J'ai glissé mon visage à travers les grilles en fer forgé. J'ai regardé. J'ai vu maman s'éloigner dans sa *djellaba*. Maman, tu es éclatante. Tu es si belle. Légère et court vêtue sous ta *djellaba*, tu t'en vas à grands pas. Tu cours, maman. Ce n'est pas ta faute si tu aimes les hommes. Non, ce n'est pas ta faute si tu écartes un peu trop vite les cuisses. Tu oses ce que mille autres femmes arabes n'oseraient pas faire.

Tu ne te retournes pas, maman. Un homme t'attend dans une très belle voiture. Cet homme n'est pas de chez nous.

Grand-mère dit : « Encore un résidu de colon… Ils se croient toujours chez eux, ceux-là ! »

Tu t'éloignes, maman. Mes yeux emprisonnent ta silhouette. Une poignée d'instants, je pense, je crois. Une lueur d'espoir me dit que tu vas revenir. Tu vas peut-être changer d'avis. Peut-être m'emmener avec toi et ton colon. Tu n'es pas obligée de lui dire que je suis ton enfant. Tu peux mentir. Tu peux lui raconter n'importe quoi, à ton résidu de colon. De toute façon, il se moque de moi, ce sont tes fesses qui l'intéressent.

Je me suis trompé. Tu ne reviens pas. Ton image s'évapore. La voiture disparaît dans une venelle, laissant derrière elle de la poussière ocre, ton absence et l'eau qui coule encore sur mes joues. Je ne suis pas digne d'être aimé par toi. Tu peux partir maman, ma douleur me protégera de tout.

Tu m'abandonnes dans les bras de ta mère. Ta mère, cette femme que j'appelle *j'da* en arabe et que je n'appellerai jamais grand-mère en français. Elle ne supporte plus que l'on parle français. L'arabe et que l'arabe ; seul idiome autorisé devant elle. Ici, on l'appelle Lalla. Ça veut dire Madame en arabe.

Après le départ de maman, grand-mère me serre dans ses bras.

« *Mar'haba bik*, bienvenue à toi. »

Elle m'embrasse et dit : « Tu seras l'homme de cette maison, *inch'Allah*. Tu es de la race des élus. On t'appellera Moulay Saïd, en signe de respect pour ton Ancêtre le Prophète. »

Désormais, je dois répondre au nom de Moulay Saïd ; avec cette particule nobiliaire *Moulay*, qui précède le nom des Saints. Grand-mère a fait égorger un autre mouton ; on a dit que je serais respecté et j'aurais le pouvoir d'intercéder auprès d'Allah, le Tout Puissant, *inch'Allah*.

Toutes les phrases de grand-mère sont ponctuées par des *Inch'Allah*, dont je n'ai que faire. Moi, c'est autre chose qui m'intéresse :

« Pourquoi elle est partie ? je demande.

— De qui parles-tu ?

— Je parle de maman.

— Oublie cette femme ! Ce n'est pas une mère. Elle écarte les cuisses au premier venu. »

Je suis dans une mauvaise histoire !

C'est le *mektoub*, comme on dit ici.

3

Grand-mère enfile sa *djellaba*. Elle me tient de sa main gauche lourdement baguée et m'emmène au hammam. Elle porte un voile qui, à partir du nez, cache tout le bas de son visage. On ne voit d'elle que les yeux. Le tissu l'enveloppe de partout. Il n'est pas convenable de se montrer autrement, quand on est, comme elle, une femme respectablement musulmane.

Avec ironie, elle dit qu'elle est une vraie Fatma. « C'est comme ça que les colonisateurs appelaient les filles de ma tribu, nous étions leurs *Fatmas*. » Grand-mère n'a rien à voir avec ces Européennes, légèrement vêtues ; ces femmes un peu trop libres à son goût qui montrent d'elles ce qu'il faut pour rendre le diable heureux. D'ailleurs, dans la rue qui nous mène au hammam, on croise une Française. Grand-mère pince ses narines.

« Pourquoi tu te bouches le nez ? je lui demande.

— À cause de cette chienne qui a l'odeur du péché.

— Ça sent comment le péché ?

— Ça sent le sperme. »

Grand-mère détourne le regard et dit en soupirant :

« Regarde-là, cette salope, comme elle est habillée. On voit tout !

— On voit quoi ?

— La touffe entre ses cuisses. »

Tfou ! Tfou ! Elle crache par terre.

« Elles ont le feu aux fesses, ces putes. On dirait qu'elles ne portent rien. Elles ne pensent qu'à baiser.

— Et toi, pourquoi tu portes le voile ?

— Chez nous, la femme est voilée ; c'est comme ça, c'est tout. Le sexe, c'est l'occident... nous, c'est la religion ! »

Mon innocence me donne le droit d'aller au hammam des femmes. Je suis encore pur, comme on dit. Pour l'instant, je ne sais pas grand-chose des « secrets des femmes ». Je ne connais rien des menstrues, ni du sperme dont parle grand-mère. Je ne sais pas d'où sortent les enfants et encore moins comment on les fait. Ici, par pudeur, on évite de parler de ces choses-là. Je ne connais pas tout ça, mais j'apprendrai vite.

Au hammam, dans la salle la moins chaude, je suis assis par terre, près de grand-mère. Je suis nu et j'ai les cuisses étendues et écartées. Grand-mère fronce les sourcils.

« Resserre tes cuisses, me dit-elle.

— Pourquoi ?

— Pour que personne ne voit ce que tu as entre les jambes.

— Comment ça ?

— Il y a quelque chose que personne ne doit voir. C'est ton *sirr*, ton secret. »

Elle regarde autour d'elle, et susurre à mon oreille : « Disons que Dieu a voulu que tu sois un peu différent. »

Un peu différent ! Elle n'en dira pas plus. Elle préfère me laver et frotter ma peau. Elle me nettoie des péchés de maman. De cette putain qui écarte les cuisses, comme elle dit. Elle voit des bleus. Ce sont des traces de coups. Grand-mère comprend.

« Ce sont des blessures superficielles. Ça s'effacera avec le temps » dit-elle. Ce n'est pas sûr !

« Oh, la jolie petite fille ! disent les amies de grand-mère, en parlant de moi.

— C'est un garçon ! » réplique grand-mère, les babines retroussées.

Nous sortons du hammam et nous allons au souk. Grand-mère m'achète de nouveaux habits en proposant le prix le plus timide possible. Elle marchande jusqu'aux larmes. Tout le monde marchande. C'est une honte de ne pas marchander. Les Marocains sont capables de marchander à l'entrée du paradis une place à la droite de Dieu. Grand-mère me regarde dans mes habits neufs. En *djellaba* blanche et babouches jaunes, elle dit que je ressemble à ceux de son peuple.

« Mon Dieu ! s'exclame-t-elle. Un vrai petit Musulman ! »

Elle se trompe. Je suis tout sauf un vrai petit Musulman.

Nous allons au *mellah*. C'est le quartier des bijoutiers juifs séfarades. Comme la plupart des Marocaines, grand-mère est superstitieuse. Elle m'achète une *khamsa* d'or chez un maître-bijoutier. C'est la main de Fatima avec ses cinq doigts. C'est une protection qui éloigne l'*aïn*, qui conjure le mauvais œil. Le chiffre cinq est réputé bénéfique, de là l'expression, et je traduis de l'Arabe : « Cinq sur tes yeux pour aveugler ton mauvais regard. » Grand-mère marchande, deux fois plutôt qu'une, avant d'accrocher le bijou à mon cou. Elle ne paie rien. Elle dit que son mari, le Français, passera payer, comme d'habitude. « Oui Lalla, comme d'habitude », lui répond-on. Tout le monde connait grand-mère. Une parole, c'est une parole. Et si c'est une parole de Musulman, alors, c'est encore mieux. Et on fait « comme d'habitude ! »

Au sortir du *mellah*, je demande à grand-mère pourquoi elle n'a pas payé. Elle dit que c'est toujours le *mécréant* qui paie. C'est son mari et elle l'appelle le mécréant. Je ne l'ai jamais entendue l'appeler par son prénom. Elle l'appelle aussi le *roumi*, le *nassrani*, l'étranger. Pourtant elle partage sa vie avec ce mécréant, qui, selon elle, brûlera pire que dans le feu. Elle parle de lui avec des mots durs, pour ne pas dire dégradants. Chaque occasion est bonne pour l'humilier. Et pour ce qu'elle vient d'acheter, j'apprendrai plus tard qu'elle a un accord avec les commerçants. Je comprends alors ce que veut dire le « comme d'habitude ! » Elle est complice avec ces escrocs. Ils ont signé un pacte tordu, une espèce d'alliance muette entre Arabes contre le Français, qui n'y voit que du feu. Un feu dans lequel il va brûler. Lorsqu'il passe payer, les commerçants de mèche avec grand-mère lui font payer au moins le double du prix. Le Français paie sans rechigner. Le lendemain, grand-mère va voir les commerçants et touche sa commission en espèces. Ça fait des années qu'elle s'adonne à ce commerce de singes. Ça fait longtemps que le Français paie sans s'apercevoir de rien, ou fait mine de ne rien voir.

Vous excellez dans l'art de mentir et vous savez tirer profit de vos mensonges. Vous êtes capables de nier vos péchés devant Allah. De dire que ce n'est pas vous, c'est la voisine.

Grand-mère dit qu'elle n'est pas avec le Français par amour. Elle n'a pas honte d'avouer qu'elle n'est avec lui que pour son argent. Bien sûr, ils ne font pas l'amour. Elle dit qu'elle a mis le Français en quarantaine. Tant de choses les séparent depuis l'unique fois où il s'est glissé dans ses draps. Elle lui avait donné son corps ; et puis, plus rien d'autre après. Elle ne veut plus se donner à un ennemi d'Allah. Même en étant payée très cher, elle ne se laisserait plus toucher par lui. D'ailleurs, l'accès à sa chambre lui est formellement interdit. Et la chambre est fermée à double tour.

Pour rien au monde, elle ne coucherait encore avec celui qui est né sans Dieu et mourra sans Dieu.

4

Tu n'es vraiment pas à plaindre, grand-mère. Tu as tout ce que tu veux. Il suffit que tu claques des doigts pour que le Français s'agenouille. Tu as même une bonne. Tu ne la considères pas comme un être humain, mais comme une bonne. Elle s'appelle Aïcha. Elle n'a ni père, ni mère. Elle a été vendue à cinq ans pour une bouchée de pain par un oncle peu scrupuleux et heureux de s'en débarrasser, qui prétendait avoir du mal à gérer sa misère. Une bouche de moins à nourrir, c'est un fardeau de moins. L'oncle a empoché quelques dirhams et il n'a plus jamais demandé de nouvelles de la pauvre Aïcha. Que pouvait-il bien faire d'une femelle vouée à la reproduction ? Une fille, sitôt née, est sitôt mise dans les tiroirs du mépris. Chaque naissance d'une fille est une douleur, un enterrement. À la rigueur, un garçon, bon, il aurait pu s'arranger avec le destin. Mieux vaut ne pas naître femme, dans ce pays. Même pour l'héritage, une femme ne reçoit que la moitié de ce que reçoivent ses frères. Ici, chaque femme est accusée d'être femme. Chaque femme est accusée tout court.

« Le sort est vicieux », dit Aïcha. Ses parents lui ont infligé la vie, et maintenant, il faut qu'elle se débrouille avec ce destin qu'on lui a mis sur le dos. Elle a été doublement condamnée : elle est née pauvre d'une part, et femme d'autre part, la pauvre Aïcha. Pauvre, ça va encore ; femme, c'est une autre histoire. Dans son village, elle a entendu des hommes menacer violemment leur femme. Elle sait que l'esprit des hommes arabes n'a pas encore été complétement lavé de la *Jähiliyya*, la période d'ignorance d'avant l'Islam. Cette époque obscure où avoir une fille était un déshonneur. Ces temps où les Arabes étaient connus pour enterrer les filles vivantes.

Ainsi donc, Aïcha, tu as fui ; enfin, tu as cru fuir la misère. Ne savais-tu pas qu'elle est partout, la misère ? Elle est banale, chez nous. Mais est-ce parce que la misère est banale qu'il faut la taire ? Ne faut-il pas s'indigner lorsqu'on voit ce que l'on voit ? Comme ceux-là, là-bas, dehors. De quoi parlons-nous ? On parle des enfants de la rue. *Oulad al zanka*, comme on les appelle. Ils sont rentrés dans la vie par la mauvaise porte. Le Maroc en grouille, de ces enfants-là, qui errent dans les décharges à la recherche du cuivre des fils électriques qu'ils pourraient revendre. Leurs habits sont des haillons qu'ils ont trouvés dans les poubelles des quartiers bourgeois. On voit les poux sauter sur leur tête. Ils ne cessent de se gratter. Quel âge ont-ils ? Le plus jeune vous dira cinq ans. Chacun de ces enfants porte une histoire mais aucun n'est capable de la raconter. Ce qu'ils savent, c'est qu'ils finissent tous dans la même histoire. Celle qu'écrira la rue qui les a engloutis. Ils vivent en bandes. Il vaut mieux ne pas être seul quand on vit dehors. *Zanka*, la rue, est dangereuse. Ils sont humains mais à peine humains, ces enfants ! Leur visage est marqué. Ils ont des cicatrices partout. Certains sont édentés. On dirait des vieillards. Leur mine accentue leur vieillesse ; il y a des visages qui vieillissent avant l'heure. Ça existe des enfants vieux. Ce n'est pas beau un vieillard de cinq ans. Depuis combien de temps vivent-ils dehors ? D'aussi loin qu'ils pataugent dans leurs souvenirs, ils n'ont connu que ça. Ils sont nés dehors et ont grandi sur le même tas de pourriture. Chaque jour, les rues se noircissent un peu plus de ces résidus humains, qu'on toise du regard. Chacun de nous aime être nommé par son nom ; eux c'est différent : « Hé toi, là-bas ! » C'est comme cela qu'on s'adresse à eux.

Si vous demandez à l'un de ces enfants : « D'où viens-tu ? » la réponse sera : « Je ne sais plus. »

« Qui es-tu ? »

Les yeux révulsés : « Personne ! Je suis personne ! Laisse-moi tranquille. »

C'est tout ce qu'ils savent d'eux-mêmes : Ils sont *personne* !

Et à ceux qui demanderont des nouvelles de ces enfants, on dira : « On ignore ce qu'ils sont devenus. » Les sans-noms seront « partis-sans-laisser-d'adresse ! » Il leur restait la mort comme refuge.

Je reviens à toi, Aïcha. Toi, la négresse blanche. Tu fais figure de privilégiée. Tu n'es pas à la rue, toi ; comme ces crève-lafaim. À longueur de journée, on te répète que tu es mieux lotie que ces va-nu-pieds. Contrairement à tous ceux qui vivent au rabais, tu as eu de la chance dans ton malheur. Du moins, c'est ce qu'on t'a fait croire. Tu as été recueillie par un « cœur clément ». Ce cœur, c'est celui de grand-mère. Un cœur pas si clément que ça, comme l'avenir te le dira. Je te demande ton âge. Tu ne t'en souviens pas, non plus ; tu es comme les enfants de la rue. Tu dis que le temps a ébréché ta mémoire. Le jour de ta naissance n'est consigné nulle part. Ton nom ne figure sur aucun acte d'état civil. On a dû oublier de te déclarer. Tu dis que tu es une empreinte née au bord d'un layon. Tu as bourgeonné, il n'y a pas longtemps. Au fait, quel âge as-tu ? Treize ans, peut-être ; ça doit être ça, puisque tu as déjà tes règles. Je t'ai vue mettre des morceaux de vieux draps déchirés entre tes cuisses. Dis-moi pourquoi on t'appelle la négresse blanche ? Est-ce à cause de ton visage blanc, de tes pieds et de tes mains noirs ? Le reste de ton corps, je ne l'ai pas vu. Enfin, pas encore. Soyons francs.

Grand-mère t'ordonne : « Toi là-bas ! Apporte-nous du thé ! »

Grand-mère aime donner des ordres. Ça, elle sait faire ; elle est faite pour ça. D'autres, eux, sont fait pour obéir. Aïcha fait partie de ceux qui obéissent. Obéir, elle a ça dans le sang. La négresse blanche apparaît. Elle sait qu'un esclave ne doit jamais contrarier son maître. Sa soumission est une forme de liberté. Elle ramène ce qu'on lui a demandé. On dirait qu'elle vient de se rouler dans la poussière. Elle a l'air d'une folle. Des bonnes comme elle, des Aïcha, ce n'est pas ce qui manque, ici, au Maroc. Elles ont été vendues comme du vulgaire bétail. Combien d'entre-elles se font violer derrière les hauts murs d'enceinte muets, sans jamais oser briser le silence ? Sans jamais dénoncer ? Elles se font avorter clandestinement, à la va-vite, par une supposée sage-femme, dans un endroit obscur avec tous les risques d'infections que cela suppose. D'autres se donnent la mort, même si l'islam interdit le suicide. Dans le meilleur des cas, le violeur épouse la violée. Et le meilleur des cas est en réalité le pire des cas. Elle sera mariée de force. On étouffera l'affaire. Mariées de force, c'est aussi mourir avant l'heure. Autant se suicider, finalement. Ces filles, à peine sorties de l'adolescence, ne comprennent pas ce qui leur arrive. Elles trouvent ça normal. C'est le *mektoub*. Personne ne peut échapper à son destin, disent-elles. Comme personne ne peut échapper au pouls de son cœur.

Grand-mère approche son visage de moi.

« Maintenant, allons voir le *françaoui*, le Français, dit-elle. Viens, suis-moi.

— C'est qui le *françaoui* ?

— C'est le diable !

— Tu vis avec le diable ?

— Oui... c'est ton grand-père. Il est français, ce maudit !

— Qu'est-ce qu'ils ont les Français ?

— Disons qu'ils ne sont pas comme nous. »

Je te suis. Tu me dis de ne pas toucher le *françaoui*. Il fait commerce avec Satan. Sa main a serré celle du Diable et depuis sa peau est imprégnée par l'odeur de Satan. Nous traversons le long couloir qui vous sépare. Au début, je croyais que vous étiez en froid. Je me suis dit que l'usure avait un peu flétri votre couple. Que ça allait s'arranger. Rien n'est moins sûr. La preuve ! Tant d'années passées à vous éviter. Peut-être eût-il mieux valu ne jamais vous croiser. Cette affaire à deux, la vôtre d'affaire, ce n'est pas de l'amour. Toi grand-mère, tu portes un caftan et des babouches brodées. Ton visage est envahi de tatouages bleus comme le font les femmes berbères. Tu en as sur le front, les mains, les joues et le menton. Partout ! Et lui... il boit !

Il est où ce Diable avec lequel tu vis ? Le voilà justement, le *françaoui*, comme on l'appelle. C'est lui, là, derrière ces sillons qui fossilisent son visage. C'est lui mon grand-père, ce vieil homme assis sur un *cateri*, ce sofa arabe. Que lui a-t-on fait pour en arriver là ? Dis-moi, que t'est-il arrivé ? Tu as vieilli quand ? As-tu toujours été vieux ou as-tu vieilli en un jour, sans t'en apercevoir ? Le jour où tu as épousé cette femme arabe, là, devant toi ? Et qui a de la haine dans le regard.

Le *françaoui* tient un livre entre les mains et ses yeux sont cloués sur une page. Il ressemble à un personnage qu'on trouve dans les livres ; une personne que l'on croise rôdant entre les pages. Comment le décrire ? C'est un homme à l'arrière-saison de sa vie. Sa peau ressemble à des vagues ridées par le vent. Ses mains maigres et tremblantes sont cordées de veines noirâtres. Il a la chevelure argentée, de cette couleur qui rend les hommes respectables. Il ne nous a pas entendus venir. Il n'entend pas bien. Non, ce n'est pas ça. Il a décidé ne plus entendre. Il est là sans être là. C'est comme s'il était mort. C'est une forme de mort ce qu'il vit là. Ce n'est pas grand-mère qui s'en plaindra. C'est elle qui l'a tué. Et enterré vivant.

Seulement, elle estime qu'elle ne l'a pas suffisamment tué. Elle s'approche de lui et le fusille du regard avant de le secouer de la voix. En me désignant des yeux, elle lui demande en arabe : « Tu le reconnais ? »

Il a une écoute flottante. Il redresse la tête. Une larme s'échappe de son regard fatigué. Elle est sortie toute seule, cette larme. Son visage a l'air d'être travaillé par un *mektoub* mal intentionné. De quoi parle grand-mère, se demande le Français ? Elle parle du passé. Mais s'en souvient-il, seulement ? Il semble dans l'embarras face à ce passé enclos quelque part.

« Alors, tu ne réponds pas ? questionne grand-mère.

— Qui est donc cet enfant ? » demande grand-père, qui doute de ses souvenirs.

Il a beau se promener dans sa mémoire, rien n'y fait. Le lointain refuse de ressusciter.

« Aurais-tu égaré ton passé ? Rappelle-toi.

— De quoi veux-tu que je me souvienne ?

— Je vais t'aider à chercher dans la décharge de ton passé.

— Je ne me souviens de rien.

— Moi si !... Je me souviens de tout. C'est l'enfant de ta fille Jamila. Veux-tu que je dénoue le passé ?

— J'ai une fille, moi ? Jamila, dis-tu ? »

Tout présageait qu'entre ces deux-là, ce serait une histoire qui irait au-delà du simple désaccord. C'est mal engagé. Deux haines qui s'opposent, voilà ce que je vois. Vont-ils se haïr jusqu'à la tombe ? Grand-mère dit : « Dieu traînera le Français par les pieds jusqu'aux enfers. Comme tous ces incroyants qui ont transporté leurs mœurs pour les déverser chez nous et nous dévoyer. Que le diable emporte ces moins-que-rien rongés par l'alcool ! Tous pareils, pas un pour relever l'autre. Les tombes des mécréants s'ouvrent les unes après les autres. Les Français ont colonisé le Maroc et ont corrompu nos âmes vertueuses. Ils nous ont ramené la décadence des mœurs de l'occident. La géhenne pour ces gens-là, ajoute-t-elle, en se signant pour que son vœu se réalise.

— Comment sais-tu qu'ils iront en enfer ? je lui demande.

— Les femmes arabes ont un instinct céleste. Notre intuition est plus perçante que notre vue. »

Il faut les voir, ces deux-là ! Grand-mère parle en arabe. Grand-père répond en français. Chacun se réfugie dans sa langue. Personne ne veut parler la langue de l'ennemi. C'est la guerre des langues. Cherchant à échapper à une situation périlleuse, le *françaoui* fait gentiment signe à grand-mère de baisser le ton. Il tente de mettre la poussière sous le tapis. En vérité, il fuit l'affrontement.

« Ne parlons plus du passé, dit-il, en enveloppant sa parole dans du coton. On ne va pas laver le linge sale devant tout le monde. »

Grand-mère, une main sur la hanche, ne tient pas compte

de ce qu'il dit. Elle soulève le tapis justement, prend la poussière dans sa main et la lui jette au visage.

« Ne crois-tu pas que tu me dois quelque chose », dit-elle, en caressant insidieusement son bas-ventre ?

On sent qu'après les mots, ils ne vont pas tarder à se battre. Le Français comprend mais préfère ne pas donner le change. Il ne veut pas offusquer l'orgueil de grand-mère. Ce n'est pas le moment de remuer le couteau dans la plaie. Ce qui est fait est fait !

Masquée derrière un langage énigmatique, grand-mère poursuit : « Et mon honneur déchu ? »

Voilà qu'elle parle d'honneur.

« Tu y as pensé à mon honneur ? Veux-tu que je te recouvre de honte devant tout le monde ? »

Rien ne fait reculer grand-mère. Le vieil homme tente de changer de conversation. Il demande à la bonne de lui ramener une bouteille de vin. Le regard ailleurs, Aïcha ne bouge pas. Elle s'est laissé distraire par la voix des hommes, là-bas, derrière la fenêtre, dans la rue. Elle a l'air d'une jeune fille éteinte. Grand-mère interrompt brusquement sa rêverie.

« Qu'est-ce que tu attends, espèce de négresse ? Va chercher le vin au mécréant. »

Dressée pour obéir, acceptant tout par avance, la négresse trébuche sur la table et les mots ; elle répond : « Tout... tout de suite... La... Lalla ! C'est... comme si... si... si c'était fait. »

Transpirant la terreur, la négresse disparaît.

« Et recoiffe-toi, on dirait une folle qui s'est enfuie d'une tombe ! » ajoute grand-mère.

Aïcha revient plus vite qu'elle n'est partie, en tentant de remettre de l'ordre dans sa masse de cheveux rebelles. Elle sert d'abord du thé à grand-mère, qui la déchire des yeux lorsque qu'elle pose la bouteille de vin devant grand-père. Elle disparaît aussitôt à la cuisine. Mais reste à l'affût, les deux oreilles dressées et l'œil aux aguets, prête à réapparaître au moindre claquement de doigts de sa maîtresse. Elle attend des jours meilleurs. Une demande en mariage la sortirait de là.

Sa bouche ne parle pas ; mais son corps parle pour elle. Elle a un atout : ses formes lui permettent d'espérer un avenir radieux. Elle n'a pas à rougir de ses seins et ses hanches révoltés qui réclament un homme. Des désirs coulent de sa fente muette. Personne ne peut passer près d'elle, sans voir l'affront de ses entrailles. Elle attend le démurge qui métamorphoserait son corps. Elle brûle de l'intérieur. Mais elle a une idée en tête, Aïcha. À son âge, dans son village, les filles sont déjà mariées alors que leur odeur est encore celle d'une herbe fraichement coupée. Aïcha, elle, préfère attendre. Elle a une maturité et une patience qui ne sont pas de son âge. Elle ne veut pas brader sa virginité.

Au milieu de la table basse en bois sculptée de lettres calligraphiées au nom d'Allah, trône une fiasque en argent près d'une aiguière d'eau. Le *françaoui* préfère se servir lui-même son vin rouge. Ses gestes sont pleins de tact. Il ne veut pas que la bonne touche à ça. Elle est musulmane et le vin n'est pas licite. C'est *ah'ram*. C'est péché, le vin. Il est plein d'égards et respectueux de la religion des autres, le Français. Il sait qu'il n'est pas chez lui, ici, au Maroc. C'est un étranger, on le lui a assez répété. Il se sert un verre. Grand-mère le regarde avec dégoût. Ses yeux se chargent de dire ce qu'elle pense de lui. Parfois, le regard est plus puissant que la parole. D'un coup, elle se lève et prétexte être impure. « Je me sens sale, dit-elle. Ça coule entre mes cuisses. » Elle est fière d'avoir ses règles à son âge et elle le fait savoir. À chaque fois qu'elle parle avec grand-père, elle éprouve le besoin de se faire propre. Elle se dit plus salie par le regard du Français que par ses règles. Elle s'en va faire ses ablutions pour se purifier. Ne serais-tu pas souillée par autre chose, grand-mère ?

Nous n'avons pas de salle de bain. Grand-père se lave dans la cuisine, dans une grande bassine en plastique, dans laquelle il met de l'eau chaude. Grand-mère, elle, s'en va au hammam deux fois par semaine. Ne cherche-t-elle pas à donner bonne foi au péché à force de se purifier au hammam ? Elle s'est organisé une double vie en toute tranquillité. Les voisins se sont habitués à le voir, son amant, assis dans les escaliers à attendre. Qu'attend-t-il ? Il attend que le *françaoui* s'endorme pour rejoindre grand-mère. Où l'a-t-elle trouvé, celui-là ? C'est un Arabe comme elle, dit-elle. Il est du même sang. Elle lui prépare à manger et il mange dans les escaliers. Puis, quand grand-père dort, elle le fait rentrer et ils s'enferment dans la chambre. Ils ont du feu dans le sang. Ils font ce qu'ils ont à faire. Grand-mère me dit de surveiller. Tu peux prendre tout ton temps pour faire ce que tu as à faire. Le *françaoui* ne se réveillera pas. Il ne te surprendra pas. Il dort du sommeil de l'alcoolique.

À chaque fois qu'on entend le *muezzin* du haut de son minaret, grand-mère court dans sa chambre pour faire sa prière. Elle se cache derrière la religion pour cacher ce qu'elle veut cacher. Mais la religion n'est pas assez vaste pour tout cacher. Grand-mère, tu ne cesses de dire que Allah est grand. Tu n'as que ce mot à la bouche. Allah par ci, Allah par là. Dieu n'aime pas qu'on le colle. Mais pour qui prends-tu Dieu ? Ne crois-tu pas qu'Il voit ce que tu fais avec l'*autre* ? Tu dis aimer Dieu ; mais Lui, t'aime-t'Il ?

Pendant que grand-mère fait ses ablutions pour se purifier, moi, je suis assis en face du *françaoui*. C'est donc chez cet homme, qui n'est pas de chez nous, que je vais vivre ! Il suffit de fixer son visage lacéré de rides pour comprendre qu'il vient de loin. Il n'a pas de *zebiba*, cette marque sur le front due à la friction du front et du tapis de prière. Il n'a rien à voir avec l'islam, lui. Il boit ouvertement du vin. Il ne fait pas comme certains faux Musulmans, car il y en a, qui se cachent pour boire. J'en ai vu se rendre à la mosquée, l'haleine débordante d'alcool. J'en ai vu d'autres vomir leur vin dans des ruelles sombres. J'en ai vu encore, masquant leur goût pour l'alcool par la théologie, marcher avec le tapis de prière sous l'aisselle et une bouteille dissimulée dans le tapis. J'ai vu ça !

Mais je n'ai pas vu de Coran dans la chambre du Français. Pas de tapis de prière, pas de chapelet. Rien de religieux chez lui. Il me sourit et je comprends que même un sourire peut être douloureux. Heureux, je comprends très vite qu'il ne le sera jamais. Un geste m'échappe. Je pose ma main sur la sienne. Grand-mère qui est déjà revenue me lance un regard qui veut dire que je lui ai désobéi. Elle m'avait dit de me tenir à l'écart de cet homme-là. J'avais oublié que sa peau était imprégnée par l'odeur de Satan.

Le *françaoui* a beau égrener les années, voyager dans ses souvenirs, écarter sa mémoire et fouiller des deux mains, il ne trouve rien. Ça refuse de sortir. Rien ne veut tomber du passé. À croire que l'on n'a pas le droit de se souvenir de certaines choses. De certaines choses embarrassantes ! Et l'alcool n'aide pas la mémoire.

« Qui est donc cet enfant ? » demande-t-il, une nouvelle fois.

Personne ne peut l'aider. Pas même son passé. Il refuse que ses souvenirs se donnent en spectacle. Il lève les yeux de sa page. Il nous regarde avec l'air de revenir de loin.

« Le temps ne répare pas les erreurs. Il nous ramène cet enfant ! lui dit grand-mère.

— Quelles erreurs ?

— Viens ! Suis-moi, je vais t'expliquer. Dépêche-toi ! »

Toujours debout, grand-mère regarde grand-père de haut. Elle lui fait signe de la suivre. Il n'espère pas plus d'égards. Il est tombé si bas, qu'elle peut bien le regarder de haut. Et la violence de son regard est impitoyable. Il ne dit rien. Il sait que le moindre mot, le moindre geste, peut se retourner contre lui. Sur le ton de la prépotence, grand-mère s'adresse à la bonne : « Et toi, espèce de négresse ! Surveille ma maison, en attendant que je revienne. »

Aïcha, le regard craintif, prend une mine d'assassin qui se vengera un jour. Le *françaoui* a pitié de la bonne, mais se garde bien d'interrompre grand-mère.

« Oui *Lalla*, madame ! J'en prendrai le plus grand soin. Que Dieu bénisse le toit de ta maison. »

Les yeux de la bonne cherchent appui dans le regard du Français, qui, l'orgueil mis à bas et dessaisi de toute autorité, n'intervient pas.

« Espèce de fille de mulet ! continue grand-mère, à l'intention de la bonne. Tseb ! Tseb ! Dégage », ajoute-t-elle. Tseb comme si elle disait « dégage » à un chien.

Le *françaoui* préfère ne pas aller au-devant de l'échec. Comme s'il demandait l'*amân*, la vie sauve, il suit grand-mère. Il est mené par le bout du nez. On dirait qu'il rampe. On voit, de suite, que c'est grand-mère qui porte le pantalon et qui détient la vérité du couple. La maison est broyée par son autorité. Ils s'enferment tous les deux au premier étage. Ces affaires se règlent à huit-clos. Ils se rendent des comptes dans l'intimité. Les tenants de leur discussion m'échappent, mais je sens qu'il est question d'argent. Leur conversation dure le temps que dure une longue explication, qui se conclut par une victoire de grand-mère. Elle est satisfaite. Elle a obtenu ce qu'elle voulait.

Le *françaoui*, le désamour courtois, s'efface. Il se dirige vers sa bibliothèque. C'est là son sous-bois, là où personne n'accède, là où il dépose son chagrin et qu'il se glisse dans quelques replis de bonheur. Il se demande ce qu'il manque à la vie pour être la vie. Je le suis en courant. Il m'accueille avec bienveillance. Et à partir de maintenant, je serai toujours dans le sillage de ses gestes.

« Que fais-tu là ? je lui demande.

— J'apprends à mourir.

— Et tu fais ça seul ?

— N'apprenons à mourir qu'à nous-mêmes. »

Ce n'est que plus tard, beaucoup plus tard, que je comprendrai ce qu'il a voulu dire.

Nous sommes dans une bibliothèque qui a dû valoir, je ne sais pas combien, mais très cher. Que des livres rares aux couvertures de cuir. Il a ça dans le sang, les livres. C'est ce qu'il a de plus précieux. Ça tient plus de la librairie que d'un lieu d'habitation. Il aurait aimé vivre dans une librairie ; ça a toujours été son rêve, il me l'a dit. Il a fait de cet endroit un lieu d'érudit. Il y a les livres d'abord, et tout le reste a été construit autour. Il est bien le seul érudit là-dedans.

Il n'y a pas matière à discussion, sa vie est là. Là, au milieu de ses livres, qu'il ne cesse de regarder pour le plaisir de les regarder si sagement alignés. Aucun ne dépasse. Personne n'a le droit d'y toucher. Craint-t-il que quelqu'un lui déplace un verbe, un substantif ? Qu'on lui vole une virgule ? « Je n'aime pas ceux qui enlèvent sa dignité à la phrase », dit-il. Il ne rigole pas avec la langue française : « C'est tout ce qu'il nous reste, ajoute-t-il, préservons-là. »

« Je suis *proustien*, dit-il aussi.

— C'est quoi être proustien ?

— Être proustien, c'est ne pas avoir des jambes courtes et dodues, comme ta grand-mère. Tu verras plus tard, une longue phrase proustienne, c'est comme une belle femme. Ça doit évoquer des jambes longues, fines et interminables. Ça doit évoquer des formes sensuelles, une cambrure, une chute de reins et des seins bien arrondis. Une phrase proustienne c'est comme une femme qui te donne l'envie d'aller jusqu'au bout. C'est ça être proustien. »

En effet, grand-mère n'est vraiment pas proustienne avec ses babouches, ses gros seins et ses fesses énormes. Ça ne donne pas envie d'aller jusqu'au bout. Je comprends que grand-père préfère se réfugier dans ses livres.

C'est une imposante bibliothèque, là où nous sommes. Une bibliothèque qui ploie sous de très beaux livres qui ennoblissent le bois. Que des chefs-d'œuvre. Le *françaoui* dit que ne sont admis, chez lui, que des auteurs d'un intérêt suprême. Il m'autorise à les feuilleter. Aucun passage de ses opuscules n'est souligné au crayon, aucune page n'est cornée, aucune tranche n'est abîmée. Toute sa religion est là !

« Un livre c'est sacré », dit-il.

Il est là son sacré.

Grand-mère, elle, jure que seul le Coran est sacré. Elle dit que les livres du *françaoui* ne sont que des livres pour mécréants. Elle prétend que tout ce qui n'est pas écrit en arabe est péché. Seul le Coran compte. Ce Livre qui, dit-on, est descendu du Ciel la vingt-septième nuit du mois de ramadan, appelée la Nuit du Destin. Ce Livre que grand-mère tente de m'expliquer avec une obscure imprécision. Le *françaoui*, lui, n'a que faire de ce que pense grand-mère et de sa Nuit du Destin. Il dit que cette femme est une mouquère. Je lui demande ce qu'est une mouquère. Il est à deux doigts de prononcer le mot « putain », mais il se ravise, il préfère dire que c'est une femme d'Afrique du Nord aux mœurs légères. Ce qui revient au même. Ainsi donc, grand-mère est une mouquère. Et maman aussi ! Décidément !

Le *françaoui* s'occupe de ses livres mieux que de lui-même. Il les a parfaitement classés. Un détail attire mon attention. Certains écrivains sont séparés, les uns des autres. Il y a des espaces entre les livres. Des vides… des vides qui ne sont comblés par rien. Pourquoi, je lui demande ? Il ne faut pas mélanger tout le monde, dit-il. Surtout, ne pas approcher Voltaire de Rousseau. Ces deux-là ne sont jamais d'accord. Grand-père recherche *le bon voisinage*. Certaines personnes ne s'entendent pas très bien, dit-il.

« Tu sais ! Dans la vie, il y a des vides qu'on ne peut jamais combler.

— Comme toi et grand-mère ?

— Exactement. »

Cette phrase, à elle seule, résume, je crois, la vie de grand-père.

Il les a tous lus, ses livres. Il a dû même lire les vides entre ses livres. Personne ne met plus haut que lui les noms de

Baudelaire et Proust. Je crois qu'il confond la vie dans les livres avec ce qu'est devenue sa vie.

Au milieu des livres, il y a un lit à une place. Ça ressemble à la couche d'un moine ou d'un soldat.

« C'est ici que tu dors ? » je lui demande.

Il m'explique que les livres sont sa résidence secondaire. Il s'y promène jour et nuit. C'est une compagnie consolante. Parfois, lorsque le vin lui monte à la tête et qu'il est trahi par ses jambes et qu'il n'a plus la force de rejoindre sa chambre, il lui arrive de s'endormir tout habillé sur ce lit dans la bibliothèque. Le vin le laisse toujours éparpillé à la tombée de la nuit. S'il continue, l'alcool le perdra.

Je lui demande :

« Ça fait longtemps que tu dors seul ?

— Je ne dors pas seul.

— Avec qui tu dors ?

— Je dors avec mes amis écrivains.

— Ils sont tous morts !

— Les grands écrivains ne meurent jamais !

— Tout le monde meurt.

— Pas eux. Ce n'est pas parce qu'ils se sont tus, qu'ils sont morts. Ils sont beaucoup plus présents en nous que dans leur cercueil. Un écrivain, ça ne meurt jamais. Tiens, regarde, ils reviennent sous cette forme.

— Laquelle ?

— Sous cette forme-là », dit-il en me tendant *Les Fleurs du Mal*. Et en me précisant qu'à la sortie du livre, l'auteur a été victime de poursuites judiciaires qui menèrent au retrait des six premiers poèmes.

« Pourquoi ?

— Parce que Baudelaire a dit des choses qu'on n'osait pas dire à son époque. C'est pour ça qu'il a été interdit à sa sortie pour offense à la religion, outrage à la morale publique et aux bonnes mœurs. »

Je comprends vite que le Français a tout d'un Baudelaire proustien. Il dit des choses qu'il devrait taire. Il offense la religion et il va même plus loin. Beaucoup plus loin.

« Et ça parle de quoi ton Baudelaire ? je lui demande.

— Ça parle de l'angoisse d'exister, du désespoir, de la femme et de l'amour.

— Je pourrais le lire, plus tard ?

— À condition que tu n'en parles à personne. Je te fais confiance. Car il ne faut pas mettre Baudelaire entre toutes les mains.

— Pourquoi ?

— Parce qu'il plane au-dessus de certains auteurs un parfum d'interdit. »

Il s'assied sur le rebord du lit. Je regarde ces milliers de livres et lui demande : « Pourquoi tous ces gens-là écrivent-ils ?

— On a toujours raison d'écrire », me répond-il.

Il met sa tête entre ses deux mains. Il la serre fort, sa tête. C'est là que tout se passe. Il a fait la guerre. C'est pour ça qu'il boit. Et plus il boit, plus il alourdit la malédiction qui le frappe. Son sommeil est habité par des morts. Diên-Biên-

Phu détonne chaque nuit. Pourtant la guerre est finie, mais on dirait qu'il ne le sait pas. L'Indochine le hante. Son passé refait surface. Il a tout oublié, sauf la guerre qui se faufile dans ses nuits. Il se croit encore dans des cratères embrasés. Ses pensées prennent feu. Il se lève en pleine nuit et crie. Il n'arrive pas à s'affranchir de tout ce sang versé.

Le 13 mars 1954, c'était la bataille de Diên Biên Phu lors de l'assaut du Viêt-Minh donné contre la colline Béatrice, là où fut déclenchée l'attaque contre le camp français retranché. Il y était. Aux premières lignes. Ce fut la chute des Français. La débâcle. Grand-père n'a jamais avalé la cuisante défaite. Ça a sonné le glas de la présence coloniale française en Asie. Et à l'aube, il se réveille en sueur. Il hurle. Le passé continue à vivre dans les veines du présent. Il se croit au Tonkin. Il voit des ombres sur les murs. Il cherche une arme et des munitions. Il entend quelqu'un parler. Il croit que l'ennemi est là. Mais c'est juste l'appel à la prière qui résonne. Il confond le Muezzin avec le Général Giap, commandant l'armée Viêt-Minh.

Grand-père, la guerre est finie. Lève-toi de ton tombeau. Reviens à toi, s'il te plaÎt. Mendès France a signé la fin de la guerre d'Indochine.

« Comment t'appelles-tu ? je lui demande.

— Je ne sais plus comment je me nomme.

— Pourquoi on t'appelle le *françaoui* ? »

Il redresse la tête. Ses gestes sont lents. Un filet de sueur glisse de sa tempe. Il ne répond pas. A-t-il vraiment oublié comment il s'appelle ?

« On t'a fait du mal ? N'est-ce pas ? »

Oui, on lui a fait du mal. Il détourne la tête. Le chagrin mouille ses yeux.

« Tu les as entendus ? Ils t'appellent le mécréant !

— Tu sais… j'ai entendu tellement de choses que je peux tout entendre !

— Quel âge as-tu ?

— Mon âge est un âge où l'on regrette son âge… ce qui compte, c'est que tu m'appelles grand-père en français.

— Oui grand-père ! »

Je l'appellerais toujours comme ça. Et en français. Ça lui tient à cœur. Et sa langue, je la mettrai dans ma bouche. « On dit que tu es vieux, grand-père. Que tu vas bientôt mourir ?

— Tu sais, nous ne mourons pas vraiment. Et quand je ne serai plus ici-bas, où que tu sois, je reviendrai te voir. Je t'en fais le serment.

— Je te reconnaîtrai comment ?

— Tu verras un morceau de lumière. Ce sera moi.

— Ne meurs pas de suite. Reste encore un peu, s'il te plaît. »

Il se sert un verre de vin.

S'allonge et s'endort.

Je m'approche de lui.

Il n'a pas l'odeur de Satan.

5

Je suis entré dans cette maison par une porte sans entrée. C'était la porte du mensonge.

Les voisins ont entendu des bruits qui courent. C'étaient des on-dit. Les rumeurs prennent rapidement du gras, ici. Le but de la rumeur, c'est qu'elle circule. Et elle a circulé, justement, la rumeur. Les voisins ont tendu l'oreille et se sont posé des questions. On a voulu savoir qui j'étais ? D'où je venais ? Ce que je faisais là ? Si j'allais rester ou partir ? Autrui n'est pas autrui, s'il n'en sait pas plus sur votre vie, que vous en savez vous-même. Marrakech est curieuse. Il paraît même que certains arbres se penchent au-dessus du mur mitoyen pour voir ce qui se passe chez les voisins. Ici, tout le monde épie tout le monde. Même Dieu ne fait pas confiance à ses Créatures. C'est pour ça qu'il se cache. En parlant de rumeur, grand-père dit que même Dieu n'est qu'une rumeur qui s'est bien propagée.

Jour et nuit, grand-mère est harcelée par les mauvaises langues ; par le « que vont dire les voisines ? » Il lui faut rapidement justifier ma présence. Avant que les on-dit ne se répandent devant notre porte, elle revêt les habits des grandes occasions. S'orne de ses plus belles parures, croule sous les bijoux et organise une fête pour faire une grande annonce. Pour dire ce qu'elle va dire, elle relève ses manches, prend sa fiole de khôl, farde ses yeux et plonge ses deux mains dans le mensonge. Le mensonge n'est pas le mensonge tant qu'il ne sert pas grand-mère. Avec deux bouts de mensonges, elle tisse les mailles d'une vérité. Qui mieux qu'elle peut donner au mensonge l'allure de la vérité ; qui mieux qu'elle peut mentir avec autant de franchise ; qui mieux qu'elle peut faire ça, en jurant la main sur le cœur que ce qu'elle dit est vrai ?

Grand-mère a en tête une histoire qui servira de rempart à la vérité. Elle racontera tellement bien son histoire que personne ne doutera un seul instant de ses paroles. Qui ira voir derrière les écailles du mensonge ?

Même si elle est mariée à un Français, les voisines ne peuvent rien lui reprocher. Elle est une bonne Musulmane. Du moins, c'est ce qu'elle prétend ; comme ça, en apparence. Elle récite sa profession de foi plusieurs fois par jour. Elle fait ses prières. Le vendredi, c'est une des premières à la mosquée. Elle fait la *zakat*, le soutien aux pauvres et n'hésite pas à donner aux nécessiteux qui viennent toquer à sa porte. Elle fait le jeûne du mois de ramadan. Il ne lui manque plus que le *hadj*, le pèlerinage à la Mecque, prévu pour bientôt. Déterminée, elle ira coûte que coûte. *Inch'Allah*, comme elle dit. Mais ce sera bien compliqué pour elle de réaliser son rêve.

Bref, grand-mère invite les voisines ; enfin, les grosses, comme elle les appelle par derrière. Par devant, elle dit ma sœur par-ci, ma belle par-là. Elles se détestent toutes, sans jamais le montrer. La vieille, la mal baisée et... la pute ; c'est comme ça qu'elles parlent l'une de l'autre.

Grand-mère a décidé d'acheter les grosses par leur point faible : le ventre. Elle met les petits plats dans les grands et, à l'heure dite, voilà que des paires de jambes échouent, là, chez nous, avec leurs gros seins de nourrices qui ballotent, leurs hanches larges et leur caftan qui chamarre leur allure. Les bassins du bonheur sont là. On dira qu'elles sont bien portantes, grâce à Dieu, ces gazelles. Seulement, il ne reste plus de gazelle que le mot. Le poids empêche l'élégance. Au bas mot, la plus mince pèse quatre-vingt kilos. Ce sont des femmes « viandues », comme dit grand-père qui l'a « entendu » de la bouche de Flaubert.

« C'est qui Flaubert ? je demande à grand-père.

— C'est un homme qui incarne, presque à lui seul, toute l'idée de la littérature », me répond-il.

Grand-mère, elle, ne peut s'empêcher de dire ce qu'elle pense de Flaubert : « C'est un alcoolique comme ton grand-père ! » Et de me chuchoter à l'oreille ce qu'elle pense aussi des voisines qui sont là. Elle dit : « On ne voit que leur gros cul ! Elles n'ont vraiment pas de quoi faire les fières, ces salopes. »

Bref, les cuisses charnues se croisent et attendent d'être servies. Bovines. Ogresse de charmes douées pour la maternité. Disons qu'elles ne passent pas inaperçues.

Certains corps sont des questions sans réponses ! soupire le *françaoui* en passant par là.

Qu'y a-t-il donc sous ces grossières écorces ? Les flétrissures des ventres qui ne se sont pas reposés souvent témoignent de nombreuses grossesses. Ce ne sont plus des poitrines mais des seins portés en pendentifs. Pour certaines ce sont des trayons qui s'effondrent sous l'effet de leur propre poids. D'où que l'on se tienne, on ne voit qu'avalanche de graisse. Que des mamelles lourdes ! Les choses sont disproportionnées ! Une forte odeur d'aisselles se répand partout. Les voilà qui s'enlisent dans des « salamaleks », s'enquérant de la santé d'untel et d'unetelle. Appelons cela les formules d'usage : « Comment va ton père ? », « Comment va ta sœur ? », « Comment vont les enfants ? », « Que Dieu bénisse ta maison. »

C'est le mauvais goût qui s'est donné rendez-vous chez nous. Emmitouflées dans des caftans qui ne flattent pas leur silhouette, qui ressemblent à des fardeaux lourds à porter, les voisines sont prêtes à sortir leur langue de vipère. Elles conjuguent le verbe « médire » mieux que quiconque. Au Maroc, il ne sied pas de se montrer tel que l'on est. Chez nous, il y a ce que l'on donne à voir et ce que l'on cache. Il faut toujours en rajouter. Paraître comme on veut, mais jamais pauvre. Quoi que l'orgueil leur défende, elles ne peuvent s'empêcher de se regarder dans le regard de l'autre. Chacune scrute sa voisine de haut en bas et de bas en haut. C'est peu dire qu'on veut paraître mieux que l'autre. Et être traitée selon son prétendu rang. Ces femmes semblent plus éblouies par le vernis d'une peinture que par la peinture elle-même. Les voilà théâtrales et, chez elles, tout est démesuré. Elles sont dans l'exagération. Chacune insinue posséder beaucoup plus que l'autre. Celle-ci dira qu'elle est la femme de Quelqu'un. L'autre, la sœur de Monsieur Untel. Être la femme de Quelqu'un n'est pas la même chose qu'être la femme de n'importe qui ; ou pis encore, la femme de personne. Ici, on craint plus le regard de l'autre que le jugement de Dieu. Mais toutes, cherchent le démenti de leur disgrâce dans le regard de la voisine. Ça joue des sourires, et plus ça sourit, plus on devine ce qu'il y a de faux et de forcé. Elles se jalousent ; même leurs maisons sont jalouses l'une de l'autre. On veut ressembler aux Européennes, les fameuses femmes de ceux qui nous ont colonisés. On n'a pas compris que les Européens sont les Européens et qu'ils ont toujours été trop en avance sur nous. Il est encore trop tôt pour livrer le Maroc et les Marocains à la modernité. Nous ne sommes pas prêts. Nous sommes des Arabes qui mangeons avec nos doigts le tajine qu'Aïcha, la bonne, a préparé. On entend grand-mère crier : « Mangez mes sœurs, mangez... c'est pas bon ou quoi ? » On l'entend aussi crier à la bonne : « Viens ! et plus vite que ça ! — Oui Lalla, je suis là pour vous obéir. »

Il suffit qu'on la siffle pour qu'elle accourt, la bonne. Aïcha arrive et se tient à distance raisonnable pour ne pas recevoir de coup. Tétanisée par l'autorité menaçante de sa maîtresse, elle amène le thé qu'on lui a demandé.

Les voisines se resservent et s'agglutinent autour des plateaux débordants de gâteaux. Elles mangent et boivent le thé. C'est un moulin à paroles sans concision et une étrange chorégraphie. Elles parlent avec les mains. Les voix se vrillent en circonlocutions. On dirait qu'elles ont plusieurs bouches. C'est un brouillard de mots. Elles parlent, au fond, pour ne rien dire. Elles tournent en rond, comme on tourne en rond à la Mecque. Et bien sûr, inévitablement, elles parlent de ce qui se passe au-dessous de la ceinture. Les mots sont crus.

Trois femmes sont assises, l'une à côté de l'autre. Elles sont mariées avec le même homme. Aucune ne peut vraiment dire « mon homme », puisqu'elles se le partagent. Ces trois femmes vivent dans la même maison et chacune possède sa chambre. Le mari, Moha, leur rend visite la nuit, chacune son tour. Seulement, ces femmes se détestent et rivalisent de méchancetés. Inévitablement, ça éclate devant tout le monde :

« Pousse tes grosses fesses, dit l'une à l'autre. Si tes péchés égalent ton poids, c'est sûr que tu ne pourras jamais t'envoler vers le paradis. Tu es trop grosse... tu as déjà vu un tonneau s'envoler, toi ?

— Tu pues le mauvais sperme », lui répond la deuxième.

La deuxième ravale sa salive. Elle ne veut pas perdre la face. Elle réfléchit à ce qu'elle va dire. « Et toi, tu as le vagin pourri qui sent les égouts », lui réplique-t-elle.

La troisième épouse les écoute se chamailler. Elle est aux anges. Elle finit par leur dire : « Écoutez vous deux ! Votre vagin est devenu trop large. Moha me l'a dit. Il rentre et il sort sans rien sentir. Vous feriez débander n'importe qui.

Moha garde le meilleur sperme pour moi. Avec moi, il bande comme un âne. Son sexe n'est jamais hésitant et ne se pose jamais de question avant de m'enfourcher. Ma chatte avale son gourdin et ne s'en lasse pas. Même dans la rue, les gens savent qu'il vient de me fourrer tellement sa queue est encore raide. »

Grand-mère me dit : « N'écoute pas ce qu'elles disent, ces salopes de bonne famille. L'une creuse sa tombe avec sa langue et les autres cousent les contours de leur linceul ! »

Lorsque le ventre des grosses est bien rempli, commence la cérémonie du henné. Les femmes aux langues affilées sortent d'un repli du caftan des ragots sur *flan oula flan*, untel ou une telle. La médisance qui coule dans leurs veines est proportionnelle à leur embonpoint.

Sur l'invite de grand-mère, les grosses se taisent. Leur visage s'oriente vers la bouche de grand-mère. Les voisines sont assez nombreuses pour répandre dans le quartier ce que va dire grand-mère, qui prend enfin la parole pour draper ses mensonges de vapeur. Comme quand on rentre d'un coup dans un hammam, difficile d'y voir clair avec tout ce brouillard. Elle va enfin dire pourquoi elle a invité toutes ces femmes. Les grosses se taisent. « C'est un grand jour mes sœurs, dit grand-mère. Dieu m'a envoyé cet enfant. » Grand-mère a honte de dire la vérité. Elle ne va quand même pas avouer que je suis l'enfant d'une putain ! Elle préfère dire que je suis l'enfant de son regretté frère, le *Hadj* Moulay Driss ben Mohamed, que la paix le recouvre là où il est maintenant. Allah l'a rappelé à lui. Grand-mère n'oublie pas de dire que je suis un descendant du Prophète, c'est quand même mieux que... Que quoi ? Que le fils d'une pute ! En entendant le mot Prophète, les femmes lèvent les yeux et l'index vers l'Existenciateur. On fait une prière pour l'âme du défunt et on entend les grosses se lamenter : « Qui peut dire combien de temps il nous reste à vivre ? Nous sommes à Dieu et nous reviendrons à Dieu. » Les grosses, enfin les voisines, écoutent jusqu'au bout l'histoire. Lorsque grand-mère finit de pleurer sur la disparition prématurée de son frère, l'assemblée n'a qu'un mot de compassion : *Salam* ! Que Dieu vous garde, mes sœurs ! répond grand-mère, j'espère que vous avez bien mangé.

L'affaire est réglée. Maintenant, tout le monde sait que je suis le fils du frère de grand-mère. Seulement, grand-mère oublie de dire qu'elle n'a jamais eu de frère. Qu'elle n'a qu'une fille. Et cette fille est une putain.

Voilà, je grandirai dans le mensonge. Et ce n'est que le début.

6

La pauvreté est une punition de Dieu, dit grand-mère. Les lendemains difficiles, le manque, la misère, voilà ce qui lui fait peur. Le dénuement, ça non ! Très peu pour elle. Elle aime l'argent. C'est rassurant, l'argent et la sécurité financière. L'abondance, la prospérité, voilà ce qu'elle veut, ne serait-ce que pour en mettre plein les yeux aux voisines. Elle a de quoi ne pas mourir de faim. Elle a même de quoi vivre sereinement plusieurs mois. Mais ce qui l'inquiète le plus, c'est que celui qui tient les cordons de la bourse, ce Français, ne soit plus de ce monde demain pour céder à ses caprices. Disons-le, grand-mère n'est attachée au Français que par des fibres matérielles. Elle est vénale jusqu'aux bout des ongles. Elle vit aux crochets du *françaoui*. Alors elle stocke. La disette restera loin d'ici, parole de Berbère ! On ne sait jamais ce que demain nous réserve, dit-elle. La maison est une grande épicerie. Ça sent l'huile d'olive. Le long des murs du patio sont entreposées moult provisions. Les jarres débordent d'épices. Plus loin, des caisses en bois sont emplies de farine, de pains de sucre et de semoule pour le couscous. Les aulx et les oignons ornent les murs. En réalité, c'est pire qu'une épicerie. C'est un bazar.

Aïcha achète du *Vieux Papes* ou du *Boulaouane* pour le Français. Les bouteilles de vin sont enveloppées dans du vieux papier journal. Aïcha ne paie pas ce qu'elle achète. Elle fait noter par l'épicier qui fait crédit. Grand-père paie à la fin du mois. Et pas plus tard que la fin du mois, les dettes ont vite fait de faire du bruit.

Et que fait Aïcha dans la rue ? Elle court pour que personne ne se doute qu'elle a du vin dans les mains.

Et la nuit, que fait la pauvre Aïcha ? La nuit, elle dort à la cuisine sur une natte usée à même le sol en serrant le carrelage dans ses bras. Elle ne se plaint jamais. Elle est là pour obéir, c'est la règle de tous les jours ! Elle le sait. Et à chaque fois que grand-mère s'adresse à elle, elle courbe la tête en avant en signe de soumission. Et, la rage dans les mâchoires, elle dit : « Oui Lalla, oui Lalla ! » Son rêve est d'apprendre à lire et à écrire, mais elle sait que ce n'est qu'un rêve. Et le restera. Elle n'empruntera jamais le chemin de l'école. Alors, elle accepte les ordres de sa maîtresse sans broncher. Oserait-elle lever la voix ? Oserait-elle regarder grand-mère dans les yeux ? Vaut mieux pas !

Hantée par l'idée du mariage et en larmes de vengeance, elle attend de quitter les rivages de la souffrance. Elle attend, elle voudrait bien. Mais pour l'instant, elle n'a pas le droit de vouloir quoi que ce soit. Son heure viendra. Elle viendra sans la prévenir. Elle le sait ! Un homme surgira de quelque part au moment où elle ne s'y attendra pas. Ses entrailles s'en doutent. Même si elle trouve que le temps prend son temps.

Un jour, je la vois en pleurs. Elle a les yeux aussi enflés qu'un sanglot. Elle est debout à rechercher quelque chose dans le miroir.

« Pourquoi pleures-tu en te regardant dans la glace ? je lui demande.

— Oh, ce n'est rien, *Sidi*, monsieur.

— On ne pleure jamais pour rien ! »

Blessée par son sort, elle baisse les yeux.

« Lève les yeux, Aïcha. Regarde-moi, lui dis-je.

— Je n'ose pas, *Sidi* te regarder dans les yeux.

— Pourquoi ?

— Je ne suis qu'une bonne. Et tu es le fils de la maîtresse.

— Pourquoi pleures-tu ?

— Je regarde cette ombre, *Sidi*, dit-elle.

— Quelle ombre ?

— L'ombre que je suis devenue. Oh mon Dieu, si quelque chose existe au-dessus de nos têtes, fais que ma vie change. »

Le rêve de Aïcha crie fort.

J'attends que grand-mère finisse sa prière et je lui demande :

« Pourquoi traites-tu cette fille comme ça ? »

Surprise par ma question, grand-mère s'empresse de répondre :

« Je n'ai pas confiance dans cette négresse. C'est une garce ! C'est une bâtarde incapable de prononcer correctement le nom de ceux qui l'ont mise au monde.

— Tu viens de faire ta prière. Si tu aimes vraiment Dieu, comment peux-tu détester ses créatures ?

— Nous autres les Arabes, nous avons toujours eu des esclaves. C'est pour nous servir qu'Allah a créé ces gens à la peau sombre. C'est une bonne qu'il faut traiter comme une bonne !

— Mais une bonne est aussi une créature de Dieu ! Ce sont des gens comme nous. »

Grand-mère ne veut pas trop s'attarder sur le sujet. Elle me dit : « Tu as déjà vu un nègre devenir blanc ? Si un jour elle devient blanche, alors elle sera comme nous. Il faut traiter ces gens-là, comme je te le dis. J'ai mes raisons. »

Quoi que je dise, ça rentre par une oreille et ça sort de l'autre. Quelles sont tes raisons, grand-mère ? La meilleure de tes raisons sera la pire des raisons. Même si. Si quoi ? Même si, un jour, le regard de la bonne a croisé le regard du Français. Tu as surpris l'équivoque de ce regard échangé ; et tu as deviné, dans cette muette communication, qu'il se passait quelque chose entre eux. Tu ne pouvais pas te tromper. Tu es une femme et une femme sait lire dans le regard d'une autre femme. Même si cette autre femme n'est qu'une bonne, une va-nu-pieds aux cheveux collants de saleté. Grand-mère, tu as deviné qu'il y avait quelque chose entre ton mari et cette moins-que-rien, comme tu dis. Seulement, tu n'as aucune preuve concrète qui permet de valider tes doutes.

Aïcha, pauvre Aïcha, tu passes ta vie à courir. Tu cours comme une folle lorsque tu emmènes le pain à faire cuire au four. Tu ne sors que pour le four ou pour aller à l'épicerie. Tu files droit. Tu as peur que grand-mère te donne un coup de balai. Au Maroc, on dit que celle qui reçoit un coup de balai ne se mariera jamais. La superstition, voilà notre crainte obsessionnelle ! Laisser des ciseaux ouverts, c'est les dépenses et le malheur assurés. Et tes pieds, oui tes pieds, que tu ne cesses de laver pour ne pas que la mort te suive. Dehors, tu cours pieds nus. Tu as peur que grand-mère te reproche d'avoir mis trop de temps. D'avoir engagé de malveillantes conversations avec les garçons du quartier. Il suffit d'un rien. D'un regard malintentionné et voilà que tu reviendrais engrossée à la maison. Pis, qu'on te prenne de force et te voilà avec le fruit de la brutalité dans le ventre. Tu te rends compte, une grossesse coupable, quelle honte ! Pourtant, on ne peut pas ne pas remarquer l'insolence de ton fessier. L'avoir vu donne envie de le revoir. Tu réveilles même le sommeil des *fouquahas*, les religieux, ces garde-fous de la théologie, qui se disent éclairés par la lumière de la religion. Ils sont aux aguets et leur regard est posé sur tes fesses. D'un œil, ils regardent si Allah ne les regarde pas ; de l'autre œil, ils détaillent le balancement de tes hanches. Et ils se disent religieux ! Alors tu cours, Aïcha. Le plateau de pain en équilibre sur ta tête, tu cours comme une aliénée. Tu lances des regards méfiants vers ceux qui rêvent d'empoigner tes formes. Tu les vois les regards déshabilleurs de ces hommes qui ne pensent qu'à glisser une main quelque part. Le désir leur fouette le sang. Tu leur donnes la fièvre. Tu sais très bien ce qu'ils veulent. On te traque comme une bête. La battue cesse quand tu menaces ceux qui te harcèlent d'aller voir leur mère. Grand-mère, elle, te surveille. Elle t'a à l'œil. Elle sait que tu enflammes le regard et attises le désir des hommes. Tu es vierge, dit-on, aussi vierge qu'un drap de noces pas encore taché de sang. Tu n'as jamais été touchée. Personne n'a abusé de toi. L'essentiel est intact. Elles sont connues, les vierges du quartier. Tu es fière d'être une vraie vierge, toi. On en veut à ta virginité, voilà tout. J'en connais qui veulent « être le premier ». Il n'y a que ça qui les intéresse. Te passer dessus, c'est tout ce qu'ils veulent. Les concurrents se maudissent de ne pouvoir y arriver. Chaque jour, grand-mère surveille tes formes. Sans oublier de jeter un œil du côté de tes seins, on ne sait jamais, ils pourraient avoir grossi la nuit. Elle vérifie aussi si ton ventre n'est pas rebondi. Si ton nombril ne sort pas. Si ceci, si cela. Elle dit qu'elle t'élève à l'abri du péché. C'est pour ton bien, tout ça. Paraît-il ! Ton sexe cousu doit le rester jusqu'au mariage.

« Et gare à toi si tu fais tomber le pain ! admoneste grand-mère.

— Que Dieu vous garde, Lalla ! » dis-tu.

Vieille salope ! murmures-tu.

« Attention à ta réputation », conclut grand-mère.

Et dès que tu reviens du four, tu es encore accueillie par le regard soupçonneux de grand-mère :

« Où étais-tu ?

— Au four, Lalla

— Espèce de fille de mauvaise vie. C'est maintenant que tu rentres ? Tu vas détruire notre réputation ! »

Grand-mère, tu parles de réputation. Tu n'es pas la mieux placée. Tu ferais mieux de balayer devant ta porte au lieu de t'en prendre à la bonne !

L'honnêteté n'a jamais été ton fort. La franchise ne signifie pas grand-chose pour toi. Alors, tu repousses la vérité des deux mains. Mais la vérité n'admet pas de demi-mesure. La vérité, on ne la fera jamais taire.

Grand-mère organise la vie comme elle l'entend. Elle prend les choses en main. Dès lors, tout procède de sa volonté. C'est elle qui dit ce qu'*il faut faire* et ce qu'*il ne faut pas faire*. Son autorité n'est contestée par personne et il ne viendrait à l'idée de personne d'aller à l'encontre de son bon vouloir. C'est elle, le Maître des horloges. Il faut se plier à sa règle. Elle ne supporte pas qu'on ajoute quoi que ce soit à ce qu'elle dit. Elle décide de la vie de tout le monde ; elle décide, et on ne dit rien ! En un mot, tout s'accomplit selon ses désirs. Même Dieu n'oserait pas la contrarier.

Elle exige de grand-père une importante somme d'argent pour, soi-disant, subvenir à mes besoins. Généreux et conciliant, le *françaoui* accepte. Il se soumet aux caprices de grand-mère. Peu importe ce qu'on lui demande, il donne. C'est le prix de la paix. Mais suffit-il de donner de l'argent pour avoir la paix ? Il n'est pas dupe, le *françaoui*. Il sait bien que tu profites de lui. Il sait aussi, qu'avec toi, il n'aura jamais la paix. Il sait aussi que la paix a ses armes : l'argent. Alors, il donne sans dire un mot. La paix, il ne demande rien de plus à la vie. Ça fait longtemps qu'il a donné un tour d'écrou à la parole et qu'il s'est lié d'amitié avec le silence. Parler le fatigue. Vivre le tue. Il ne supporte plus aucun bruit. Mais le bruit qui l'insupporte le plus est la voix aiguë de grand-mère qui ne cesse de réclamer de l'argent. Grand-mère en sait plus sur l'argent que sur Dieu. Et lui, le *françaoui*, il n'a plus la force de lui tenir tête. Il sait que lorsqu'elle n'obtient pas ce qu'elle veut, elle devient feu et flammes. Dans ses montées de sang, on entend la porcelaine s'envoler dans un bruit de vaisselle cassée. Elle brise tout ce qui lui tombe sous la main, les verres et les assiettes, tout y passe.

Chaque jour, grand-père espère être réveillé par le bonheur. Seulement, chaque jour est une bataille. Chaque jour passé sans dispute est un jour gagné pour lui. Chaque jour, il se dit que ça ira mieux demain. Seulement, grand-mère est une femme tordue. N'allez pas croire ce qu'il ne faut pas croire. En vérité, ce n'est pas pour mes besoins qu'elle veut l'argent. C'est pour plaire à son amant qu'elle veut l'argent.

Comme pour éteindre une dette due, le lendemain, quoi qu'il lui en coûte, les épaules courbées par la honte, grand-père se lève pour donner l'argent. Grand-mère est à l'heure. Elle n'est ponctuelle que lorsqu'elle sait qu'elle aura de l'argent.

« Je viens chercher ce qui me revient ! » dit-elle.

Dans une espèce de résignation polie, grand-père lui donne la somme. Elle jette un œil prétendument désinvolte aux billets et, satisfaite, les cache entre ses seins. Il faut bien les dresser, ces gens-là ! répète-t-elle souvent. Et le *françaoui* a bien été dressé.

Grand-mère se rend chez le couturier juif le plus réputé de la *kissaria*, le quartier des tissus. Entre le pouce et l'index, elle palpe la meilleure étoffe avant de se décider. Sur mesure, elle se fait faire un caftan et une *djellaba*. Elle marchande jusqu'au dernier soupir. Elle paie comptant les appointements demandés par le couturier de *L'Aiguille d'Or*. Elle paie parce qu'elle est obligée de payer. Cette fois, elle sait que le Français ne viendra pas payer les caftans destinés à son amant. Et puis quoi, encore ! D'ailleurs, elle prend ses devants. Chaque occasion est bonne pour se venger. Elle fait circuler de biens mauvaises paroles sur grand-père. Depuis qu'elle a dit ce qu'elle a dit, on dit et on se répète que le *françaoui* est en apparence un homme comme tous les autres hommes mais que ce n'est pas un vrai homme. On dit que ce n'est pas lui qui porte le *saroual*, le pantalon. On dit qu'il n'est que la femelle de sa femme ; et qu'en réalité, ce serait grand-mère qui porte une longue verge entre les jambes. On dit aussi que, dans des conditions indéterminées, le *françaoui* aurait perdu ses testicules. Ce qui se raconte derrière son dos, lui est égal. Il ne bouge pas de sa bibliothèque. C'est aussi là qu'il prend ses repas, seul, sur un plateau que lui ramène la bonne ; c'est un « repas d'homme seul ». Ensuite, il lit. Il dit qu'il lit pour tordre le réel. Non, il se tord, lui-même. Il est lié à la littérature par chacune de ses veines. C'est sa vraie famille. Il encense les morts. Il considère Faulkner comme son cousin, Dostoïevski comme son frère, Tolstoï comme son oncle. Tolstoï, ah Tolstoï, ça c'est de l'écrivain, dit-il. Et Montherlant… et Chateaubriand, alors là, ces deux-là, il en dit le plus grand bien.

« Pourquoi lis-tu autant ? je lui demande.

— Je n'ai rien trouvé de mieux pour survivre à l'ennui de Dieu. »

Tous les soirs, lorsque le soleil se laisse glisser derrière la colline, je monte sur la terrasse nue, peinte à la chaux blanche. Grand-mère me rejoint. Prétextant profiter un peu de la fraîcheur de la nuit merveilleusement étoilée, elle plie ses jambes sous elle. Elle me raconte la supposée histoire héroïque du peuple marocain. Seulement, elle déshabille l'histoire de l'Afrique du Nord pour la rhabiller à sa manière. Ce qu'elle raconte est auréolé de légendes et truffé d'affabulations ; il y a tout dedans, sauf la vérité. Voyant mon œil qui doute, elle me demande :

« Veux-tu que je raconte une autre histoire ?

— Les *jnouns* ! L'histoire des *jnouns j'da*, grand-mère ! »

Elle me serre fort contre sa poitrine. Elle sent la transpiration mais je n'ose pas le lui dire. Avant de commencer son histoire, elle zèbre l'espace de ses mains. Prend un air grave et une voix d'homme. Elle sait que j'aime les histoires qui font peur.

Elle dit : « Les *jnouns* sont des êtres de feu. Ils vivent partout dans le monde. On ne peut jamais les voir, le jour. La nuit, ils hantent les cimetières. Ils se cachent au fond des puits. Toutes les nuits de pleine lune, ils pénètrent dans les maisons. Choisissent un homme ou une femme et occupent son esprit, jusqu'à ce que folie s'en suive. Alors, ils repartent pour hanter un autre esprit. Ils possèdent les âmes et les têtes des gens faibles. Seuls les *fquihs* sont capables de leur régler leur compte. »

Grand-père, le *françaoui*, n'a aucun compte à régler avec aucun *jnoun*, ni avec personne d'ailleurs, si ce n'est avec sa femme. Il dit que les *jnouns* n'existent que dans la tête de ceux qui y croient. Il ne mâche pas ses mots, il dit : « Tout ça n'est que croyances venues du fond des âges et qui n'ont d'intérêt que pour grand-mère et ceux de sa race. » Grand-mère jure, sur Dieu, les avoir vus. « Ils sont capables, dit-elle, de s'introduire dans le ventre des femmes enceintes. Combien de nourrissons frappés de malformations ont vu le monde ? C'est pour ça que nous avons tant d'handicapés au Maroc. Il arrive qu'au bout de dix ou onze mois d'une grossesse possédée, on fasse intervenir une main sainte pour tirer du ventre de sa mère, l'enfant qui ne veut pas naître de lui-même de peur de se retrouver face à un *jnoun* qui l'attend à l'entrée du vagin. Une femme possédée par un *jnoun* se lève en pleine nuit et, sans raison, se met à frapper son mari à coups de couteaux. Les *jnouns* aiment le sang. D'autres femmes possédées vont sonner chez le voisin pour coucher avec lui, sans se rendre compte de ce qu'elles font.

— On dirait que nous sommes un peuple possédé, dis-je à grand-mère.

— Écoute ! Nous sommes ce que nous sommes. Il faut te méfier des *jnouns*, c'est tout ! insiste grand-mère. Ces créatures s'emparent de la tête des gens. Et surtout jamais, ô grand jamais, ne verse de l'eau bouillante dans les égouts ou les éviers. Tu risquerais d'ébouillanter *les gens du fond de la terre.* »

Je frissonne et me blottis encore plus contre la poitrine malodorante de grand-mère.

Grand-mère lève les yeux vers les étoiles et parle à son Créateur invisible. Elle veut faire de moi un *fquih* capable de réciter le Coran par cœur. Un *fquih* qui montrerait le chemin du paradis à tous les égarés de la terre.

« Oui mon enfant, tu seras un grand théologien ! »

Je serai musulman ou je ne serai pas ! Enfin, d'après elle.

Elle me parle en berbère. Je l'écoute sans oser lui dire que son rêve ne se réalisera jamais. Je ne serai jamais cette lumière qu'elle voit briller en moi. Pour l'instant, je n'ose dire à personne – et encore moins à moi-même – ce que je veux devenir.

Elle fait tout ce qu'elle peut pour me conditionner, comme elle-même l'a été. Comme d'autres l'ont été avant elle. Elle cherche à cimenter ma foi, en m'offrant un héritage cultuel par petit bouts, à chaque fois qu'elle en a l'occasion. Elle m'apprend à faire mes ablutions et mes cinq prières quotidiennes en direction de la Mecque. Elle m'apprend aussi la Citadelle du Musulman : ce qu'un croyant doit dire lorsqu'il se réveille ; lorsqu'il met un vêtement neuf ; en entrant et en sortant des toilettes ; en entrant et en sortant de la maison ; lorsqu'il change de côté en dormant ; pour chasser le diable et ses tentations ; lorsque qu'il éternue ; avant les rapports sexuels ; en entendant les aboiements des chiens la nuit. Grand-mère me dit de répéter après elle les versets du Coran. Je répète sans comprendre. Je répète surtout pour lui faire plaisir, car elle-même ne comprend pas tout. Elle fait comme tous ceux qui traumatisent les enfants dès leur plus jeune âge. Même aux toilettes, elle me dit qu'il faut rentrer du pied gauche.

« Pourquoi ? je demande.

— C'est comme ça ! Les Musulmans rentrent du pied gauche aux toilettes. »

Je grandirai comme beaucoup d'entre nous avec ces mots : « C'est comme ça ! » Nous sommes dans un monde sans pourquoi ni comment. Notre vie entière se passera comme ça, à ne pas se poser de questions. Est-ce le péché originel qui nous fait grandir avec ce sentiment d'être fautif ? De toujours se sentir coupable de quelque chose. De se sentir coupables d'être coupables. Vivre avec la peur d'être surpris à chaque instant par Allah. On grandit avec la peur que Dieu devine ce que nous pensons ; la peur que Dieu entende ce que nous disons ; la sensation d'être épié par quelqu'un que nous ne voyons pas. C'est pour ça que, nous autres, nous passons notre temps à nous retourner dans la rue pour voir si personne ne nous suit. On ne sait jamais ! On est peut-être suivi par notre Créateur.

Franchement grand-mère, n'est-ce pas ridicule tout ça ?

Je lui dis que je ne comprends rien à son Coran. Elle me dit que c'est la Parole de Dieu et qu'en aucun cas, cela n'est discutable. Elle dit que Dieu l'a écrit et que le Livre est tombé du Ciel. Et là, je commence à douter d'elle. Quelque chose m'empêche de la prendre au sérieux. Même Baudelaire n'est pas tombé du ciel, dit grand-père.

D'ailleurs, je le lui fais comprendre :

« Il y a beaucoup de corans dans le monde ? je lui demande.

— C'est le plus grand succès de tous les temps, me dit-elle.

— Alors, Allah s'est enrichi grâce aux droits d'auteur !

— C'est quoi ça… les droits d'auteur ?

— C'est l'argent qu'on touche quand on a écrit un livre.

— Qui t'a raconté ?

— Grand-père.

— Que la malédiction s'abatte sur cet ivrogne mécréant. »

C'est là que ma foi a commencé à se lézarder. Je sens grand-mère mal à l'aise. Je lui pose des questions auxquelles elle n'a aucune réponse. Ce que je dis ne lui plaît pas. C'est du blasphème. Personne n'ose critiquer le Coran et encore moins Allah. Elle va me le faire payer. Puisque je veux comprendre, puisque c'est comme ça, elle décide de m'inscrire à l'école coranique.

En attendant, elle m'oblige à faire mes prières. Elle dit qu'il faut rendre son dû à Dieu et que chaque seconde de sa vie doit Lui être consacrée. « Même dans sa tombe, me dit-elle, un bon Musulman continue de se prosterner devant Dieu. » Je suis près d'elle, sur le tapis de prière. Elle ne me quitte pas des yeux, même quand elle se prosterne devant Allah. Elle me regarde du coin de l'œil. Je prends exactement les mêmes postures qu'elle. On dirait son ombre. Elle murmure les sourates du Coran. Je fais semblant de murmurer aussi. Seulement, moi, je ne psalmodie pas la même chose qu'elle. Je murmure les phrases de Baudelaire que le *françaoui* m'a apprises, en cachette. Elle croit que je suis un bon Musulman, grand-mère, alors je la laisse croire ce qu'elle a envie de croire. Ça n'oblige à rien. Et je récite dans ma tête, *Les Fleurs du Mal* en arabe. Grand-mère dit : « Allah Akbar. » Moi, je dis : « *Sur l'oreiller du mal c'est Satan Trismégiste / Qui berce longuement notre esprit enchanté. / C'est le Diable qui tient les fils qui nous remuent !* » Je vais un peu trop loin, je sais. Mais elle ne le saura jamais de son vivant. Ni après, d'ailleurs.

Pardon grand-mère de t'avoir fait croire que je récitais le Coran. Pardon d'avoir pensé que c'est le Diable qui tient les fils qui te remuent. C'est un peu osé ce que j'ai fait. J'ai triché. Toi aussi, tu passes ta vie à tricher. Mais Allah est pardonneur. Il comprendra que quelqu'un *berce mon esprit enchanté*.

Je me dis que je ne dois pas être au bon endroit de ma vie.

7

La détresse sereine, grand-père passe ses journées assis sous le patio à panser ses plaies. Il tient un livre comme d'autres tiennent le Coran. Seulement, tous ces livres qui l'entourent ne servent qu'à colorer la tristesse qui enduit son visage. Il se réfugie dans du papier pour échapper à son mouroir. Il tourne une page et se laisse caresser par *quelque chose*. Il en tourne une autre et se laisse bercer par *autre chose*. Mais qu'attend-il donc ? Qu'un autre avenir sorte d'une page ? Il aurait dû comprendre que ce qu'il cherchait ne se trouvait pas dans les yeux de cette femme berbère. Plus tard, il me dira qu'il lit une phrase par jour. Une seule. Pas plus. Mais une belle. Puis plus rien, le reste de la journée ; le silence et une cavale de l'âme.

Grand-mère n'est *que* grand-mère. Grand-père, lui, n'est pas que grand-père, il *est* grand-père. Plus on le malmène, plus je me sens proche de lui. Il se passe quelque chose entre lui et moi ; et ce quelque chose durera toute la vie. Lorsque qu'il n'a pas trop bu, lorsqu'il n'est pas trop loin de lui-même, il m'apprend ce que veut dire une théocratie. Il me conseille de ne jamais dire du mal du roi du Maroc. Ni de la religion. Évitons de réveiller les démons islamistes, précise-t-il. Il voit un frémissement. Il voit les religieux commencer à bouger et à teindre leur barbe en roux. C'est mauvais signe, dit-il.

Il connaît le Maroc comme sa poche ; mieux que les Marocains eux-mêmes. Il a traversé l'Histoire. Il a vu chaque époque avaler la précédente. Il a vu aussi les temps changer, sans que rien ne change vraiment. Il a suivi et survécu à toute la dynastie Alaouite. Il a connu Mohamed V, son fils Hassan II. Il comprend parfaitement l'arabe et le berbère, mais fait mine de ne pas comprendre. Ça l'arrange. Quand il sort, il dit *salam*, *inch'Allah* et *choukran*, merci. Ces trois mots suffisent à l'étranger qu'il est. Jamais un mot inutile ne sort de sa bouche. Moins on en dit, mieux c'est, dit-il.

Grand-mère, elle, ne cesse de parler d'un Dieu qui lui colle à la peau. Quand on a cette peau-là, on a beau se frotter, on ne se débarrasse pas aussi facilement d'Allah ! Dieu occupe ici une grande place, pour ne pas dire toute la place. Allah est envahissant ! Mais qui peut dire à quoi ressemble Dieu ? Qui a vu ce Grand Anonyme dont tout le monde parle ?

Et le *françaoui*, lui ; quelle est sa version des faits ? Il faut lui poser la question.

« Où en es-tu avec Dieu, grand-père ?

— Tout dépend de ce qu'on appelle Dieu.

— Je te parle de Celui devant lequel tout le monde se prosterne.

— Ah, le *gentilhomme d'en-haut* !

— Oui, Celui-là. Celui qu'on passe notre temps à prier.

— Les prières ne sont accueillies par personne. Parlons plutôt de ce que Dieu *n'est pas*. »

Sa réponse me fait d'abord penser à une somnolence de la foi. Il n'en est rien. Au vrai, il s'agit d'une totale absence de foi. Je ne le pensais pas si peu soucieux de théologie. Je le pensais croyant, du moins un peu. À force d'en entendre parler, il aurait pu commencer à y croire, lui aussi, à ce Dieu, avec autant d'appels à la prière. Quelles sont ses convictions théologiques ? Il est à deux doigts de m'en parler. Pour ça, il lui faut un verre. Je le sers. « J'ai vendu mon âme au Diable », me dit-il. Qu'est-ce qui peut bien pousser un homme à vendre son âme au Diable ? Une femme, peut-être !

« Je suis alcoolique et je le sais, me dit-il. J'aime le vin autant que Baudelaire aimait le haschich et l'opium. »

Je ne m'attendais pas à ce qu'il me dise ce qu'il s'apprête à me dire. À ce qu'il soit un farouche adversaire des religions. Sa foi repose, justement, sur une totale absence d'orientation religieuse. Dieu est absent de sa vie. Et c'est là où le bât blesse avec grand-mère. C'est un peu ça leur problème, aussi. Mais pas que.

Grand-père dit : « Dieu et moi, nous nous sommes rencontrés une seule fois. Seulement, il ne se souvenait plus de moi. Depuis, le Gentleman d'en-haut s'est toujours effacé pour ne pas me déranger. Il a restreint ses apparitions. Pour être sincère avec toi, je n'ai jamais connu les pleurs de joie de Blaise

Pascal, qui fut illuminé par la présence de Dieu et la Vérité de l'évangile. »

Les choses sont assez compliquées comme ça et grand-père les complique encore plus. Lui, l'irréligieux, prône une certaine forme d'hédonisme. Il rejoint le grand théologien du IVe siècle Saint Grégoire de Nazianze qui disait : « Cet immense ramassis de trafiquants du Christ. » Il penche pour une théologie apophatique, dite théologie négative, qui ne dit pas ce que Dieu *est*, mais ce que Dieu *n'est pas*.

« Éloignons-nous de cette mise en scène mystique, mon enfant. Laissons les fidèles à leur ciel. Regardons-les mâcher les paroles de leur Dieu. Il faut leur savoir gré de tant de foi. Abandons-les à cette joie malsaine d'être croyants. Dieu, on lui fait dire beaucoup de choses. Il se trouve que Dieu et le diable disent la même chose. Le paradis et l'enfer ne font que se disputer leurs proies. Les promesses de l'au-delà n'en valent vraiment pas la peine.

— De quel côté es-tu, grand-père ?

— Abandonné par Dieu, j'ai été tenté par le Diable... Sa présence est bien plus forte.

— Tu as trop bu, grand-père, pour dire des choses pareilles.

— C'est justement quand je bois que je suis lucide. »

Il est lucide et c'est pire que tout. Il boit encore un verre et continue : « Franchement, entre nous, si j'étais Dieu, je n'aurais jamais envoyé mon fils se faire crucifier pour rien. Regarde ce que ça a donné. »

Peut-être parle-t-il d'un autre Dieu qu'Allah !

« Je suis un athée scandaleux qui prône un athéisme parfait », conclut-il.

Voilà, ça c'est dit !

Un jour, grand-mère déteste le *françaoui*. L'autre jour, elle le déteste encore plus que la veille. Cent vies ne suffiraient pas à satisfaire sa haine. Les disputes s'enchaînent les unes aux autres et rien ne peut y mettre fin. « Les Français finissent toujours par sombrer dans l'alcool », dit grand-mère. Elle se cache derrière son chapelet pour ajouter : « Cet homme ne fait pas partie de notre peuple. Il n'est pas musulman et tous ceux qui ne sont pas musulmans iront en enfer. »

Elle fait endosser à grand-père tous les péchés qu'elle n'ose pas porter. C'est l'endroit qui se moque de l'envers. Tous les jours, elle demande à Dieu la tête de grand-père. Elle n'a, hélas pour elle, pas le pouvoir d'influencer le destin.

« Même grand-père ira en enfer ? je demande.

— Oui, même le *nassrani*. Surtout ce *mal pensant* qui mange du porc ! Les démons s'impatientent. Ils alimentent les flammes. Il ne faut pas écouter ce qu'il dit, c'est l'enfer qui parle au travers de sa bouche. »

Elle a dans les yeux un regard que je ne lui connais pas. Portée par une espèce d'incandescence mystique, elle me dit : « Descends me chercher le Coran. J'ai mes menstrues. Je ne peux pas toucher le Livre Sacré. »

Elle prend à témoin Dieu et le Coran, et se retourne vers les colons : « Tu sais, un seul fruit pourri peut faire pourrir tout le panier. Ces gens-là ont ramené la débauche dans notre pays. Heureusement qu'il n'en reste plus beaucoup depuis que, grâce à Dieu, nous nous sommes serré les coudes pour les bouter hors de chez nous. Nous ne sommes plus le peuple vaincu. Et ceux qui sont encore là peuvent s'en aller. On ne retient personne. Les meutes de chiens errants devraient creuser les tombes des mécréants, dévorer leur cadavre et ronger leurs os. »

Ça, c'est dit aussi ! En vérité, grand-mère ne voit dans cette soldatesque que des brutes, des assassins et des violeurs. Son nationalisme la pousse à dire : « Ah, ces colons avec leur sentiment de supériorité ! Ils nous ont asservis. Nous étions leurs larbins. Ils ont dit que c'était notre *mektoub*. Ils ont profité de notre soumission au destin pour essayer de nous faire croire que la colonisation, c'était écrit. Je les entends encore dire : "C'est votre *mektoub* !" Oui, je les entends parler de nous les autochtones, et nous appeler les bicots, les melons, les bougnoules. Nous en avons entendu, des choses, et nous n'avons rien dit car nous étions dans un pays occupé. Pourtant, nous n'en pensions pas moins. Ils se disaient plus civilisés que nous. Ils se sont octroyé le devoir de nous civiliser. D'après eux, nous étions arriérés. N'avaient-ils pas compris qu'un peuple veut disposer de lui-même ? »

Les colons, ces esclavagistes, n'étaient pas les bienvenus, c'est le moins que l'on puisse dire. Et tant qu'il lui restera un souffle de vie, grand-mère souhaitera au *françaoui* le pire des cimetières, à lui et à tous les colons de sa race qui sont partis en abandonnant les veuves et les orphelins.

« Ah, si seulement il pouvait disparaître ce Français, dit grand-mère. Je serais la veuve la plus heureuse du monde. »

Je crois bien que chacun guette la mort de l'autre. En attendant, grand-père pétrit ses regrets. Il est toujours bien habillé. Il est en costume et cravate. Il a sur la tête un béret qu'il ne quitte que pour dormir. Ce n'est pas pour rien qu'il porte le béret. Ce n'est pas anodin. Il est vêtu comme s'il partait en voyage. Sauf qu'il ne partira jamais en voyage. Il est dans de beaux draps. Il s'est mis la corde au cou. Du sein de son infirmité, de sa volonté, ne sort que du friable. Il reprend à son compte la métaphore de Sainte Thérèse d'Avila et il dit : « Mais à qui donc ai-je remis les clés de ma volonté ? »

Il fredonne *Le Chant des Partisans*.

Ami, entends-tu le vol noir des corbeaux sur nos plaines ?
Ami, entends-tu ces cris sourds du pays qu'on enchaîne ?
Ohé, Partisans, Ouvriers et Paysans c'est l'alarme...

8

Le visage triste de grand-père s'anime lorsqu'il apprend que grand-mère s'absente. Elle part à un rendez-vous religieux avec le Saint Moulay Abdellah Amghar à El-Jadida ; une espèce de fétichisme d'adoration des saints, pas toujours en accord avec ce que pensent les érudits de l'islam. Elle restera là-bas une semaine avec des gens qui viennent de tous les coins du Royaume pour vénérer le dit Saint. Elle est partie avec son amant. Plus elle le trompe, plus l'idée d'un Dieu pervers fait son chemin dans la tête de grand-père. « Et dire que je pensais avoir trempé mon alliance dans le bénitier de l'éternité, soupire-t-il. Dieu n'a créé l'homme que pour l'exposer à la malédiction, pour à la fin, le condamner à mort. Que peut bien nous offrir Dieu si ce n'est le confort d'un cercueil ? »

Grand-père profite de l'absence inespérée de sa supposée femme pour se venger. Il sait que grand-mère se serait opposée à poings fermés à ce qu'il a l'intention de faire. Il veut frapper fort. Il attaque grand-mère par son autre versant. Il veut toucher là où ça fait mal. Dès lors, tout se passe très vite. Grand-mère n'est pas là pour réagir. Tout se fait dans son dos.

Rarement à jeun sauf cette fois, il prend ma main et m'achète un cartable. N'en déplaise à grand-mère, il m'inscrit à l'école française Auguste-Renoir. L'enseignement est en français. Et grand-père paie cher pour ça ! Il a gagné une bataille. Il jubile. Dès le début, je prends les choses au sérieux. L'école française, c'est le passeport pour partir un jour. Je comprends très vite que grand-père vient de m'offrir la chance de quitter ici. Je dis à grand-père qu'il ira au paradis.

« Le paradis n'existe plus, me dit-il.

— Pourquoi ?

— Dieu l'a détruit en voyant la tête de ta grand-mère.

— Il ne reste plus que l'enfer ?

— Il n'y a aucune différence entre le paradis et l'enfer. Tu trouveras des anges en enfer et des démons au paradis. »

Le *françaoui* ouvre une bouteille de vin et savoure sa victoire. Seulement, ce qu'il ne sait pas, c'est que ce n'est qu'une victoire éphémère. Ce qu'il vient de faire, il le regrettera amèrement. Trois jours à peine auront raison de ses réjouissances prématurées. Grand-mère a perdu une bataille, mais pas la guerre. Elle est tenace. C'est une berbère, ne l'oublions pas. Elle se battra jusqu'à sa dernière goutte de sang arabe.

Dehors, les garçons de mon âge, s'occupent à comparer la longueur de leur sexe. Les filles, elles, voient leurs seins pousser et se rassurent entres elles sur l'aspect de leur fente inexpérimentée. Moi, le sexe ne m'intéresse pas plus que ça. Je tente plutôt d'améliorer mon français en lisant tout ce qui me tombe sous la main. Ce que j'écris, je le montre à grand-père qui, pour m'encourager, me dit : « Si tu continues comme ça, dans quelques jours, tu écriras mieux que Baudelaire. » J'écris et je fais des fautes d'orthographe. « Ne t'inquiète pas, me dit grand-père, sais-tu que même Stendhal faisait beaucoup de fautes d'orthographe, sais-tu qu'il écrivait "cella" au lieu de "cela" ? » Il m'aide à améliorer ma compréhension des textes ; à analyser les intentions des écrivains. C'est mon meilleur professeur, seulement il est très exigeant. Il est capable d'être contrarié et de ne plus parler plusieurs jours à cause d'un point-virgule mal placé. Il est à cheval sur la ponctuation. Alors, pourquoi ne met-il pas un point final à son histoire avec grand-mère ?

Et justement, grand-mère rentre de son voyage et me voit avec un livre en français entre les mains. Elle court et me l'enlève des mains.

« Ne touche pas à ça, crie-t-elle.

— Pourquoi ?

— Les livres français sont dangereux. »

Je n'ose pas lui dire qu'on trouve des livres dangereux dans toutes les langues. Grand-mère manque de lectures. Elle est mal dégrossie, comme dit grand-père. Elle parle d'un vin qu'elle n'a pas bu et de livres qu'elle n'a pas lus.

Elle pense à ma place. Elle veut que *je pense* ce qu'*elle pense*. Que je parle la langue dite natale. L'arabe et seulement l'arabe. Jamais la langue de l'oppresseur. C'est, pour elle, une façon d'achever la décolonisation. Une façon de renvoyer définitivement l'étranger chez lui. Mais lui obéir, c'est consentir à négliger les autres langues. Ça non !

« Il ne faut plus toucher aux livres de ce peuple de damnés, tu as compris ? me dit-elle.

— Il faut que je fasse mes devoirs, grand-mère.

— Enlève-moi ça de là », dit-elle, en m'arrachant le livre des mains.

Elle mène un combat forcené contre la culture française.

« Rien ne presse, me dit-elle. Tu feras tes devoirs demain ou la semaine prochaîne, *inch'Allah.* Il faut d'abord lire le Coran. »

J'ai fini par avoir deux têtes. Une pour grand-mère : une tête musulmane. Et une autre tête pour grand-père : une tête athée.

« N'écoute pas ce que dit le Français. Il n'est pas chez lui, ici. Et les livres français, ça ne te servira à rien », ajoute grand-mère, avant de mettre le Coran entre mes mains. Les livres arabes et surtout le Coran, ça la rassure. Elle endosse l'air de quelqu'un qui a fait de longues études. Je rappelle qu'elle ne sait pas lire. Elle met son doigt au hasard sur une ligne et me dit : « Tiens ! Lis-moi ce qui est écrit ici ! »

Je lis la sourate *Gafir* : 60.

… Ceux qui, par orgueil, se refusent à M'adorer entreront bientôt dans l'enfer, humiliés…

Grand-mère a une lecture étroite du Coran. Clouée au

plancher de la religion, elle interprète le Livre à la lettre sans jamais prendre de la hauteur. Elle dit que notre religion est la meilleure des religions. C'est là son seul argument.

« Tu vois, ils iront en enfer ! dit-elle. Malheur aux mécréants. Ce n'est pas moi qui le dis, c'est le Coran. Ton grand-père est un escamoteur, un perverti, un dénégateur. »

Aïcha passe par là et demande si la maîtresse de maison a besoin de quelque chose. La petite bonne est maintenant une belle jument. Ses hanches endiablées trahissent, de plus en plus, ce qui trotte dans sa tête. On devine dans ses formes quelques intentions non confessées. Il y a beaucoup plus que du désir dans son regard et ses seins arrogants. Elle est largement *mariable*. Seulement, elle ne dit rien. Elle ne se plaint jamais même si ses mains sont abimées par les produits ménagers. Au labeur du matin au soir, elle s'occupe de la maison comme si c'était la sienne. Tout est propre. Ça sent la lessive. Nous n'avons pas de machine à laver. Aïcha lave le linge à la main comme le faisaient les lavandières, autrefois. Les ourlets des pantalons sont faits et les chaussettes sont reprisées. Elle est éternellement disponible. Jamais en retard d'un coup de serpillère. Elle n'a pas sa pareille pour le ménage. La poussière se sauve en la voyant arriver avec un chiffon sous le bras et dans la main un plumeau qu'elle agite à longueur de journée. C'est une merveilleuse cuisinière. Avec deux fois rien, elle vous remplit le ventre. Il n'y a rien à faire, sinon mettre les pieds sous la table et les mains derrière la nuque. Manger, roter et remercier Allah avec un *hamdou'Allah*, grâce à Dieu. On voit la future femme au foyer. Elle est prête pour le mariage. Elle rêve de la bague au doigt. Oui, elle est *mariable*. Elle n'attend que ça, *inch'Allah*. Et puis, elle vaut mieux que ça, que faire le ménage chez les autres ; c'est dégradant ça, elle mérite mieux.

Rien n'échappe à grand-mère qui tamise les intentions de chacun. Voilà qu'elle s'en prend à la pauvre Aïcha : « Si tu es en chaleur, habille-toi et va rejoindre les putes. »

Aïcha baisse les yeux. Le temps presse pour elle. Mais de là à aller faire la pute il y a loin, quand même ! Même si sa façon de marcher et ses fesses affolantes en disent long. Elle en est à son quatrième ramadan. Son corps est prêt à écrire son histoire. Ce n'est pas une pute Aïcha. Elle fait comme elle peut. Elle n'a même pas de soutien-gorge, la pauvre.

Grand-mère dit, en parlant de la bonne :

« Ça sent la chienne !

— La chienne ? je lui demande.

— Oui, la chienne en chaleur. »

Puis, elle se retourne vers Aïcha et lui dit :

« Tu sens la négresse. Va laver ce qui pue en toi. »

Mais qu'est-ce qui pue ? Tout est propre dans la maison. Sauf toi, Aïcha. L'odeur de tes règles est forte. Tu ne t'en rends pas compte. Tu t'es habituée à tes odeurs. Grand-mère parle de ce que tu as oublié de laver et qui commence à sentir. Elle parle des draps déchirés que tu mets entre tes cuisses quand tu as tes règles. Il fait chaud ici, tu sais. Il ne faut rien laisser traîner. C'est du vieux sang qui macère. Ici, tout sent mauvais. Tout pourrit vite. Tu saignes beaucoup quand tu as tes règles. Tu t'es changée et tu as oublié dans un coin tes choses intimes. Tu n'y peux rien, Aïcha, si tu as tes règles. C'est normal. Il ne faut pas laisser traîner ça. Cours, va faire bouillir les tissus pleins de sang, avant que grand-mère ne se lève et te frappe. Tu as honte, n'est-ce pas ? Il ne faut pas. Oublie tout ce qu'on t'a dit. Aucune femme sur terre n'est sale. La femme n'est pas une moins-que-rien parce qu'elle a ses règles contrairement à ce que disent les intégristes. Enlève-toi ça de la tête. Ne pense plus à ce qu'on a voulu faire des femmes. C'est humain. Et rassure-toi, rien de ce qui est humain n'est honteux. Même si, ici, tout a été construit sur l'autel de la honte, de l'interdit et du secret.

Dehors, la fraîcheur de ta silhouette attise l'œil du mâle. Aïcha, toi la bonne, que les yeux des jeunes mâles se disputent du regard dans la rue. On dit de toi que tu es une fille *imprenable*, alors on te caresse de l'intention. On dit aussi que tu es une forteresse inviolable. J'ai vu des paires d'yeux anonymes, la braguette ouverte, te violenter ouvertement du regard. N'y fais pas attention, le Maroc est un pays de mâles frustrés. Je suis un enfant du pays, je le sais. Tu te débrouilles autrement. Je ne dirai jamais rien à ta maîtresse. C'est la dernière chose à laquelle elle aurait pensé. Rassure-toi, je te promets de ne jamais dire ce que tu fais avec grand-père. Contrairement à ce qu'on pourrait croire, il n'a pas fait vœu de chasteté le vieux mécréant. Grand-mère a bien un amant, elle ; ai-je raison de penser que grand-père a le droit de vivre de son côté, lui aussi ?

Dans ce pays, le sexe est partout. Même si personne n'en parle. C'est *ha'chouma*, honteux d'en parler. Nous préférons parler de religion alors que nous ne pensons qu'à ça. Nos envies débordent. Et nous culpabilisons. On nous a appris à culpabiliser. C'est fait, on a retenu. Nos désirs nous rendent malades. La religion nous harcèle ; et cette religion nous dit que c'est *ah'ram*, que c'est péché. Tout est péché. Au ramadan, regarder une fille est péché. Avoir une idée de sexe est une idée coupable ; pis, c'est péché aussi. Nous explosons de l'intérieur. Le sexe occupe toutes les têtes. Avec nos élans inassouvis, chaque femme est une proie. Nous avons un problème avec ça. Nous ne vivons pas. Nous faisons semblant de vivre. Nous avons honte de nous montrer tels que nous sommes vraiment. Il faut guérir nos hommes.

Et on s'en prend à la bonne !

« Tseb ! Tseb ! Espèce de *kâh'ba*, dégage, espèce de putain ! » te dit grand-mère.

Tu disparais à la cuisine. Un jour ton calvaire prendra fin, Aïcha.

Une fois qu'elle a fini avec Aïcha, grand-mère, à poings serrés et lèvres crispées, s'en prend aux livres de grand-père. Elle jure, une main sur le cœur et l'autre sur le Coran, que bientôt tous ces livres vont disparaître. Elle porte sa main à sa bouche et à son front et fait un pacte avec elle-même : toute cette bibliothèque finira à la décharge sauvage avec le *z'bel*, les déchets. Parole de Musulmane ! Le *françaoui* ne perd rien pour attendre, celui-là. Elle jure qu'elle va se faire justice et que ce serait une vengeance réussie. *Z'bel*, *z'bel*, de la pourriture ces livres ! Il a gâché ma vie, ce colon. Il va voir ce qu'il va voir ! Puis, elle se tait. Plus un mot. Juste un méprisant silence. Grand-père a l'oreille assez fine pour entendre que ce silence n'annonce rien de bon.

Tu te trompes, grand-mère. Il n'a pas gâché ta vie. Dans les livres du *françaoui*, il n'y a aucune idée obscène qui menacerait l'ordre conjugal. Ce n'est pas ça votre problème.

Grand-père fait exprès de me dire, devant grand-mère :

« Sais-tu que Stendhal n'a mis que cinquante-deux jours pour écrire *La Chartreuse de Parme* ?

— Qu'Allah maudisse Stendhal, répond grand-mère, qui ne sait pas qui est Stendhal.

— Il est mort, lui dis-je.

— Il ira en enfer » conclut-elle.

Elle a les traits fermés. Grand-mère est un mur qui ne rit jamais. Difficile de se faufiler entre ses humeurs. Elle est d'une intelligence molle au regard du Français. Elle fait de l'à-peu-près. Grand-père, lui, s'éloigne en chantonnant le *Chant des Partisans* et en ajustant sa Légion d'honneur qu'il porte dehors comme dedans. Il se retourne et renchérit :

« Eh oui, n'est pas écrivain qui veut ! Stendhal, ça laisse rêveur. »

En parlant d'écrivain, je me sens comme un récit renié par son auteur. Je demande à grand-mère : « Où est ma mère ? »

Grand-mère ne répond pas. On dirait que, d'un coup, elle a remis ses mauvaises rides sur son visage. Le sang afflue autour de ses yeux. J'insiste.

« Ne parlons plus jamais de cette femme, s'esclaffe-t-elle. Elle a succombé aux séductions de Satan. Elle a de qui tenir, ajoute-t-elle, en faisant allusion à grand-père. Elle est passée entre plusieurs mains. C'est une putain qui a perdu la tête. Le malheur rôde dans ses entrailles ! »

La colère de grand-mère ne mollit pas. Son visage est maintenant complètement rouge. Elle est en rage contre sa fille et contre le père de sa fille. Elle continue, sans y mettre les formes.

« L'honneur de la famille a glissé entre les doigts de cette putain qui ouvre ses cuisses au premier venu. Tout le monde l'a baisée, sauf Dieu. Qu'Allah pardonne mes paroles. Voilà qui est ta mère ! »

Grand-mère est déchaînée. C'est grand-père qui l'a énervée avec son mécréant de Stendhal. Elle en a des bouffées de chaleur, maintenant. Lorsqu'elle reprend son calme, elle s'approche de moi. Ses traits se sont adoucis. On dirait qu'elle regrette ce qu'elle vient de dire.

« Écoute mon enfant ! C'est la dernière fois qu'on en parle. Cette femme ne mérite pas qu'on l'appelle mère. Elle a choisi la voie du *cheïtan* et je ne peux rien faire contre cette invasion, contre tous ces sexes d'hommes qui rentrent dans son ventre. La débauche coule dans ses veines. Il faudrait lui changer tout son sang. »

Elle pointe sa main en direction de la chambre de grand-père, et ajoute : « Elle a du sang *roumi*, tu sais ? C'est la fille de "qui tu sais". Cette femme est une *kâh'ba*. Oublie son visage, efface sa silhouette, oublie la vie que tu as menée avec elle. Je sais que tu oublieras. »

Elle dit que quand on est jeune, le chagrin ne dure que le temps d'un sanglot.

Un jour, il faudra enjamber la mer et partir loin d'ici.

9

Aïcha, je t'ai promis de ne rien dire. De ne jamais dévoiler qu'une fois par semaine, lorsque grand-mère s'en va au *souk*, tu cires le merisier de la bibliothèque. C'est *ta* journée avec le *françaoui*. Tu enlèves la poussière des livres. Que fais-tu d'autre ? Tu passes la serpillère. Tu fais les carreaux des fenêtres. Tu changes les draps du lit de grand-père. Et quoi encore ? Allez dis-le. Je sais que tu es vierge comme neige du matin au soir, et du soir au matin. Nul ne t'a foulée.

Tu trouves que c'est honteux ? Tu vois où je veux en venir ? Je t'ai vu et je ne dirai rien. Je l'ai promis. Je ne dirai pas que tu offres à grand-père les horizons qui lui manquent. Tu n'oses pas parler ? Pas un mot sur ça ? Allez... allez ! Je vais parler à ta place. Tu ne fais pas ça pour rien. Ce n'est pas *ah'chouma* les gâteries que tu fais à grand-père. N'ayons pas peur des mots. Allons-y. Avec ta main, tu donnes du plaisir à grand-père. C'est sa seule ardeur. En contrepartie, le *françaoui* te donne de l'argent. Non, ne rougis pas. Fais comme si je n'avais rien dis. On ferme les yeux. Il n'y a aucun mal à ça. Même si l'islam interdit cent fois ce genre de choses. Tu fais ça pour ton avenir. Tu économises pour élever tes futurs enfants. Disons que tu prends tes précautions. Tu sais qu'il ne faut rien attendre d'autrui.

Tu sais aussi que les rêves ne se réalisent pas seuls. Tu sais qu'il faut donner un coup de main au destin. Laisse-nous deviner ce que tu fais. Dis-nous qu'avec ta main gauche, la main sale qui sert à laver les parties intimes lors des ablutions, de cette main, tu masturbes le *françaoui* ; et de la main droite, la main propre, tu prends l'argent sale qu'il te donne. C'est ton gagne-pain. C'est de l'argent gagné à la sueur de tes mains. Tu fais ça en attendant que les mauvais jours passent. La liberté passe par ces sacrifices-là. C'est donnant-donnant. Tu fais du bien au Français et il te fait du bien. Ça t'assure un revenu régulier. Tu économises. Tu mets l'argent là où personne n'ira voir. Qui oserait te demander ce qu'il y a dans ta culotte ? Personne. Certainement pas grand-mère qui a failli s'évanouir la dernière fois que tu as eu tes règles. Bien sûr, tu ne gardes pas les billets là où tu les as mis. Tu les caches à l'endroit le plus sûr ; celui que grand-mère déteste le plus. Ça fait des années que tu fais ça. Que tu caches tes billets de cent dirhams dans la bibliothèque, entre les pages des livres. Tu as mis de côté une petite fortune. Quatre gros volumes des *Mémoires d'outre-tombe* de Chateaubriand sont remplis de billets. L'avenir de tes enfants est assuré. L'argent n'a pas d'odeur, dis-tu ; et aucun nez n'ira sentir là où il est. Encore moins grand-mère. Pour elle, aller toucher un livre de la bibliothèque du *françaoui* est pire que rentrer dans une synagogue pour un Musulman. Plutôt mourir que toucher ce *z'bel* !

L'argent d'Aïcha est à l'abri. Et pour grand-père, la main de la bonne, une main preste en besogne, est une main audacieuse venue d'Ailleurs.

10

S'il avait pu infiltrer l'avenir, jamais il ne se serait fourvoyé dans cette histoire. Voué aux gémonies de grand-mère, le *françaoui* regarde ce qui se passe dans *sa* maison sans jamais rien dire. Jamais un mot plus haut que l'autre. Il prend sur lui. Il est comme Aïcha, il ne se plaint pas. Il sait que ça ne sert à rien de se plaindre. Il est étranger ; étranger même dans sa maison et parmi ses propres meubles. C'est le compagnon indésirable qui fait figure d'imposteur ; celui qui n'est pas à sa place ; celui qui n'est pas le bienvenu chez lui. S'il était croyant, on dirait qu'il porte sa croix. Il est en milieu hostile et il le sait. Il a fini par se faire une raison. Une espèce de *fatwa* a été émise sur sa tête : on a décidé de lui empoisonner l'existence. Rien ne lui est épargné.

N'a-t-il donc pas le moindre soupçon de ce qui se passe ? Bien sûr que si. Il sait que grand-mère a un amant. Il l'appelle Vronski. Je n'ai jamais osé lui demander pourquoi il l'appelle comme ça. Je ne veux pas remuer le couteau dans les blessures de sa vie intime ; mais je le saurai plus tard. À aucun moment, il ne reproche à grand-mère son inconduite sexuelle. Il est au-dessus de tout ça. Mais pourquoi ne lui dit-il pas ses quatre vérités ? Est-ce une question de courage ? S'il a peur, il ne le montre pas. Ce n'est pas tellement la question. Du courage, il en a ; il a fait la guerre. Et la guerre, il peut la raconter heure par heure ; minute par minute. Pourquoi ne va-t-il pas, sans explication, se jeter dans les bras d'une autre femme ; se consoler dans d'autres draps pleins d'odeurs nouvelles au lieu de rester là à se voiler la face, à se réfugier dans l'alcool et traîner ses jours ? Il pourrait se venger. Mais se venger de qui ? De quoi ? Il trouve que c'est fatiguant de se venger. Se haïr aussi est fatiguant. Peut-être eût-il mieux valu prendre une fille d'un soir ? Peut-être est-il passé à côté de quelque chose ? En tout cas, il ne montre rien. Son maquillage est parfait. À croire qu'on finit par aimer ce qu'on n'aime pas. Une chose est sûre, il a raté son mariage. Et il le dit : « Il ne faut pas chercher le bonheur dans le mariage. Le bonheur n'est qu'un malentendu. » Il ne sort presque pas. Il vit au milieu de ses déceptions éparpillées dans sa chambre. Il porte sa douleur majestueusement. L'eau ne lui monte jamais au regard. Il a l'œil sec. Un homme, ça ne pleure pas ! Et moi, je n'ai pas la poignée pour le libérer de son passé. Des bruits continuent de courir dans le quartier. On dit que ses jours sont comptés. Qu'il serait déjà proche des enfers. Certaines langues disent qu'elles ont vu un feu follet flotter au-dessus de sa tête.

Une violente dispute vient d'éclater. Dans ses moments de crise, grand-mère fait tout voler. C'est une femme à caractère difficile, c'est le moins que l'on puisse dire. Au vrai, la méchanceté ne lui fait pas défaut. Elle est hystérique mais on préfère s'accorder à dire qu'elle a du tempérament. Elle n'abdique jamais. Elle mate le Français. Grand-mère c'est grand-mère, elle ne changera pas. Comme d'habitude, elle insulte le Français. Comme d'habitude, il ne dit rien. Le silence est aussi une façon de dire les choses. Il sait ce qu'il y a de périlleux à répondre. Il sait qu'il lui sera impossible de dompter cette femme. Sur une commode, est posé le buste en plâtre de Marianne. Grand-père y tient comme à la prunelle de ses yeux. Elle est belle, sa Marianne coiffée de son bonnet phrygien. Ce n'est pas rien pour lui. Elle représente les valeurs de sa République. La nuit, il doit rêver qu'il fait l'amour avec cette femme de plâtre. Près de Marianne, flotte un petit drapeau tricolore. Portant son arrogance en bandoulière, jamais mesurée, ne sachant plus à qui s'en prendre, grand-mère se dirige vers Marianne. Grand-père devine ce qui va se passer.

« Tu vas la mettre enceinte à force de la regarder, ta salope en plâtre », lui dit grand-mère.

Marianne tremble. Elle sait ce qui va lui arriver. Grand-mère cherche le duel. Grand-père, lui, aurait préféré croiser le fer de la haute pensée.

Grand-mère se rapproche de plus en plus. C'est mauvais ça !

« Voilà, ce que j'en fais de ta putain non voilée ! » dit grand-mère.

Elle est à ce point imprévisible, grand-mère, qu'on doute toujours de ce qu'elle va faire. Dans une de ses innombrables éruptions de colère incontrôlées, elle prend la putain non voilée et la fait voler en éclats. Grand-père s'assied et essaie de recoller les morceaux de sa muse, sa bien-aimée de toujours. Les morsures de grand-mère ne font pas saigner grand-père, devenu comme un appendice muet. Du moins, elles ne se voient pas. Alors, grand-mère crie encore plus fort. Plus elle hurle, plus grand-père se tait ; et plus grand-mère hurle encore, plus on entend par la fenêtre grande ouverte les gens dans la rue dire « *Allah Akbar* ». Ici, on dit que Dieu est grand pour un oui ou un non. Même pour une violente dispute entre une femme arabe et un vieil homme français qui n'auraient jamais dû se croiser. Grand-père est condamné à se regarder tomber.

Ça fait des années que vous êtes ensemble, et autant d'années que vous vous détestez follement. Ça va mal finir votre histoire. Vous n'avez pas appris à être ensemble. Quelqu'un aurait dû s'opposer à votre mariage. Vous passez vos années à ruminer. Mettez-y du vôtre. Grand-père, aujourd'hui, ta femme a un amant, un Musulman comme elle, et tu le sais, et tu ne bouges même pas. « Il est cocu le Français », dit-on. Tu es sourd ? Tu es aveugle ou quoi ? Ça ne te fait rien que ta femme soit dans les bras d'un autre ? Tu es la risée du quartier. Comment peux-tu supporter tant d'humiliations ?

« Grand-père, pourquoi grand-mère crie ?

— C'est une bouche à bruit, c'est tout. Ceux qui crient trop fort finissent toujours par perdre leur voix.

— Pourquoi est-elle si méchante avec toi ?

— Tu sais, la terre est patiente. Elle attend que les humains soient bons. »

Et puis, il faut bien que je lui parle de cet amant. Mais ne sachant comment dire les choses, je finis par dire :

« Tu vas rire, grand-père.

— Les rires sont des déceptions joyeuses.

— Sais-tu que grand-mère a un amant ? »

Il sourit. Et ce sourire dit qu'il sait. Peut-être y a-t-il un accord tacite entre eux.

« Tu sais, dit-il, nos instincts agissent contre nos instincts. Elle a cédé à ses pulsions. Tout se négocie, surtout la médiocrité.

— Comment ça ?

— Des bras, c'est des bras. Que ce soit les miens ou ceux d'un autre, ce n'est pas important du moment qu'elle trouve ce qu'elle recherche.

— Mais c'est quand-même ta femme ?

— Madame est sortie de sa tribu, elle ne sent plus la chèvre, elle porte les plus beaux caftans de Marrakech, elle a dans son armoire les parfums les plus chers, elle a de quoi manger pour des années, elle ne manque absolument de rien, sauf peut-être d'une chose que je n'ai pas pu lui offrir, c'est-à-dire un amant. Eh bien, elle s'est offert un autre homme toute seule.

— Pourquoi tu ne vas pas le voir, son amant ?

— Pourquoi se fabriquer des ennemis ? On en a assez comme ça.

— Cette femme... elle est à toi !

— Sache qu'on ne possède jamais vraiment le corps d'une femme.

— Grand-père, tu n'es pas heureux avec grand-mère, ça se voit.

— Qu'elle profite de son bonheur, je ne lui demande pas de me rendre le mien ! »

Grand-père a ses échecs sous les yeux. Il a un geste qui traduit l'impuissance. Il n'exige rien d'elle, pas même la fidélité. J'essaie de trouver le plus petit prétexte à son inconduite ou, à défaut, de jolies raisons à l'adultère de grand-mère. Je n'en trouve pas. Pourquoi va-t-elle voir ailleurs ? Ce n'est pas la meilleure des choses à faire. Grand-père, dans une froide lucidité, préfère mettre ça sur le compte d'une espèce de fatalité conjugale.

« Elle habite ici mais son sourire vient d'ailleurs », dit-il.

D'une malle, grand-père sort une photo en noir et blanc de grand-mère. Elle était très jeune, dans ses montagnes berbères. Il dit :

« Je l'ai connue à l'heure de sa fraicheur. Elle a bien changé, tu vois. Le Créateur a mal façonné la fidélité, ajoute-t-il.

— C'est vrai que tu iras en enfer parce que tu manges du porc ?

— Qui a dit ça ?

— C'est grand-mère. Elle dit que c'est écrit dans le Coran.

— La religion, c'est le paradis des autres ! Les vraies Saintes Écritures, c'est la littérature.

— Alors... Tu iras en enfer ?

— Même l'enfer, ce n'est plus ce que c'était ! » soupire-t-il.

Tu as beau ironiser sur l'enfer, ton mariage a été un jour de deuil. C'étaient des noces de larmes. Vous dire au revoir, serait la meilleure des choses à faire. Tu as été bien mal inspiré de mettre les pieds ici. Tu as mené une vie errante. Tu as tout vu. Tu as couru le monde avant d'échouer dans cette contrée. Maintenant, tu ne veux plus partir. Ce qui te relie à ce pays n'est ni cordes ni chaînes. C'est autre chose. Pourquoi, mais pourquoi donc, t'obstines-tu à rester là à soupeser ce qui alourdit et accable ta vie ? Rester là à traîner tes jours. Tu as touché le fond de la jarre. Retourne d'où tu viens.

« Pourquoi es-tu venu t'installer dans ce pays ? je lui demande.

— Ce pays, j'en suis tombé amoureux la première fois que j'y ai mis les pieds. »

Écoute, le Français. Quand vas-tu te redresser ? Aie un peu de fierté. Un peu d'orgueil, quand même ! Enfourche ton courage et va-t'en. Pars loin d'ici pendant qu'il est encore temps ! Va rejoindre Marianne en France. Ta putain non voilée t'attend là-bas. Peut-être as-tu une raison intime pour rester ici ? Mais, partir, en as-tu envie ? Sans doute non ! Ta seule réponse est : « On n'aurait jamais dû coloniser l'Afrique du Nord. Un jour, on leur devra quelque chose. Tu verras ! Un jour ou l'autre, ils se retourneront contre nous. Un jour, on va le payer. Ça va nous revenir en pleine figure. »

« Pourquoi tu ne rentres pas en France, grand-père ? Tu seras chez toi.

— Je serai chez moi quand je serai mort. Et je monterai au ciel avec mon verre à la main. »

L'heure est maintenant venue de faire de moi un bon Musulman, estime grand-mère. Elle craint que je rejoigne le Français dans sa mécréance. Mais il ne lui fait pas peur, celui-là. Ce n'est pas lui qui va impressionner cette femme berbère, quand-même. Loin s'en faut. Il ne faut pas trop la chercher. D'un revers de la main, elle balaie les interdictions du *françaoui*. D'un sourire, elle le fait reculer. Grand-père m'a inscrit à l'école française contre son gré. Elle lui rend la pareille.

« Surtout, ne dis rien au *françaoui* », me dit-elle, en me tenant la main et en me conduisant en cachette à l'école coranique.

Cette école coranique, dès le premier jour, je ne l'aime pas ; et pourtant, elle est réputée. La *medersa* Ben Youssef est un joyau de l'architecture mauresque fondée par le sultan mérinide Abu al-Hasan. J'appréhende le *fquih*, barbu et grave, tout de blanc vêtu, qui nous enseigne les versets du Coran. Il prétend, *lui aussi*, descendre du Prophète. À les entendre, ils sont tous les fils du Prophète. Le *fquih* respecte scrupuleusement le Coran. C'est pourquoi, il ne s'est pas gêné pour épouser quatre femmes, comme l'y autorise le Livre Saint. Chacune des femmes lui a donné quatre enfants. Il se dit béni. Il a vraiment eu de la chance. Il n'a eu qu'une seule fille. Une seule femelle et quinze mâles. Rien qu'à la vision de ce qui ressemble à un visage, je reste figé de peur. Sa *djellaba* sent la sueur. Sa chechia aussi. Il frappe les élèves sur la tête avec ses babouches *pour leur faire rentrer l'érudition*. C'est le meilleur *fquih* de Marrakech, dit-on. En vérité, la plupart de ceux qui sont passés entre ses mains ont mal fini. Certains sont devenus fous ; le Coran peut rendre fou, dit-on. D'autres se sont suicidés et le reste on ne sait pas ce qu'ils sont devenus. Bref, il n'a aucun disciple.

Le *fquih* est très sévère et il a la main facile. Il enseigne à coups de bâton. Sa seule réputation effraie tout le monde. On dit qu'il possède une ouïe exceptionnellement fine. Il est capable d'entendre la lumière. Garant de la foi des fidèles, il est capable de sentir dans le vent les odeurs des menstrues à cent mètres aux alentours. Il lui arrive de sortir et de longer les murs. Tête dressée, il renifle comme un chien à la recherche d'une éventuelle cacosmie féminine d'origine hormonale. Dès qu'il détecte une odeur suspecte, il alerte les fidèles. Et demande à ce qu'on chasse loin, très loin de la mosquée, la femme impure. On dit aussi que, selon son humeur, son ombre change de couleur. Sauf que rien de tout ça n'est vrai. Ce qui est vrai, c'est que ses prêches ne sont pas des prêches, mais de la propagande. Il cherche à contaminer quiconque l'approche. Il ne cesse de parler d'Allah. Dieu, c'est son fond de commerce. Il en vit. Et il en profite.

Dans cette école coranique, nous recopions les versets du Coran en lettres calligraphiées sur des *luhas* usées, des ardoises en bois. Nous écrivons avec des roseaux taillés en pointe, que nous trempons dans une encre noirâtre. Ensuite, tous ensemble, nous récitons haut et fort, sans comprendre, les sourates du Coran qui, selon le *fquih*, viennent directement du paradis. De sa voix cassée, le *fquih* dit à tous ceux qui posent des questions et qui veulent comprendre : « On ne vous demande pas de comprendre. On vous demande d'apprendre les paroles du Prophète, notre guide suprême ! D'apprendre par cœur ! C'est en récitant les sourates qu'elles prennent place dans nos âmes. Plus fort ! Allez, encore plus fort, je ne vous entends pas ! Je veux qu'on vous entende depuis la Mecque ! » hurle-t-il.

Un jour, depuis ma place du fond, je demande au *fquih* pourquoi on écrit de droite à gauche. Alors qu'en France, c'est l'inverse. Pour preuve, je sors *Les Fleurs du mal*, que j'avais dissimulé dans mon cartable. Ne pensant à rien de mal, je saisis le livre et le montre au *fquih*.

« Regardez ! lui dis-je, pour amener du crédit à mes propos. C'est Charles Baudelaire qui l'a écrit. »

Le *fquih* me foudroie du regard. Baudelaire n'a rien à faire dans une mosquée.

« Où as-tu trouvé cette cochonnerie ? La France, c'est la France ! Ici, on est chez nous. On est au Maroc, dans une *medersa* ; une école adossée à une mosquée. Nous ne sommes pas au pays des déicides. On ne pose pas de questions. Et ici, on écrit de droite à gauche. Un point c'est tout ! »

Depuis ce jour, le *fquih* me prend en détestation. À chaque fois, il fouille mon cartable à la recherche d'un éventuel Baudelaire ou un autre mécréant de cette trempe. Pour le fuir, je me fais tout petit et fais mine de ruminer les sourates. J'imite les autres sans qu'aucun son ne franchisse le seuil de ma bouche. En balançant mon corps d'avant en arrière. On dirait que je me lamente sur mon sort au milieu de ces vociférations coraniques. Lorsque le *fquih* pose une question, tous les doigts se lèvent, sauf le mien. Ça ne rate pas. Le *fquih* à l'ouïe fine et à la *djellaba* puante s'aperçoit de ma supercherie. Il sait que je ne sais pas. Il fait immédiatement taire tout le monde.

« Espèce de tricheur ! Viens ici ! » hurle-t-il.

Certains jours ne sont pas à leur place. Et justement, le jour du jugement dernier est arrivé pour moi. Je chavire. Je tremble. Armé d'une longue branche d'olivier, le *fquih* envoie dans l'espace son bâton qui cherche une tête à frapper. Même Dieu n'oserait pas se servir de ce bâton, tellement ça fait mal. Et c'est sur la mienne, de tête, que le coup s'abat. Le *fquih* ne rate jamais sa cible. Il m'appelle avec ma *luha* sous mon bras. Menaçant avec son bâton d'olivier pointé vers moi en accusation, il me dit de réciter seul, haut et fort. Il veut que les *mousslimins*, les Musulmans de la terre entière, entendent les paroles du Prophète sortir de ma bouche. Je cherche désespérément quelque chose à dire. Aucune parole pieuse ne se fait entendre ! Je ne vais quand-même pas réciter Baudelaire. Je reçois un autre coup sur la tête. Le bâton d'olivier s'emporte. S'envole. S'affole dans l'espace. Puis s'abat sur moi, encore.

Ma joue et mes doigts sont bleus !

Un autre jour, en ôtant mes chaussures avant d'entrer à la *medersa*, j'ai le malheur de les mettre à l'envers. Aussitôt, le *fquih* me roue de coups, en hurlant :

« Que le diable t'emporte !

— J'ai rien fait.

— *S'kout*, espèce de *h'mar*, tais-toi espèce d'âne ! »

Superstitieux, il dit que les chaussures posées à l'envers portent malheur. Ça attire le *cheïtan* qui vient faire sa prière dessus. Le *fquih* me dit de rentrer chez moi. J'accroche ma *luha* au mur. Je m'en vais. Je pense aux coups. J'avance par à-coups. Je marche comme on sanglote. La religion est une porte étroite que je n'arrive pas à franchir. L'érudition coranique ne trouve décidément pas le chemin pour s'installer dans ma tête. Je n'ose rien dire.

Un soir, dans la bibliothèque, grand-père s'approche de moi. Jusque-là, j'avais réussi à dissimuler les traces de coups. Il voit mes mains. De ses yeux, il m'interroge. Son œil écoute ce que je tais. Comment lui mentir ? Mon regard est un aveu. Je lui raconte ce qui se passe à la *medersa*. Quoiqu'il soit d'ordinaire un homme d'un calme exemplaire, pour la première fois, il entre dans une terrible colère. Le bleu de ses yeux se transforme en rouge de colère. Il met son costume noir trois-pièces. Ajuste sa Légion d'honneur et ses autres décorations d'Indochine. Rectifie sa cravate, et son béret ! Ce *fquih*, il en fait son affaire. Il va lui dire deux mots à celui-là. Finalement, il n'en fait rien. Il se regarde dans la glace et tente de rectifier son assurance. Il titube. Comme on le devine, il est ivre. Il a beau rassembler ses forces, rien n'y fait. Il ne marche pas droit. Un verre a poussé l'autre toute la journée. Il n'a pas lâché la bouteille.

Une violente scène éclate. « Un mécréant ne doit pas s'immiscer dans l'éducation d'un Musulman », dit grand-mère. À chaque fois qu'elle ouvre la bouche, c'est un fusil à plusieurs balles. Une tempête de mots en arabe d'un côté et en français de l'autre. Chacun se réfugie derrière sa langue.

« Pourquoi tu ne parles jamais le français, je demande à grand-mère.

— Parce que les colons ne se sont jamais donné la peine de parler notre langue. »

Menaçante avec ses babouches blanches, grand-mère s'approche du *françaoui*.

« Tant que je serais vivante, cet enfant étudiera le Coran ! » lui hurle-t-elle.

Grand-père fait un pas vers grand-mère et s'arrête. Un pas de plus et il aurait tôt fait d'y laisser sa peau. Des yeux, grand-mère le repousse des deux mains. Ses regards glaçants intiment de se tenir à l'écart. La colère lui monte au cou et grand-père ne sait comment enjamber toute cette haine.

Elle le maudit de tout ce qu'autorise son vocabulaire français. En vérité, elle ne prononce correctement qu'un seul mot : *mécréant*. Un seul mot et ça arrange grand-père. Il préfère que grand-mère n'essaie pas de parler français. Il n'a quand-même pas fait la guerre, avec tous les morts pour la France, pour qu'on vienne abîmer la langue française. Il ne supporte pas l'élocution boursouflée. Pas plus qu'on fasse du mal à sa langue. Au vrai, il est sensible au phrasé soigné et la grammaire appliquée. Pour lui, les contorsions de langage blessent la République. Il a toujours pris ses distances avec la clochardisation du langage. Mais ce n'est pas ici qu'il exigera un français recherché. Chez grand-mère, la langue est envahie par un douteux laisser-aller sémiotique. Mais il ne peut quand même pas reprocher à une Berbère venue du fin fond de la campagne, ses contorsions grammaticales.

D'un geste en l'air, grand-mère appelle la malédiction et la dépose sur les épaules de ce suppôt d'*Iblis*, ce Satan qu'est le *françaoui*.

« Que Dieu te maudisse », conspue-t-elle.

Grand-père, lui, ne maudit rien. Il ne juge personne. Il récolte un regard de travers qui veut dire : « Toi, un jour, je vais te régler ton compte. » Elle le fixe comme on fixe un ennemi. C'est le calme avant la tempête. Ils sont là, à se regarder dans les yeux, comme deux chiens qui ne vont pas tarder à se sauter à la gorge. Je ne donne pas cher de la peau du Français qui, pourtant, se tient à bonne distance ; il ne va quand même pas offrir sa gorge à la lame du couteau. Il se tient le plus loin possible des paroles qu'elle va dire. Grand-mère cisèle son attaque. Elle n'a jamais supporté que le Français ait eu la mauvaise idée de m'inscrire à l'école française. Son orgueil refuse d'admettre la défaite. Quelque chose de revanchard semble soudre de ses gestes. Son sang ne fait qu'un tour. Elle monte sur ses grands chevaux et envoie à grand-père une ruade en pleine figure. Elle jette sa babouche. Malgré son geste de repli maladroit, le *françaoui* est atteint à la tête. Ce n'est qu'une petite secousse en attendant la secousse finale. Elle n'y est pas allée de main morte. Il a été touché au front. Il perd du sang. Il ne sent rien. Il est trempé d'alcool. Je le sens sans défense. Je me mets en rempart au milieu de leurs démêlés. Je me fais consolant envers celui qui saigne.

De quoi souffrez-vous ? Lequel de vous deux est le plus malade ? Il n'y a pas de réponse rationnelle à ce qui ne l'est pas. Grand-mère dit que le *françaoui* prend plaisir à être maudit. Qu'il est le plus maudit des maudits. Elle jure que son mariage à la sauvette ne vaut pas ce qu'il a coûté. Elle le tient pour responsable de son malheur et de celui de tous les Marocains. Elle essore sa gorge de ce qu'il en reste de haine.

« Et le beau cul de la négresse ? Il te plaît, dis voir ? »

Ils se font face. Lui, vaguement coupable ; elle, assurément en rage. Elle se doute de quelque chose. Grand-père tente d'esquiver.

« Mais que racontes-tu là ? dit-il, sous la forme d'une timide protestation.

— Tu sais très bien ce que je veux dire ! Je parle de *ta* négresse, répond-elle, plus furieuse que jalouse.

— Aïcha est orpheline, précise grand-père. Elle pourrait être ma petite fille. Elle avait cinq ans lorsque nous l'avons adoptée.

— On n'a rien adopté du tout. L'adoption est interdite en Islam.

— J'ai la conscience tranquille.

— Ta conscience vaut ce qu'elle vaut. C'est-à-dire pas grand-chose. Et je ne sais peut-être pas tout ! Aujourd'hui, elle a quinze ans, ta négresse ! C'est le bel âge, tu ne trouves pas ? Un vrai cadeau que le Diable t'a fait ! As-tu remarqué que son corps est déjà bien développé pour une jeune fille de son âge, comme tu dis ?

— Que veux-tu que je fasse de ce corps, à mon âge ! »

Grand-père a beau plaider sa cause, il ne sait comment se défendre. Grand-mère continue : « Tu ne me feras pas taire ! Tu as vu ce qu'elle a sur la poitrine *ta* Aïcha ? Tu as hérité d'une vraie *houri* de ton vivant. Est-elle obéissante ? Est-elle soumise et parfaitement dévouée aux désirs de son mécréant de maître ? »

Grand-père sait qu'il aura du mal à sortir par le haut. Il est toujours perdant avec elle. Il attend qu'elle se calme. Dans ses yeux, il n'y a ni haine, ni reproche. Il est humain. Un peu *trop* humain, même. Il n'aurait jamais dû chercher cette femme de sa tribu berbère. Il baisse les armes. Allure de vaincu, il s'en va vers sa cellule de moine. Et cette façon très ralentie de marcher ! Les années pèsent. C'est le sauve-qui-peut désespéré d'un perdant qui demande du répit. Il s'en va se vautrer dans ses lectures. Pendant qu'il s'éloigne, on entend grand-mère s'essouffler dans un torrent d'insultes en arabe : « *Ould el kâh'ba... Mosska hallouf... Kelb...Bilkeboun... Ould el kelba...* » Son premier mot est « fils de pute » et le dernier est « fils de chienne ». Le reste est pire.

Comment peut-il supporter qu'on parle de lui de cette

façon ? Grand-père n'entend pas. Il ne tient pas compte de ce qui est formulé à son encontre. Ça lui est égal. Il laisse bruire. Ce n'est que du vacarme. Il a depuis longtemps dressé une tente à l'extérieur de ce monde. Il n'est pas dans la vie ; il est derrière la vie.

Il a invité le monde à tourner sans lui.

11

Je ne crains pas Dieu ; non, ce n'est pas ça. Je crains ceux qui agissent en son nom. Je crains le *fquih* et ses coups de bâton. C'est pour ça que je décide d'appendre vite, très vite, le Coran. Je me fais le serment de le connaître mieux que quiconque. J'abandonne Baudelaire pour quelque temps et j'apprends le Livre par cœur. J'y passe des nuits. Rien ne peut mieux ravir grand-mère que de me voir avec les paroles de Dieu en main.

Quelques mois plus tard, alors que l'on n'attend personne, le *fquih* vient toquer à la maison. Sa visite ne présage rien de bon. Grand-mère le reçoit avec tous les honneurs supposés lui être dus. Il dit à grand-mère que je ne suis plus tout à fait innocent. Le garant de nos actes estime qu'il est temps de faire de moi un homme. D'après lui, je suis un futur grand Musulman. Toujours selon lui, le paradis m'ouvre déjà ses portes. Ne suis-je pas, par le Prophète de sa noble agnation ? ajoute-t-il. Que grand-mère se rassure, l'homme de foi s'est déjà occupé de *tout*. Mais que veut dire *tout* ?

« De quoi parles-tu, mon frère ? lui demande grand-mère, alors qu'elle a très bien compris.

— Je te parle de la circoncision de ton fils, Moulay Saïd. »

La veille, en sortant de la mosquée, le *fquih* s'est entretenu avec le coiffeur pour organiser l'événement à venir. Les ciseaux aiguisés et tranchants sont prêts. Le métal pour couper mon prépuce s'impatiente. Il n'y a plus qu'à fixer *rapidement* une date.

« Rapidement ? demande grand-mère.

— Oui, très rapidement ! répond le *fquih*.

— Rien ne presse », tente grand-mère.

Si si ! Le temps presse, dit le *fquih*. Il ajoute qu'il n'est pas éternel. Son avenir arrive au bout. Dieu l'attend. Il faudra qu'un homme de Bien le remplace. C'est en moi qu'il a placé ses espoirs. Il dit que ma mémoire est un cadeau d'Allah. Il n'a jamais vu un enfant apprendre le Coran aussi vite. Et pour cause ! Il lève l'index vers le ciel et jure que je suis d'une intelligence autre. Grand-mère l'écoute et hoche la tête en faisant celle qui est prête à obéir à tout ce qu'il dira. Le *fquih* est un homme que l'on craint. On dit de lui que, rien qu'en regardant les gens dans le fond des yeux, il est capable de lire la laideur de leur âme. À Marrakech, on l'appelle le liseur d'âme. On dit aussi qu'il est capable de prédire les rêves que nous allons faire la nuit. Disons, qu'il a réussi à se faire une réputation, celui qui vit aux crochets de Dieu.

C'est un retournement de situation, ce qui est en train de se passer. Le *fquih* s'aperçoit que je connais le Coran mieux que lui. Il n'en revient pas. Seulement, il y une chose que tout bon Musulman doit faire. Le *fquih* nous convoque pour le lendemain après l'*adhan*, la première prière de l'aube.

« Je vous attends demain, si Dieu nous prête vie ! »

Grand-mère savait que ce jour noir viendrait. Comment peut-elle refuser ? Personne n'ose aller à l'encontre des décisions du *fquih*. Pour la première fois, je vois grand-mère trembler. Après tout, c'est elle qui m'a inscrit là. Maintenant, il va falloir qu'elle assume. La nuit porte conseil, dit-elle. Ça lui laissera le temps de trouver la riposte. Grand-mère est un fin stratège, à sa façon. Me circoncire, c'est dévoiler ce que je cache. Ce qu'il y a entre mes jambes. Et ça, il n'en est pas question. Elle préfère mourir que d'avouer l'inavouable. Dès que le *fquih* est dehors, elle se jette sur le Coran et prie Dieu de l'aider à trouver une solution pour que personne ne sache jamais la vérité. Et demain sera un autre jour. Moi, je passe le reste de la nuit à guetter la fuite des heures. À essayer d'écouter les bruits de mon avenir. Et l'aube fortifie mes angoisses.

Le lendemain, alors que Marrakech somnole encore et que les fenêtres de la ville sont encore éteintes, grand-mère salue le jour, fait ses ablutions et sa prière. Elle en fait même une surérogatoire pour que le Très-Haut lui pardonne le mensonge qu'elle a réservé au *fquih*. Nous partons à l'école coranique. Dehors, la ville sent encore les secrets et les intimités de la nuit. Mais personne n'en saura jamais rien. Tout comme le *fquih* ne saura jamais la vérité. Grand-mère me tient par la main et me dit : « Viens ! On va lui régler son compte à ce fils de pute », me dit dit-elle.

Son idée est simple : elle va raconter une incroyable histoire au *fquih*. Plus c'est gros, plus on croit que c'est vrai, précise-t-elle. Sur la route, elle me demande d'être le complice de ses mensonges confectionnés sur mesure.

« Je vais dire des paroles dures mais il ne faudra pas faire attention à ce que je vais dire. Je fais ça pour sauver notre réputation.

— Des paroles dures ?

— Oui, je vais parler de toi en mal. »

Je la suis à reculons. Je m'attends au pire.

Tel un derviche dans sa position traditionnelle contemplative, le vieux religieux nous attend tapi dans l'obscurité ombragée de la mosquée. Même seul, il a la foi ostentatoire ; à croire qu'il cherche à jauger et influencer Dieu pour un bon emplacement au Paradis et une poignée de houris de plus. Il a une forme de piété intéressée. Dans sa main, il tient un chapelet de luxe. Ses doigts sont occupés à une ronde des versets. Il faudrait plus d'un chapelet pour égrener la distance qui le sépare de Dieu. Grand-mère se courbe devant lui avec déférence. Elle lui baise respectueusement la paume et le dos de la main droite. Elle en profite pour lui glisser un billet. C'est un acompte sur le silence que nous sommes venus acheter.

« Veuille prendre place ma sœur arabe, dit-il. Le grand jour pour ton fils est arrivé. »

Grand-mère se force à sourire. Astucieusement, elle commence par des banalités. Elle a le verbe de son côté et la verve des grands esprits tordus.

« Je te suis infiniment reconnaissante pour les intentions que tu nourris pour cet enfant, dit-grand-mère.

— C'est la providence qui nous envoie ce garçon à la beauté unique et à l'intelligence remarquable, dit le *fquih*. Cet enfant a une dimension divine. Les versets du Coran coulent dans ses veines. » (Grand-père, lui, dit que c'est le sang de Baudelaire qui coule dans mes veines. Il dit aussi que je suis un Musulman-athée.)

« Cet enfant sera l'homme de lettres qui prendra ma place, poursuit le *fquih*. Ses oreilles ne sont pas bouchées comme les autres. En quelques mois, il a appris le Coran par cœur. Il est capable d'analyser et d'expliquer le sens profond du Livre. J'ai choisi ton fils parmi tous les autres enfants de Marrakech. Et que Sa Volonté soit faite !

— Merci, *Sidi*, dit grand-mère », en s'apprêtant justement à bousculer la volonté de l'homme de foi et celle de Dieu.

Elle sait qu'avec l'argent, on peut tout acheter ; même l'homme le plus pieux de Marrakech. Elle le laisse parler.

« Dès que cet enfant en franchira le seuil sacré, derechef, la grande mosquée Al-Azhar du Caire lui ouvrira les bras. De son vivant, il entrera dans la postérité. Seulement, il y a une petite chose à faire avant, chère Lalla Salma.

— Laquelle, *Sidi* ? lui demande-t-elle. Tu as déjà tellement fait pour lui. Tu lui as appris le Coran par cœur. Il me faudrait plusieurs vies pour te remercier.

— Sois fière d'avoir un garçon. Une femme n'est pas une femme si elle n'a pas d'homme dans sa maison. Une femme sans homme, c'est comme une femme à qui on aurait retiré les deux seins. Cet enfant sera le mâle qui s'occupera de toi quand le poids des années te fera souffrir. Ce garçon a maintenant atteint l'âge requis, n'est-ce pas Lalla ?

— Comment oser te contredire, *Sidi* ?

— Alors, prenons pour lui les bonnes décisions. Nous allons procéder à sa circoncision. Son sexe déprépucé fera de lui un digne enfant de notre Noble Religion. »

Une coulée de lumière ruisselle d'un volet mi-clos et s'abat sur le visage du *fquih*. Même si elle s'en doutait, le mot « circoncision » met grand-mère au bord de l'évanouissement. Le *fquih* attribue cela à une légère fatigue due à cette chaleur d'exception qui fait tomber de la lave du ciel depuis plusieurs jours. Il lui sert un verre de thé avant de la rassurer.

« Pourquoi cette soudaine pâleur sur ton visage, sœur arabe ? C'est un grand jour, n'est-ce pas ? Ce garçon est comme mon fils. Ne te fais aucun souci. Ce sera une fête mémorable dont je me charge personnellement. »

Le *fquih* se sert, à son tour, un verre de thé et continue : « Maintenant ma chère sœur, il te revient de prendre rendez-vous avec le coiffeur qui procédera à la circoncision. Je ferai le tour du *dreb* pour lancer les invitations. Un repas sera organisé après la cérémonie. J'offre deux moutons que j'égorgerai moi-même. »

Plus le *fquih* parle, plus grand-mère transpire. On dirait

que quelqu'un lui a jeté un seau d'eau sur la tête.

« Cet enfant sera un grand théologien. Un éminent expert en droit islamique qui indiquera le droit chemin aux âmes égarées. J'en suis certain.

— C'est un grand tort d'avoir des certitudes, lui répond grand-mère.

— Je ne me suis jamais trompé sur personne ! Je suis guidé par Dieu. »

C'est le moment que choisit grand-mère pour lancer son estocade. Elle fait part au *fquih* de toute la vérité. Enfin, la vérité selon elle. Elle fouille dans les bas-fonds de ce qu'elle est.

« Le malheur, il faut le partager, dit-elle. C'est moins lourd à porter.

— Je prends ma part du fardeau et je t'écoute, dit le *fquih*.

— Voilà, *Sidi* ! Nous avons tous quelque chose à taire. Toute tête est hantée par un mensonge. Que sommes-nous d'autre qu'un misérable tas de dissimulations ? Nous avons tous nos démons cachés au fond de nous.

— Où veux-tu en venir ?

— Tu vois trop grand pour cet enfant. Ma conscience déborde d'un silence qui ne demande qu'à parler. C'est une vérité qu'il faut polir et délivrer du mensonge qui l'entoure. Comment dire... ? Voilà ! En réalité, Moulay Saïd est né d'un ventre malade. »

Les paroles de grand-mère infusent dans la tête du *fquih*.

« Jure-moi de ne jamais rien dire à personne », poursuit grand-mère.

Le *fquih* jure et ajuste lentement la tension de son turban en faisant disparaître un nouveau billet que grand-mère vient de lui glisser. Il lui demande de répéter. Elle confirme ce qu'elle vient de dire : Je suis né d'un ventre malade.

« Par le Tout Puissant ! s'exclame-t-il. Que veut dire un ventre malade ? Serait-ce la chaleur qui te fait tourner la tête ? »

C'est le moment de faire diversion. Grand-mère décide de dérouler ce qu'elle a en tête. Je m'attends à ce qu'elle dise que je suis le fils d'une putain. Mais elle a encore pire ; enfin, d'après elle. Elle continue avec le calme du mensonge prémédité.

« Cet enfant est né du sperme d'un Juif, dit-elle.

— Que me racontes-tu là, ma sœur arabe ? Aurais-tu perdu la raison ?

— C'est un *ihoudi*, un Juif ! Et tu trouveras ses frères de race à la synagogue. »

Ce que vient d'entendre le *fquih* est pire que toucher une femme qui a ses menstrues. Du revers de sa manche, il essuie la sueur qui coule de son front.

« Un Juif ne peut pas apprendre le Coran aussi facilement que ton fils. Le Coran ne peut pas entrer dans le cœur de ces gens-là. Ton fils récite les versets mieux que moi. Moi, à qui il arrive d'avoir des trous de mémoire. Ton fils connaît le Livre incréé aussi bien que les Grands Maîtres. C'est un merveilleux récitant. Il a une voix qui vient des Cieux. On ne peut que se taire lorsqu'il chante les versets du Coran. Sa voix est aussi belle que celle du récitant saoudien Salman Al Yutabi. Ce n'est pas une voix de garçon. Pas celle d'une fille, non plus. C'est une voix sans sexe. Sa voix vient d'ailleurs. Elle vient de là-haut. De là où se trouve Dieu. Allah envoie ce qu'Il veut, à qui Il veut. Il a choisi ton fils. »

L'œil du *fquih* est rivé sur moi. Il se lève et se met à tourner à rond.

« C'est impossible… impossible », se lamente-t-il.

Un Juif qui récite le Coran ! Le *fquih* n'en croit pas ce que lui disent ses oreilles. Il n'a jamais entendu ça. Il se croit sous l'emprise délirante d'une consommation abusive de boulettes de haschich.

« *Ya Latif ! Ya Latif ! Ya Latif !* Impossible ! » dit-il encore.

Lui, le *fquih*, Moulay Ali ibn Idriss, fidèle d'Allah et de son Prophète, du plus loin que se dressent ses souvenirs, il ne lui est jamais arrivé d'entendre une histoire aussi sombre. Pas même de la bouche du pire conteur de la place Jemaa el-Fna. Pas même lorsqu'il se perd dans un rêve tourmenté qui le gifle certaines nuits. Jamais — et il se trahit —, pas même lorsqu'il consomme quelques substances hallucinogènes, en cachette, le soir pour se détendre. Et il s'en excuse auprès de Dieu. Et n'oublions pas que Dieu, c'est son fonds de commerce. Qu'il en vit.

Le *fquih* un bon Musulman ? Oui, à sa façon ! Des rumeurs courent à son sujet. On dit que certaines nuits, lorsqu'il est avec l'une de ses quatre épouses et que le Diable lui rend visite, il lui arrive de boire un ou deux verres de vin.

Le Diable parle à tout le monde, même aux croyants. Mais bon ! Qui oserait accuser un homme de foi ? Et c'est à lui que tout cela arrive ! Ça doit être une punition d'Allah pour le haschich et l'alcool. Et peut-être autre chose encore que personne ne sait. Il fait partie de ces donneurs de leçons qui sont incapables d'appliquer à eux-mêmes leurs actes et leurs paroles, dira grand-mère plus tard.

« J'ai tout vu et tout entendu dans ma vie, dit-il, mais ce coup-là, on ne me l'a encore jamais fait. C'est l'arcane du diable ! »

À l'expression de son visage, je sens la question qui va m'occire. Il se penche et me demande : « Tu es juif ?... Tu es vraiment juif ? C'est la pire des choses qui puisse m'arriver. Rassure-moi. Dis-moi que tu n'es pas juif. »

Je dois paraître à distance de moi-même. Aucun mot n'ose sortir de ma bouche, si ce n'est l'air qui rentre et qui sort. Je cherche un trou où poser mon regard. J'ai beau effacer ma silhouette, m'amoindrir, me rendre le moins visible, il ne voit que moi. Il plante ses points d'interrogation dans mes yeux. Il me dissèque du regard. À l'affût du plus insigne détail, il guette mes réactions. Il attend une réponse.

Qui ne dit rien consent.

« Tu es juif ? » répète-t-il, en me toisant de son orgueilleuse hauteur théologique.

Ne voulant mentir ni à Allah, ni à aucun Dieu, je préfère serrer les lèvres. Le regard de grand-mère se pose sur moi. Son iris m'invite à confirmer ma judaïté. Je prends les apparences de la vérité pour faire mentir mon visage et ma voix dit :

« Oui, je suis juif.

— C'est pas possible !

— Si tu ne me crois pas, demande à Dieu, dis-je.

— Jure-le que tu es juif.

— Je n'ai pas le droit de jurer. Un vrai Juif ne jure jamais. On n'a pas le droit de prononcer le nom de notre Dieu. C'est péché, c'est *Chatta'ah*, comme on dit en hébreux.

— En plus, il parle l'hébreu ! » hurle le *fquih*.

Il touche sa tête pour vérifier s'il ne l'a pas perdue.

Et à grand-mère d'enchaîner : « Je ne sais pas où il a appris ça. Pourtant, il ne traîne pas dans la rue, mais il parle couramment le yiddish et l'hébreux. »

Trop c'est trop.

« Tu parles le yiddish ? me demande-t-il.

— Oui, je lui réponds, je parle la langue des ultra-orthodoxes.

— Surtout, ne t'amuse pas à parler ta langue dans ma mosquée ! » s'écrie-t-il.

Je sens que le châtiment n'est pas loin.

« Pardonne moi mon Dieu d'avoir appris le Coran à un Juif, dit le *fquih*. J'aurais dû m'en douter le jour où il est venu avec le livre de Boudlyr. »

Je ne peux m'empêcher de le reprendre.

« On ne dit pas Boudlyr, dis-je, on dit Baudelaire. »

Et à grand-mère d'enfoncer le clou.

« Regarde le nez de cet enfant. Ne vois-tu pas le nez d'un Juif ? »

Le *fquih* me fixe comme si je portais les rouleaux de la Tora.

« Oui, maintenant que tu le dis. Cet enfant a bien le nez d'un Juif. »

Grand-mère est à double-fond. Elle ne trébuche pas sur les mots.

« Attends, ce n'est pas tout, dit-elle. Il pense comme un Juif… il respire comme un Juif… il rêve comme un Juif.

— Ah bon… même ses rêves sont judaïsés ?

— Oui… et en plus, il attend le Messie, lui aussi. Je me suis rendu compte que, par je sais par quel mauvais miracle, il joue du violon toute la journée sans jamais l'avoir appris, nulle part. »

Le *fquih* est sans voix.

Grand-mère a dit exactement ce qu'il fallait dire pour me sauver de la circoncision. Elle enfonce un deuxième clou.

« Il rougit comme un Juif… ses gestes et ses mots sont ceux d'un Juif. Dans sa tête, il est Juif. Tu comprends ce que je te dis ? Regarde naître ses papillotes, il ne lui manque que la barbe et la kippa. Même son âme est juive. Toi qui lis dans les âmes, regarde la sienne. Ne vois-tu pas l'étoile de David ? »

Ne voulant pas désavouer sa réputation de liseur d'âme, le *fquih* regarde longuement ma poitrine et prétend y voir, effectivement, l'étoile de David suspendue à mon âme. Grand-mère le laisse se remettre de ses émotions et dit que si circoncision il y a, ce serait une *brit milah* juive. Et par un *mohel* Juif. Autrement dit une circoncision juive.

Pour ne pas être sali par les mauvaises paroles qu'il vient d'entendre, d'un geste brusque, le *fquih* détourne le regard vers le mur sur lequel sont accrochés des tapis ramenés de son dernier pèlerinage à la Mecque. Les tapis font rejaillir le nom d'Allah en lettres calligraphiées. Le décor n'a rien d'une synagogue. Un Juif dans une mosquée ! Ça alors ! Faut quand même pas exagérer. Que dirait un rabbin si un Musulman rentrait dans une synagogue pour réciter le Coran ?

« *Ya Latif ! Ya Latif ! Ya Latif !* C'est une erreur ! », s'écrit le *fquih*, avant de s'en remettre à la volonté du Tout Puissant.

Il sort faire ses ablutions à la fontaine de la mosquée. Il revient, déroule sa natte tressée et la dirige vers l'Est. Il fait une prière. Il demande à Allah de lui pardonner. En se relevant de sa prosternation, il vérifie si les billets sont toujours en place. Il n'a pas oublié de négocier avec Dieu dans sa tête. Tous les croyants négocient avec Dieu. Chaque Musulman qui réussit à convertir un mécréant à l'islam est crédité de bonnes actions. Même si le corps est dirigé vers l'Est, un Arabe ne perd jamais le Nord. C'est un calcul de croyant. La preuve, le *fquih* se tourne vers moi et me demande :

« Tu veux te convertir à l'islam ?

— Non, je veux rester Juif, dis-je.

— C'est le Diable qui nous attaque sans sommation », dit-il.

Trop c'est trop. Il décide alors de s'entretenir seul avec grand-mère. Il me demande de sortir immédiatement de la mosquée. Il ne veut pas de *goyims* ici. Je fais mine de m'éloigner. Je reste l'oreille suspendue à la porte. Je ne veux rien manquer de ce qui va se dire. Face à grand-mère, il commence par demander pardon à Dieu de se retrouver seul avec une femme.

« Quel sombre jour, ma sœur arabe ! s'exclame-t-il. Quelle malédiction ! C'est le *cheïtan* déguisé qui s'est faufilé sur nos terres pour nous détourner de notre tâche. Le diable est rentré avec l'étoile de David dans la mosquée. Heureusement que tu m'as averti à temps et je t'en remercie. »

Face à la stupidité du *fquih*, grand-mère ne sait que répondre. Elle décide de faire glisser quelques larmes de tristesse sur sa joue. Le *fquih* reprend ses esprits et son autorité. Il dit qu'il ne veut plus jamais me voir mettre les pieds à l'école coranique. Ni dans aucune mosquée de Marrakech. Et ça m'arrange. Il n'y a pas de place pour un Juif dans une mosquée. Il regrette que l'on ait sacrifié deux moutons à ma naissance. Deux moutons pour un Juif, quel gâchis !

Grand-mère relève le bas de sa *djellaba* ; et de sa poche elle sort quelques billets. L'homme de foi s'empresse de prendre l'argent. Grand-mère embrasse la main du *fquih* et lui dit : « Restons discrets et prudents. Nul ne doit savoir et nul ne saura. Dieu sait où ça vous entraînerait. »

Puis, avant de prendre congé du *fquih*, pour acheter définitivement son silence, elle lui glisse une dernière poignée de billets. L'image suivante le montre souriant. Il semble déjà avoir oublié ma judaïté.

« Sois en certaine, ma sœur. Aucune parole ne tombera dans les griffes de l'avenir », dit-il.

Désormais, grand-mère est assurée qu'aucune voix ne s'élèvera pour la trahir. Nous partons en laissant le *fquih*, grassement payé, compter ses billets. Dehors, elle m'explique que mentir n'est qu'une des dispositions de la nature humaine. La franchise n'a jamais été sa vertu cardinale. Bien mentir est son seul mérite ; c'est là qu'elle est la meilleure ; et elle le reconnaît. Le mensonge lui-même s'insurgerait devant de tels mensonges. La lumière ne doit rien à l'ombre, dit grand-mère, et elle ne doit rien à la vérité. Le silence appartient à tout le monde. Le mensonge ne l'empêchera pas de dormir la nuit. Et que celui d'en-haut juge ceux d'en bas ! ajoute-t-elle.

« Pourquoi as-tu raconté ça, grand-mère ?

— Il faut toujours taire le vrai.

— Tu crois qu'il va te croire ?

— Qu'il me croie ou pas, il n'a que ce qu'il mérite, ce fils de chien.

— Pourquoi tu mens ?

— C'est toujours un grand tort de dire la vérité. »

J'en profite pour lui demander :

« Dis-moi, grand-mère. Pourquoi on a tellement de mal à dire Je t'aime, chez nous ?

— La pudeur nous en empêche. Chez nous, on ne dit Je t'aime qu'au maître des mondes. »

On ne se dira, donc, jamais Je t'aime ! Je crois que nous ne savons pas aimer. Nous laissons ça aux autres.

12

Décidément, le destin penche du mauvais côté !

Elle, la femme mariée qui se dit musulmane ; elle qui, soi-disant, prône la droiture du Prophète ; elle, ma grand-mère, a un amant. C'est une Musulmane à sa façon qui a revêtu l'habit religieux en vérité.

Comment justifie-t-elle l'existence de cet homme, dans sa vie ? Elle dit que ce n'est qu'une gourmandise féminine. Je l'appelle grand-mère, pourtant elle n'a rien de grand.

Son amant, ce mari de remplacement, est un homme du Sud, un Sahraoui. Un homme bleu, comme on les appelle. Les traits de son visage appartiennent au sable. Cet homme n'est pas un simple sigisbée, mais un amant permanent intéressé par le corps et l'argent de grand-mère. Elle, qui loue la droiture, et qui ne jure que par les paroles du Prophète, la voilà dans l'indélicatesse de l'adultère avec Medhi qui tient un minuscule commerce de tissu à la *kissaria*, le quartier des tissus. Il se dit *mhâlâm*, maître. Maître de quoi, on ne sait pas ; mais maître, quand-même. Ils se sont rencontrés dans la boutique de Mehdi. Comment ont-ils fait la première fois ? Ils ont fait comme font un homme musulman et une femme musulmane lorsqu'ils ne se connaissent pas et qu'ils se retrouvent seuls dans un endroit clos la première fois. L'Islam les y autorise à une seule condition. L'homme doit téter le sein de la femme pour que celle-ci devienne sa mère de lait. Il suffira donc de téter le sein de n'importe quelle femme pour créer un lien de parenté. Allah, le héros du peuple, a bien fait les choses, *finalement*.

C'est sûr, l'amant a dû téter le sein de grand-mère. Tout le *dreb*, le quartier, a eu vent de cette relation. Grand-père ferait mieux de surveiller sa femme au lieu de passer ses journées à serrer la main à tous ces écrivains morts !

La vision de grand-mère s'est couverte d'un linceul. Dans les poches de son linceul, elle dissimule ce qu'elle fait. Mais d'où lui est venue cette idée pécheresse de s'accoutrer avec cet homme ? Avant, elle prenait quelques précautions ; maintenant, au lieu de rester discrète, elle ne se cache même plus. Mehdi, son amant, a la réputation d'être un homme à femmes, un coureur de *djellabas*, mais aussi un grand amateur de dots. Grand-mère est fière que cet homme plus jeune s'intéresse à elle. Depuis, son humeur s'embellit chaque jour un peu plus. Ce n'est plus la même femme. C'est à peine si on la reconnaît. Elle se voit revenue au temps de sa jeunesse. Elle dit que la beauté a toujours été à sa portée mais qu'elle n'en faisait plus usage. Elle est vieille mais elle fait comme si elle n'était pas vieille. Elle triche avec les années. Elle fait attention à ce qu'elle mange. Plus de tajine, plus de gras, plus de gâteaux. Elle a ostensiblement aminci ! Dehors, elle se retourne sur elle-même et prétend que même son ombre a perdu du poids. Elle a surtout perdu la tête. Elle en arrive à être jalouse d'elle-même. Elle dit qu'on lui donnerait dix ans de moins que ses soixante ans. Je ne la critique pas. Elle a si peur de faire son âge qu'elle ne cesse de souligner ses yeux de khôl et de ciller comme une jeune vierge qui ne l'est plus depuis longtemps. À longueur de journée, elle écoute Oum Kalthoum, chanteuse très populaire parce que nationaliste. Seule la nation arabe intéressait cette chanteuse qui, immobile dans ses longues robes, ne se lassait d'immortaliser un « passé arabe illustre » à reconquérir, en luttant contre la colonisation.

« L'amour me va si bien ! » dit grand-mère à ses amies.

Elle ajoute qu'elle mérite de connaître enfin le bonheur. Le bonheur ; avec un Musulman ! Mais d'où te viennent tous ces démons ma pauvre grosse grand-mère ?

Aveuglée par le souci d'elle-même et de peur d'abîmer ses ongles, elle ne veut plus toucher la moindre vaisselle. Renâclant au peu de besogne qu'elle faisait, voilà qu'elle passe son temps à coiffer ses longues tresses suggestives et à soigner ses toilettes. Le parfum qui émane d'elle est ambré. Elle s'achète des caftans de velours rose aux ganses d'argent brodés de fils d'or et des haïks de lin et de soie chez le couturier le plus réputé de la ville. À la voir aussi dépensière, un jour, par provocation, grand-père lui dit qu'elle passe son temps à gaspiller l'argent. « Je n'ai pas de leçons à recevoir de la part d'un mécréant, répond-elle, je fais ce que je veux. » Et quoi qu'elle fasse, rien ne corrige ses rides. Rien n'efface les poches sous les yeux. Rien ne masque le visage tavelé et le cou froissé et cerclé d'anneaux dc peau vieillie. Pourtant, elle ne quitte jamais ses bijoux bruyants. Elle aime l'or. Elle aime ce qui fait briller le corps. Le Français, lui, aime ce qui illumine la pensée.

Un jour, à l'heure des confidences féminines, fière d'avoir encore ses règles, elle remonte le bas de son caftan, met un doigt dans sa *tina*, son sexe, puis montre à l'une de ses amies quelques gouttes de sang. Elle prétend que c'est un don du ciel d'avoir encore ses règles. Me voyant là, alors qu'elle ne s'y attendait pas, un sursaut de pudeur lui fait relâcher, d'un coup, le bas de son caftan. Naïvement, je lui demande pourquoi elle relève son caftan devant ses amies. Pourquoi elle perd du sang d'en-bas. Elle répond que c'est un secret. Qu'une femme berbère sans secret, n'est pas une vraie femme. Elle en profite pour ajouter : « On a tous nos secrets et on garde en soi plus de choses qu'on ne dit. »

Seulement, avec grand-mère, il y a toujours un secret dans le secret.

En attendant que son amant arrive, grand-mère lui prépare une palette de douceurs. Ce Mehdi, cet aigrefin qui vient lorsque grand-père oscille entre éveil et sommeil. Entre alcool et ivresse. Entre désespoir et désolation. Lorsque l'étranger est noyé et que la ligne de flottaison n'est plus visible.

Témoin de tout ce qui se passe, Aïcha, la bonne, n'ouvre pas la bouche. Elle n'ose rien dire au *françaoui* depuis que grand-mère, en la tenant par les oreilles et en lui montrant la lame du couteau qui sert à égorger le mouton, lui a dit : « Si jamais tu dis au Français qu'un homme vient me voir, je te tue ! Un mot et je te jure que je t'égorge ! Tu as compris ? »

Depuis ce jour, l'oreille d'Aïcha est devenue sourde ; et sa langue muette. Elle se contente de se gratter nerveusement la tête à longueur de journée.

« Et arrête de te gratter la tête, tu as la gale ou quoi ? »

Excédée, grand-mère cherche les ciseaux et, dans un coin de la cuisine, coupe les cheveux de Aïcha, avant de lui raser complètement la tête, à la tondeuse.

« Voilà ce que j'en fais de ta tignasse », hurle grand-mère.

Grand père se sert un verre de vin et ajoute : « Il ne faut jamais humilier personne, il ne vous le pardonnera jamais. »

Aïcha portera longtemps un foulard pour éviter la honte dans la rue.

Voilà, le ramadan est là. Trente jours encombrés par la présence d'Allah, à la fin desquels chacun retournera à ses occupations. Dieu en haut, sa Création en bas. Pendant cette période, grand-mère se lève au milieu de la nuit pour préparer le dernier repas, avant que ne débute la journée de jeûne et d'abstinence. Elle sait recevoir. La table est copieuse. Et l'accueil aussi ! Dominée par le souci de plaire, elle se pare de tous ses bijoux. On dirait qu'à chaque fois, alourdie d'or, elle attend un caïd, un calife ou un cheikh. Elle dresse l'acanthe et le laurier. Il a dû lui promettre monts et merveilles, son amant. Très apprêtée, elle l'accueille comme une Sainte aux mœurs légères accueille un Dieu compromis. Au vu et au su de tous, Mehdi jaillit alors de quelque part, à moins qu'il ne sorte des ténèbres. Sa sombre silhouette se reflète à la lueur tremblée des bougies qu'allume grand-mère pour ne pas attirer l'attention de grand-père. Mehdi a en bouche un éternel bâton de réglisse utilisé en Afrique pour nettoyer et blanchir les dents. On dirait un *jnoun* échappé d'un égout ! Cette obscure apparition illumine le visage de grand-mère qui, scintillante de bijoux, s'agriffe et s'enroule autour de cet homme qui bassement la flatte. Il sait s'y prendre avec elle, celui-là

Plus je le regarde, plus je trouve qu'il a la tête d'un mouton de l'Aïd el-Kébir, la grande fête islamique, avec ses deux yeux avides, enfoncés comme deux clous dans son visage de rapace. Ce mouton s'est complètement emparé de l'esprit de grand-mère. Lorsqu'il sourit on dirait qu'il affiche son compte bancaire avec ses dents en or. Il ouvre grand-mère à lui. Il dit ce que les femmes aiment entendre. Il la caresse de ses mots. Sa bouche flatte sa féminité. Ses mots s'enroulent autour du cœur de celle qu'il salue comme le joyau des femmes marocaines. Il l'arrose de compliments. Il l'asperge de regards doux. Grand-mère est alors ouverte. Il a une idée derrière la tête, le prince de la flatterie. Le compliment est un bon tremplin pour obtenir ce que l'on veut. Grand-mère exulte. La voilà qui vibre ! Et Mehdi, le bellâtre, lui lance un énigmatique appel des yeux. D'où lui vient son arrogance ?

D'où lui vient cet orgueil, à celui-là ? D'où vient-il tout court ? Qu'il retourne dans sa boutique !

Grand-mère s'assied près de Mehdi, complètement sous son emprise ; et, avec des yeux qui ne sont plus à elle, elle regarde manger l'espèce de famélique tourmenté par les besoins du ventre. La circularité de son regard balaie ce qu'il y a sur la table. Son estomac ne résiste pas. Avoir le ventre plein, semble être sa seule préoccupation ; enfin presque ! Lorsque l'hôte indésirable mange, il ne mange pas : il rumine, le mouton ! Avec son regard de rapace, il commence par dévorer grand-mère des yeux avant de s'en prendre comme un sauvage à ce qui est posé sur la table basse. Il ne cesse de tendre la main ; et tout ce qui se mange, il le mange.

À cette heure profonde de la nuit, le *françaoui* est plongé dans une morbide absence de volonté. Tenaces et entêtés, les bombardements reprennent. C'est dans sa tête que ça se passe. La force de ses cauchemars oppressants est telle qu'il se réveille trempé de sueur. Il partage alors son malheur avec la bouteille. Été comme hiver, il boit ; le malheur ne choisit pas ses saisons. Il n'a que ça : la bouteille dans une main et le verre dans l'autre. Seulement, un verre ne suffit pas. Alors, un verre pousse l'autre. Mais il en faut encore ! *Encore* est un mot important. *Encore* prend tout son sens pour un alcoolique. Chaque verre aggrave un peu plus son état. Il a dû commettre de graves péchés dans une autre vie pour mériter un tel châtiment terrestre. Son verre de rouge à la main, il s'en prend à Dieu. On l'entend dire : « Hé Toi, là-haut ! Éloigne-moi de celle que j'ai épousée et rapproche-moi de ce qui pourrait me la faire oublier. » Il n'a trouvé que l'alcool pour s'éloigner de celle qu'il a épousée. Est-ce l'alcool, la faute de tout ? Une chose est sûre, la tristesse du Français est plus fidèle que sa femme. Il retourne délirant vers ses tranchées. C'est au-dedans de lui que ça ne va pas. Sa tête est en feu. Rongé par l'alcool, il hallucine. Ses persécutions reprennent. Sa vie est harcelée par les images de ceux qui ne sont plus là. Il ne sait pas qu'il est le seul à mener ce combat contre une armée d'ombres ennemis. On l'entend hurler ! Ordonner. Clamer et proclamer la victoire. Conspuer cette guerre perdue. Il veut refaire la bataille. Réécrire l'Histoire. Il acclame ses troupes. Il invective. Il décerne des médailles aux vivants et des décorations posthumes à ceux qui ont perdu la vie. C'est une vallée d'ossements. Sa voix déchire la nuit. Il s'essouffle ! Il capitule ! Les cadavres s'entassent. Diên-Bîen-Phu est indélébile. C'est pire que les *jnouns*. Il sait que sa plus grande défaite, c'est grand-mère. On entend le fracas de son désespoir. N'y avait-il donc personne pour prédire ce désastre ? Un couple, c'est aussi la guerre.

Personne n'entend les cris du Français. Ou plutôt, on fait mine de ne pas les entendre. Grand-mère et son amant font semblant d'être sourds à toutes ces explosions et ces rafales de douleur de grand-père. Le laissant seul avec lui-même et ses fantômes. Réintégrant son animalité, Mehdi reprend place parmi les hommes. D'un geste de dédain, il balaie les déflagrations du *françaoui*. L'amant à la peau bistrée est assis sur le *cateri*. Sa main est posée sur le genou dévoilé de grand-mère. Elle semble inexistante à côté de ce géant qui, de son autre main, avec ses gros doigts, trempe un morceau de pain dans une assiette débordante d'huile d'olive, sirote du thé à la menthe, en gargouillant : « *Bismillah* et que Sa Volonté soit faite ! », avec l'assurance du croyant qui pense que dire *bismillah*, au nom de Dieu, efface les péchés ! La volonté de Dieu n'a jamais été qu'il couche avec la femme d'un autre. Toujours au nom de Dieu, il engloutit ce qui reste sur la table. Puis, dans un *hamdou'Allah*, Grâce à Dieu, reconnaissant, il se lèche les doigts. J'aurais voulu rappeler à cet homme sans scrupules que c'est tout de même grand-père, le *françaoui*, le *roumi*, l'*impie*, qu'il faut remercier. N'est-ce pas de lui que vient cette aumône terrestre ? N'est-ce pas le *françaoui* qui paie ? Et lorsque Mehdi rote une deuxième et une troisième fois ; alors là, grand-mère, exulte de nouveau. Roter est la preuve qu'on a bien mangé.

Personne ne comprend rien à son malheur. Grand-père est un grand homme dans une maison d'imbéciles.

Pendant la période de ramadan, tout acte sexuel, ne serait-ce que la moindre pensée, est formellement prohibé, sous peine de nullité de la journée de jeûne, sans compter les punitions de l'au-delà. Il faut alors se dépêcher de faire ce qu'on a à faire, avant que ne débutent les interdits. Oubliant l'existence de l'étranger, grand-mère et son amant s'enferment dans la chambre pour faire, justement, ce qu'ils ont à faire dans le confort soyeux de l'adultère. Vite, avant que le jour se lève. « Il ne faut pas mélanger le sperme et la religion », dit grand-mère.

Je ne sais pas si ce que je fais est bien ou mal, mais je le fais. Mon œil droit indiscret regarde par le trou de la serrure et on dirait que le trou s'élargit et me dit ce que la vertu ne peut avouer. S'il y avait eu un témoin, il m'aurait dit : « Ferme les yeux ! » Que font-ils ? Ils font ce qu'un homme et une femme font. Je vois deux silhouettes, l'une sur l'autre. Grand-mère en dessous, ses cuisses énormes écartées. L'autre, son amant, est sur elle. En sueur. Suis-je du bon ou du mauvais côté ? Une chose est sûre, je ne suis pas là où il faut. Je n'aurais pas dû voir ce que j'ai vu ! Quand ils ont fini, grand-mère sort et accompagne Mehdi à la porte. Elle se dépêche de changer les draps. Si le lit imprégné de secrets pouvait parler, il dirait ce que j'ai vu.

Puis, l'âme affolée par ce qu'elle vient de faire, grand-mère se hâte de faire ses ablutions. Elle sait que la foi et la libido n'ont jamais fait bon ménage. Mais bon, il faut savoir donner bonne conscience au pêché. Je la soupçonne de faire semblant d'aimer la religion. Je la soupçonne d'être une vraie fausse Musulmane. Finalement, Dieu n'est qu'un prétexte. Je l'ai entendue dire que rien n'est plus délicieux que le gourdin de son amant. Elle ferait mieux de quitter le *françaoui* au lieu de le tromper et de garder ça dans les poches de son linceul pour le jour du jugement dernier.

N'allons pas croire ce qu'il ne faut pas croire. Même humilié par l'infidélité de sa femme, grand-père n'est pas naïf. Il sait que les sacrements du mariage ont été bafoués. Il sait tout ça. Mais il a la faculté de fermer les yeux. « Je ne suis pas le Christ pour délivrer cette femme de ses démons. » Les cloches de l'infidélité ont résonné depuis longtemps, ça, il le sait aussi. Il dit : « Seul le péché a une saveur épicée. Même les Saints sont passés par là. N'est-il pas vrai que, sans le coït, Jésus ne serait jamais né ? » Il préfère mettre cette affaire sur le compte d'une fatalité conjugale. Une dilatation du couple.

Tout porte à croire qu'ils sont *irréconciliables*, ces deux-là, finalement !!! Ça aurait pu se prédire. Un juge aurait dit : « Séparez-vous, c'est le mieux à faire ! » Qui accuser ? Et, à chaque verre de vin, grand-père sombre un peu plus dans l'humiliation de la défaite. Il vit avec les morts et il réveille Proust ; et en faisant allusion à grand-mère, il dit : « Nous vivons auprès d'êtres que nous croyons connaître : il manque l'événement qui les fera apparaître tout à coup autres que nous les savons. » Blessé et incapable de réagir, il fuit grand-mère par les tranchées de Diên-Biên-Phu. Quand on lui parle, c'est son ombre qui répond. Il dit que sa tête est un gigantesque cimetière dans lequel, chaque nuit, il enterre les morts d'Indochine. Il sait que les portes du malheur sont lourdes à refermer. Alors, il passe son temps à boire. L'alcool du *françaoui*, ce décadent, est du grain pour le moulin de grand-mère.

Je demande à grand-père :

« Il n'y a que les mécréants qui boivent ?

— Tu sais, le vin coule dans toutes les gorges. Y compris dans celles des Musulmans. Et si ta grand-mère avait bien lu le Coran, elle saurait que le Livre sacré n'interdit pas formellement le vin. Même dans la sourate 15, Mohamed en promet pour le Paradis : ... *il y aura des fleuves dont l'eau est incorruptible, des fleuves de lait au goût inaltérable, des fleuves de vin, délices pour ceux qui en boivent*. La Sourate sur les Fraudeurs dit aussi : *On leur donnera du vin rare, cacheté par un cachet de musc — ceux qui en désirent peuvent le convoiter — et mélangé à l'eau de Tasmin, une eau qui est bue par ceux qui sont proches de Dieu*. Même Mustafa Rashed, le cheikh et iman de Sidney dit : *l'islam n'interdit pas la consommation de vin, mais uniquement l'ivresse qui en découle.* Ce même iman affirme que le port du voile n'est absolument pas obligatoire.

« Tu as lu le Coran ?

— Oui, je l'ai lu. Lire *Les Paradis artificiels* n'interdit pas de lire le Coran. »

Grand-père penche du mauvais côté, mais il n'est pas encore complètement ivre. Il ajoute : « Et surtout, ne vas pas raconter à ta grand-mère ce que je viens de dire. Ça risquerait de tourner au vinaigre. »

Dans sa conspiration, grand-mère va jusqu'à faire courir, encore, certains bruits. Elle fait dire que grand-père serait atteint de folie. Que son foie d'alcoolique va mal. Elle affirme dans les venelles que le *françaoui* aurait définitivement sombré là où personne ne peut plus rien pour lui. Elle jure qu'il est atteint de syphilis ramenée d'un bordel d'Indochine. Elle dit que la maladie le brûle à petit feu et qu'il perd la tête. Mehdi, lui, véritable propagandiste, avalise, confirme, étale et propage aux quatre coins du quartier les dires de grand-mère. Dès lors, les uns disent qu'il est mourant, les autres qu'il est déjà mort. Grand-père, lui, laisse courir les rumeurs. Et il a toute sa tête.

« C'est vrai que tu as fréquenté les bordels ? je lui demande.

— Que celui qui n'y a jamais mis les pieds, me jette la première pierre, me répond-il.

— Tu as attrapé une maladie ?

— J'ai connu bien des femmes. J'ai toujours aimé les prostitués. C'est avec elles que je m'entends le mieux. Et pour répondre à ta question, sache que j'ai attrapé beaucoup de hanches, mais jamais de maladie. »

Me démange l'envie de percer ce lien secret qui lie grand-père à la supposée syphilis. Il faut que les choses soient dites. Je veux la vérité crue. Un jour, j'interroge les failles de grand-mère.

« Que se passe-t-il dans cette maison ? je lui demande.

— Que veux-tu dire ? »

Elle fait mine de ne pas comprendre.

« Qu'y a-t-il entre grand-père et toi ?

— Rien ! »

Rien justement. Y avait-il question plus absurde à poser ? Bien sûr qu'il n'y a rien. Ça crève les yeux.

« J'ai fait une erreur avec ce vaurien », dit-elle.

Elle s'éclaircit la voix. Elle cherche à échapper à la torture de l'aveu. La vérité se débat en elle. Mais a du mal à sortir. Je pousse cette femme à la fidélité capricieuse dans ses retranchements.

« Pourquoi tu as deux hommes dans ta vie ?

— C'est comme ça !

— Pourquoi c'est comme ça ?

— Parce que !

— Parce que quoi ?

— Parce que c'est comme ça ! Personne ne peut passer entre les mailles de son destin ! »

Voilà la réponse dont elle veut que je me contente. C'est une explication qui n'explique rien. Avec elle, rien ne relève de l'évidence. Elle aime brouiller les pistes. Tout à l'air droit, mais rien ne l'est. Ici, on fait croire que. Et lorsqu'on ne sait plus quoi dire, on dit : « C'est comme ça ! »

Cette réponse ne me satisfait pas.

« C'est comme ça... mais ça aurait pu être autrement.

— Je t'en parlerai le jour où tu seras en âge de comprendre.

— Crois-tu que je te poserais la question si je n'étais pas en âge de comprendre ? »

Grand-mère cherche ses mots et d'une fissure coule alors la vérité. Je recueille sa confidence

« Je me suis mariée avec le *françaoui* pour fuir la misère.

— Et maintenant que tu es sortie de la misère, pourquoi fais-tu ça ?

— En voyant Mehdi, j'ai reconnu en lui mon peuple et mon sang ! Il est des miens ! Il est de ma communauté ! »

Grand-mère n'a pas cherché un bon parti mais quelqu'un

de son sang ! Ceci explique cela. Je la fixe dans les yeux pour que se rompe définitivement la coquille du mensonge.

« Je vais te dire ce que je n'ai jamais dit à personne, dit-elle. Le passé inclément me recouvre déjà de son accusation. Je ne suis plus à un péché près et la pierre tombale pèsera lourd sur ma poitrine. Que celui qui n'a jamais fauté, vienne me le dire les yeux dans les yeux. »

Ce qu'elle va me dire, je le sais déjà. Je connais l'histoire du protectorat. Je sais que, maintenant, nous sommes un pays libéré. Que nous sommes chez nous. Je l'ai entendue dire mille fois son hostilité. Je sais qu'on n'a jamais eu besoin de la protection des Français. Que nous avons Allah pour nous protéger. Ce que je veux savoir, c'est pourquoi grand-mère a un amant.

« Mais que vient faire Mehdi dans cette histoire ?

— Le *françaoui* ne me regarde plus depuis longtemps. »

Elle donne du mou à son vocabulaire et ajoute :

« Son sexe n'ose plus affronter le mien comme il faut.

— Comment ça ?

— Il ne bande plus depuis très longtemps. Il est impuissant. Voilà la vérité. Il n'a que ce qu'il mérite. Il a passé sa vie, plongé dans ses livres de malheur. Je le déteste autant que ses livres. Une femme n'est rien sans le regard d'un homme. Je suis une vraie *chelha*, une femme berbère. Et forcement, un jour ou l'autre, une *chelha* retourne vers ceux de son peuple. Mehdi est un bon Arabe de ma *race*, tu comprends ? C'est un vrai *jleuh*, berbère, de ma tribu. Il a le teint mat. C'est notre couleur locale. Je ne suis pas allée le chercher. C'est Dieu qui l'a mis sur ma route. Un homme, ça doit servir à quelque chose. Et celui-là, a de quoi répondre aux appétits féminins les plus féroces. »

Appétit féroce ! Là, elle insinue plus qu'elle n'en dit. Son silence prête à toutes les interprétations. Avec elle, on est toujours dans le brouillard des sous-entendus. Comme d'habitude, elle ne raconte les choses que de biais. Comprendra qui voudra.

« Que veut dire appétit féroce ? je lui demande.

— Écoute ! Une femme est une femme et elle doit trouver son compte lorsqu'elle est avec un homme.

— Pourquoi tu n'avoues pas tout ça à grand-père ?

— Ça fait longtemps qu'il a compris.

— C'est lui qui nous fait vivre. Tu n'as même pas à bouger le petit doigt. Il paie tout et il ne t'a jamais mis les factures sous le nez. Nous profitons de ses largesses. Nous mangeons de la viande tous les jours, d'ailleurs tu dis qu'un jour sans viande n'est pas un vrai jour. C'est quand même grâce à lui, le généreux donateur, que nous la mangeons, cette viande. Que demander de plus ? C'est comme si nous lui volions son argent. »

Elle éclate de rire. L'immensité de son mépris empeste la maison. Elle sait qu'il sait. Et elle s'en moque.

« C'est ton mari, quand-même !

— Ce n'est pas mon mari. C'est juste quelqu'un. Un jour, on m'a fait signer un papier. Et encore, je n'ai pas signé, je ne sais pas signer, on a pris une empreinte de mon pouce à la place de la signature. Tu parles d'un mariage ! Pourquoi ne disparaît-il pas de ma vie ? Puisqu'il aime tant les livres, il n'a qu'à s'en aller dans un kibboutz rejoindre tous ces ânes qui portent des livres. C'est un vieux fou. Pour moi, il n'existe pas ! Il n'est rien ! Il n'est personne. »

Le Français est habitué à n'être personne, et cela lui suffit. Il n'est rien. Et n'être rien lui va aussi ; là où chacun veut être quelque chose ou quelqu'un. Le rapprochement de grand-mère avec le *françaoui* n'est qu'un rapprochement contraint. Bien sûr, qu'elle l'a éliminé de son existence ! Le *françaoui* est mort depuis longtemps dans le regard de grand-mère. Elle lui reproche sa supposée tiédeur sexuelle. Plus tard, je l'entendrai dire qu'il n'y a rien de plus satisfaisant que le sexe d'un Arabe. « Dieu soit Loué pour avoir fait les Musulmans avec des entrejambes aussi bien pourvus », dira-t-elle. Je crois bien que ma mère a de qui tenir.

Elle lève l'index vers le ciel et dit qu'Allah saura lui pardonner. Je trouve qu'Allah est une belle éponge pour effacer la lourde ardoise des péchés.

« Pardonne-moi mon Dieu, pardonne ce que je fais, dit-elle.

— Pourquoi tu demandes toujours pardon ? je lui dis.

— Depuis la nuit des temps, depuis qu'on a été chassés du Paradis, on demande pardon à Dieu », me répond-elle.

Mehdi, le *jnoun*, le délétère, profite de la situation obscure. Il dresse grand-mère contre ce sans-religion, ce *roumi* qu'est mon grand-père. Il l'enivre de promesses et de mots de miel dont elle se délecte. Je sais qu'il n'y aura jamais de réconciliation. C'est un vain espoir. De quel puits puisez-vous votre colère ? Votre vision est désaccordée. Puissiez-vous aller au-delà de vos ressentiments. Qui donc pourrait trancher le nœud gordien de votre détestation ? Pourquoi le malheur ne va-t-il pas s'abattre ailleurs ? J'ai beau plier le temps en quatre, rien n'y fait.

Pour fuir leur détestation, je regarde autre chose que ces deux-là. J'ouvre la fenêtre pour voir ce qui se passe dehors. Je vois de pauvres hères accroupis et recroquevillés sur eux-mêmes le long des murs. Les vieux du quartier sont assis aux coins des rues et fument du kif avec l'espoir que d'autres futurs s'ébauchent. Les enfants, eux, ne sachant comment se venger de leur naissance, détruisent joyeusement leur avenir en jouant toute la journée avec des boîtes de conserve vides. Des filles passent. Et si vous en suivez une, c'est son frère qui vous suivra. Il a la vertu de sa sœur à l'œil. On ne rigole pas avec la réputation. Les filles ont été élevées comme il faut, c'est-à-dire noyées dans les torrents de la tradition. Se signaler par sa vertu et laisser le tissu les envelopper de partout. Ne jamais laisser voir un morceau de chair. Pas même la cheville. Toutes les parties du corps sont préservées des regards pervers. Passer inaperçue, voilà ce qui fait une fille de bonne famille. Une bonne Musulmane qui se respecte. Elle marche vite et à petits pas. On leur a toujours dit de ne pas traîner dehors. Elles ont été élevées dans un mélange toxique de religion et de traditions. Et nos vies ressemblent à nos traditions, nous sommes emmurés. Avant même d'apprendre à marcher, leur mère leur a répété : « Ne lève pas les yeux sur les hommes. Oriente ton regard vers le bas. Montre que tu as de la pudeur. Aie honte. »

Aie honte, voilà ! Alors, les filles marchent et elles ont honte. Elles grandiront comme ça. Et la honte ne les quittera plus.

Pour oublier qu'il n'y a rien à faire, le dos contre le mur, les gens passent le temps à reboucher le temps et à manger *z'riba*, des pépites, des graines de citrouille, à longueur de journée. Ils rêvent de partir, un jour. La vie semble toujours plus belle ailleurs que là où nous sommes nés. Mais ailleurs n'existe pas. Abdellatif est le premier d'entre eux à penser que la vie est meilleure ailleurs. On l'appelle « le fou des rues ». Tôt le matin, il vient s'appuyer sur le mur et s'en va à la tombée de la nuit. Il essaie de trouver un sens à son histoire. Seulement, c'est une histoire qui n'a pas de sens. Il n'est pas méchant, il a juste perdu la raison. En vérité, il fait partie de ceux qui ont subi le martyre des fous enchaînés au mausolée de Boya Omar, célèbre pour ses séances d'exorcisme. Longtemps, des familles désespérées de trouver un lieu adapté pour les maladies mentales envoyaient les fous de leur famille dans ce mausolée au nord-est de Marrakech. Personne n'était ensorcelé, ils souffraient juste de troubles mentaux. Seulement, la superstition ne se fatigue jamais.

Les gens disent que ce Saint qui aurait vécu au

XVIIe siècle, est à la tête d'un tribunal invisible qui arbitre les conflits entre les *jnouns* et ceux qu'ils possèdent. Ce Saint, Boya Omar, a la réputation de soigner tout le mal qu'ont fait les *jnouns* : paralysie, troubles psychiques, dépendance à l'alcool et toxicomanie. D'où sortent tous ces saints capables de je ne sais quoi ? Au Maroc, il n'y a pour ainsi dire pas d'hôpitaux psychiatriques. C'est ici qu'on enferme ceux qu'on appelle les fous et les possédés.

« C'est tout le haschisch que j'ai fumé qui m'a rendu fou », dit Abdellatif.

Il a été « soigné » comme les autres fous du mausolée. On l'a enchaîné, drogué, torturé et affamé. Il a fait partie de ceux qui, au bout de quelques années d'enfermement, faute de place, ont été relâchés du jour au lendemain dans la nature et laissés brutalement livrés à eux-mêmes et à leur folie. Toute la journée, Abdellatif regarde les aiguilles de la montre qu'il porte à son poignet gauche. Un fil de fer fait office de bracelet. Si vous lui demandez ce qu'il fait là, avec son air déjeté, il vous répondra qu'il surveille le temps.

Depuis qu'Abdellatif a été relâché du mausolée, plus personne dans sa famille ne veut de lui. Pas même sa mère qui passe et en détournant la tête, dit : « Maintenant, ce n'est plus mon fils. C'est le fils de l'État. »

Et si vous demandez à Abdelatif quelle heure il est ? Il vous donnera l'heure et la date d'il y a vingt-ans. Les aiguilles de sa montre se sont arrêtées le jour où il a été enfermé au mausolée. Il n'a pas vu le temps passer dehors. Il était jeune encore. Il dit que dans sa tête, ça ne tourne pas rond. Et si un jour ça commence à tourner rond, c'est qu'il y a un problème. Ici, rien ne doit tourner rond, pas même les aiguilles d'une montre. À part ça, Allah est grand, dit-il. Et, de toute façon, ici, personne ne vous donnera la même heure. Chaque quartier a son heure.

Je referme la fenêtre. Abdellatif, le fou, a raison. Quelque chose ne tourne pas rond.

Ici, rien ne me dit rien.

13

Comme tout bon Musulman, grand-mère décide de faire son pèlerinage à la Mecque avant qu'un hasard malveillant ne vienne mettre son grain de sable dans son projet. « Je ne connais pas de hasard prévoyant, dit-elle ! On ne sait pas de quoi demain sera fait. » Elle ira, envers et contre tout. Pour tout croyant, partir à la Mecque est le rêve de toute une vie, mais aussi le devoir de ceux qui en ont les moyens. La foi revendiquée, grand-mère lève les bras vers son Créateur. Elle sera *hadja* ou ne sera pas. Ainsi parle grand-mère.

D'ores et déjà, elle s'y prépare. Elle se met en devoir d'atteindre la Mecque. L'impatience la travaille. Elle demande à grand-père de lui donner l'argent pour le voyage. Il la laisse infuser quelques jours avant d'avoir le courage de lui dire qu'il n'en est pas question. Il ne se perd pas en détails. Il ne lui donnera pas un sou. C'est hors de question. Il n'a pas d'argent à jeter par la fenêtre.

« Comment oses-tu dire que le pèlerinage, c'est jeter l'argent par la fenêtre ? »

Il vient de dire exactement ce qu'il ne fallait pas dire. Comment ça ? Aucun mari qui a les moyens ne peut refuser le pèlerinage à sa femme. Sauf que grand-père ne se sent obligé à rien. Il n'est pas musulman. Et il n'est pas vraiment son mari. Grand-mère se signe. Les mots qu'elle vient d'entendre lui restent comme une croix chrétienne en travers de la gorge d'une Musulmane. Il n'en faut guère plus pour qu'elle s'empourpre. Son visage se complique de traits fâcheux. Le sang lui monte à la tête. S'ensuivent mille disputes. Mais rien ne fera fléchir grand-père qui a décidé d'ôter la laisse qu'il porte au cou. Grand-mère a beau faire pression, c'est un refus catégorique. Pas de concessions. Il ne mettra pas la main au porte-monnaie. La pendule pouvait tourner : non, c'est non !

Grand-mère est folle de rage. Pour se calmer, elle allume la télévision et s'apprête à faire une prière devant l'écran qui diffuse les prêches d'un imam à la Mecque. À la télévision, on voit les pèlerins tourner autour de la pierre noire. Elle commence sa prière et grand-père me dit :

« Tant qu'elle y est, elle n'a qu'à mettre un drap noir sur le frigo.

— Pour quoi faire, je lui demande ?

— Pour faire son pèlerinage dans la cuisine en tournant autour du frigidaire. »

Grand-mère entend ce qui vient d'être dit. Elle cesse immédiatement sa prière et se redresse. Son œil droit voit rouge, son œil gauche voit noir. Son regard crie vengeance. Ses yeux assassins et ses paroles peu amènes en font écho.

« Donne-moi de l'argent ! dit-elle à grand-père.

— Non.

— Ah ! Monsieur fait de la résistance. Garde-le, ton sale argent ! Espèce de mécréant, fulmine-t-elle.

— En attendant ce sont les mécréants qui vous ont ramené la modernité, réplique grand-père. Sans eux, vous n'auriez pas de télévisions, ni de machines à café, ni d'aspirateurs, ni de voitures. Rappelle-moi ce que vous avez inventé, vous les Arabes ? »

Grand-père a de la pitié dans les yeux ; est-ce pour grand-mère cette pitié ? Ou pour lui-même ?

« Je ne lui demande quand-même pas la lune à celui-là », grogne grand-mère, qui est prête à faire un scandale.

Sa colère ne mollit pas et sa façon de soupeser grand-père ne prédit rien de bon. Ses intentions, on les voit de près comme de loin. Elle lui prépare un sale coup. Voilà qu'elle le prend de haut.

« À ta place, je réfléchirais bien », ajoute-t-elle.

Sa suggestion n'est rien d'autre qu'une menace.

« Tu joues à un jeu dangereux avec moi, dit encore grand-mère.

— Tu crois ?

— Tu te fous de moi ?

— Oui !

— Tu joues avec le feu. Tu vas te brûler. »

Ce climat intérieur n'augure rien de bon.

« C'est lui ou c'est moi ! Si c'est comme ça, il va voir ce qu'il va voir. Il ne perd rien pour attendre celui-là », conclut la châtelaine outragée.

Aïcha passe par là et grand-mère s'en prend à elle.

« Eh toi ! Va me chercher trois œufs chez la grosse. »

Et Aïcha court chez la voisine chercher les œufs. Elle a peur de recevoir un coup de balai sur la tête. Et plus de mariage. Plus de grossesse. Plus rien.

Guère découragée par le refus de grand-père, grand-mère sourit. Pourquoi serait-elle découragée, d'ailleurs ? Elle sait qu'elle tapera là où ça fera le plus mal. Elle connaît les points faibles du Français. À malin, malin et demi. Elle lui fera mordre la poussière le moment venu. Les femmes savent jouer avec le temps, dit-elle. La vengeance est un repas qui se mange froid. Et ce ne sont pas des paroles en l'air. Grand-père s'attend à tout avec elle, surtout au pire. Pourtant, avec ironie, il lui dit qu'il l'aime.

« Tu aimes vraiment grand-mère ? je lui demande.

— Tu sais, on peut dire Je t'aime à la personne qu'on déteste le plus. »

Il s'enferme dans sa chambre. Il s'absente de la surface humaine en attendant que s'apaise la violence des orages de grand-mère. Quand il veut un peu de bonheur, il ouvre un livre. Et l'écriture devient un miracle.

Avec grand-mère, tout devient possible. Elle a une idée pour sortir de cette situation. C'est une idée qui ne peut naître que dans l'esprit d'une femme tordue comme elle. Tout est tordu chez elle : ses paroles, ses regards, jusqu'à sa façon de se tenir qui est aussi tordue que ses intentions. Tout est permis dans sa tête. Et elle ne gêne pas.

Grand-mère décide de pratiquer des retours d'affection. Autrement dit de la sorcellerie. Elle fait courir le bruit qu'un matin, elle s'est réveillée avec des dons exceptionnels. Elle dit des choses invérifiables. Elle jure qu'Allah s'est penché sur elle en pleine nuit. Voilà qu'elle prétend parler avec le destin. Et il paraît même que le destin lui répond. Elle jure que sous l'effet d'une dictée divine, elle réécrit les mauvais destins qui giflent celles à qui l'on a dit : « Une femme, c'est un ventre, point. » Elle dit qu'elle est capable de jeter un sort au hasard.

Rapidement, la rumeur enfle, court de bouche en bouche, de maison à maison et de femme à femme. À Marrakech, on dit que grand-mère, grâce à des secrets qu'elle seule détient, est capable de réaliser les vœux de n'importe qui. Les femmes sont prêtes à tout croire. Son entregent, aussi large que ses hanches, lui prodigue une notoriété sans pareille. Aussi vaste que ses mensonges et son goût pour l'argent. À la première cliente se joint une deuxième, puis une troisième, et ça n'en finit plus.

Pour beaucoup, grand-mère est le seul remède. Dès lors, du levant au couchant, la maison ne désemplit pas. Des femmes, piégées dans leur condition de femme, viennent trouver appui auprès de celle qui prétend modifier le cours des choses, celle qui dit connaître les astuces du destin, celle qui dit être écoutée par l'Être Supérieur qui organise nos vies. Chargées d'espoir, elles attendent leur tour, déployées sur les marches des escaliers de notre maison. Toute la misère de la ville est là, devant la porte. On rentre, on sort, on se pousse.

Grand-père, lui, dit que nous sommes dans le pays de la mascarade. À vrai dire, il ne sait plus où il en est exactement.

« La santé du Général m'inquiète, mon enfant ! me dit-il.

— Quel Général, grand-père ?

— Le général de Gaulle, mon enfant ! »

Comment oser lui dire que le Général est mort depuis longtemps.

L'encens que fait brûler grand-mère rend l'air de la maison irrespirable. Impossible d'échapper aux relents de cette entêtante odeur de musc. Elle veut des odeurs sacrées. Elle jure, et ce n'est bien-sûr pas vrai, que l'encens vient de la Ville Sainte. Tout est bon pour faire croire que. Avec grand-mère, ce ne sont pas les girouettes qui tournent, c'est le vent. Et elle a le vent dans le dos. Ses affaires sont florissantes. Elle a compris que le contraire de la vérité n'est pas forcément le mensonge, mais les convictions. Pour la résumer, grand-père dit qu'il n'y a rien de mieux que trois adjectifs, à la manière de Proust. Menteuse, fourbe, mesquine. Voilà, en trois mots c'est dit.

Grand-mère, elle, se moque éperdument de Proust. Elle ne sait même pas qui c'est, celui-là. Elle préfère s'occuper de ses clientes ; et des clientes convaincues, elle en a. En veux-tu, en voilà. Y a-t-il un pays où il n'y a pas de gens qui souffrent ? Y a-t-il un endroit au monde où les gens n'espèrent pas être heureux ? Une terre où les gens ne sont pas naïfs ? Il y aura toujours une personne pour profiter de tant de naïveté. Qui mieux que grand-mère sait faire tourner les choses à son avantage ? Sous le déguisement de la bonté, elle dit à ses clientes ce qu'elles ont envie d'entendre. Elle enfile son plus beau *haïk* de soie. Elle a dans les yeux quelque chose qui sue la fausse mansuétude. Elle écoute et, à chaque femme, elle dit : « Tous les jours, j'intercède auprès du destin pour qu'il fasse un geste en ta faveur. Il faut croire en ce qui est écrit dans le Ciel. »

Ces mots suffisent. Sa réputation est bien assise. Son succès est indéniable. La supercherie de grand-mère fonctionne mieux que bien.

Même le Diable serait jaloux de sa réussite.

Elle se montre redoutable. Là où les médecins baissent les bras, elle lève les siens. Elle prescrit des séjours chez les marabouts à vénérer des catafalques, qui ne sont, peut-être, que des cénotaphes complètement vides ; ou pire, des ossements de vaches ou de chameaux ; ou pire que pire encore, des os d'âne. Sommes-nous en train de vénérer des ânes ? Grand-mère fait aussi des amulettes avec le nom d'Allah écrit sept fois.

Elle accueille sa cliente, et dit : « Tes désirs seront comblés, ma sœur. Tu es ici chez toi.

— Que Dieu te garde sous Sa protection, Lalla Salma, répond la cliente.

— Cette nuit, entre éveil et sommeil, mon âme s'est enfuie hors de son enveloppe charnelle pour rencontrer nos aïeux. Du royaume des morts, je te ramène un avenir superbe. »

À entendre les promesses et les paroles pleines d'espoir de grand-mère, la cliente fait jaillir un billet de banque humide de la sueur de son corsage. Le glisse avec pudeur dans la main de grand-mère qui, après un coup d'œil expert et évaluateur, s'empresse de répondre : « C'est trop ma sœur ! Que Dieu éclaire tes jours de Son incomparable Lumière. »

Avec une autre cliente, grand-mère dit :

« Alors, dis-moi ma sœur ? Ton cœur n'est-il pas trop lourd aujourd'hui ? Comment va ton mariage ? Qu'est-ce qui t'amène ?

— Oh, tu t'en doutes ! C'est mon mari !

— Ah, les maris ! Ils sont responsables de nos malheurs. Leur cœur n'a pas de porte pour y entrer. Tu es une rose qui n'a pas suffisamment d'épines pour se défendre.

— C'est mon mari et sa mère qui ne cesse de lui dire : "Tiens ta femme ou elle te nuira." Il obéit à sa mère comme un chien.

— Les intérêts masculins ne sont pas les nôtres. Nos hommes ne savent pas aimer leur femme. Ils aiment leur mère, c'est tout. Et aucune épouse ne peut se mesurer à l'amour qu'ils ont pour leur mère. Il faut se méfier de nos hommes dès qu'ils sortent du vagin de leur génitrice. Raconte-moi, ma sœur, ce qui se passe. Je suis là pour t'aider.

— Mon *rajel*, mon homme, comme je l'appelle en public pour faire bonne figure, me fait mener la vie dure. Je n'ose pas te raconter, geint la cliente. Je ne peux même pas sortir voir mes amies. Il me dit que la place d'une femme, c'est la maison. Il ne m'approche que pour me culbuter.

— Ferme les yeux et laisse parler ta douleur. Dis-moi ce qui alourdit ton cœur. Laisse-toi aller. »

La cliente ferme les yeux et se laisse aller à la confidence :

« Tous les jours, je prépare le repas de mon mari. Tout est prêt quand il rentre. Tu sais, il m'a déjà frappée pour un tajine pas assez épicé ou un thé servi un peu trop froid. Pendant qu'il mange, je m'assoie en face de lui comme on s'assied au tribunal. Une femme arabe ne devrait pas dire ça. J'ai honte, et la honte est toujours muette. Mais je vais quand-même parler. Quand il a fini de manger, je m'allonge sur le lit. J'écarte les cuisses sans protester et j'attends. Il n'y a qu'une partie de mon corps qui l'intéresse, je te laisse deviner laquelle. Ça ne rate pas. À chaque fois, il va droit au but sans aucune forme de tendresse. Je n'ose jamais me lâcher au lit sous peine de passer à ses yeux pour une putain. Je ne bouge pas. J'attends qu'il finisse de faire ce qu'il a à faire. Avec lui, c'est toujours « bonjour-au-revoir ». C'est du « va-et-vient » qui se termine très vite par un « je-me-sauve ». Quand il a fini, il s'endort et me laisse la plaie béante entre les cuisses. J'essuie le sperme qui coule entre mes jambes. Je passe ma nuit à pleurer et j'ai honte de mes larmes. Le seul moment où je suis tranquille, c'est quand j'ai mes menstrues. Là, il ne m'approche pas.

— Quel salopard ! Une femme, ça se respecte ! Ça ne s'enfourche pas comme ça ! Nous regardons les hommes avec nos sentiments et ils nous regardent avec leur sexe. Les hommes n'ont pas compris que le vrai plaisir pour un homme, c'est d'en donner à la femme.

— Il m'a même proposé de faire ça à trois. Je lui ai dit d'attendre d'être en enfer pour ça. Il dit qu'une femme, ça se soumet, point. Alors, je reste fidèle, silencieuse et soumise à cette misogynie de notre monde arabe. Je vis dans deux prisons : la première, c'est ma tête et la deuxième, c'est ma maison. Je tiens un double discours. Je dis aux voisines que tout va bien dans mon couple alors que dans ma tête, je rêve d'autre chose. »

Grand-mère sert du thé à sa cliente, qui poursuit :

« J'ai un amant invisible.

— C'est qui ?

— Mon doigt. Quand il n'est pas là, qu'Allah me pardonne, je me caresse pour me donner du plaisir. Je pars dans mon imagination, c'est un voyage sans valise. J'imagine d'autres hommes qui s'occuperont de mon corps comme il faut. Je vis davantage en imagination que dans la vie réelle. Mon imagination m'arrache à ma prison. Je m'invente un plaisir que je n'aurai jamais avec mon mari. J'imagine que des hommes me prennent et me font jouir. Des hommes qui ne verraient pas en moi seulement une machine à procréer. J'ai beau essayer de chasser les idées d'un autre homme, rien n'y fait. »

La cliente culpabilise.

« C'est pas normal ce que je fais, dit-elle.

— Si c'est normal. C'est ce qui arrive à toutes les femmes délaissées ou mal enfourchées.

— À part le lit qui grince, je ne ressens rien, dit la cliente. Mon mari dit qu'il faut changer le lit. »

Et là, grand-mère tient un discours qui n'a rien de décent. Elle n'hésite pas à être grossière.

« Il faut changer de queue, pas de lit ! » répond grand-mère.

Faussement outrée, la cliente demande pardon à Dieu d'entretenir de telles conversations. Grand-mère continue et s'exprime encore plus crument :

« Si tu es vraiment rusée, fais-lui croire tout ce que tu veux mais ne lui dis jamais la vérité. S'il ne te donne pas de plaisir, endors sa méfiance et prends-toi un homme qui te mettra son gourdin bien au fond. Ce n'est pas ce qui manque. Il y a des hommes qui, à eux seuls, font jouir tout Marrakech. Le bonheur existe dans cette ville et tu en auras ta part. Je vais t'apprendre à faire tourner la tête des mâles.

— Louange à Dieu de t'avoir mis sur mon chemin, ma sœur, mais tu sais bien que l'adultère féminin est sévèrement puni. Il faut faire attention quand on est une femme dans un pays musulman.

— Marrakech sait fermer les yeux quand il le faut ! »

Allant de plus en plus loin dans ses audaces de langage, grand-mère dit : « Rendons Grâce à Dieu d'avoir fait de nous des femmes. De nous avoir mis un soleil entre les jambes. Louange à Dieu de nous avoir donné des vagins capables d'accueillir n'importe quel sexe d'homme. Si tu es venue chercher un conseil, alors le voilà : s'il n'arrive pas à te satisfaire, alors laisse-le prendre les chèvres et prends-toi un homme. Puisqu'il te baise sans contrepartie, alors baise-le d'une autre façon. Fais-toi prendre par un autre, ma sœur. Par devant ou par derrière, comme tu veux. Varie les plaisirs.

Écoute ce que dit ton corps et ne te prive pas du plaisir que peuvent nous donner certains hommes. Sache que rien n'est interdit. Fais-toi payer et réclame ton dû. Fais-toi baiser et laisse-toi entretenir. Monnaie ta chatte, ma sœur, au moins qu'elle te serve à quelque chose. Fais ce que tu veux mais garde ta langue. Marrakech n'aime pas les témoins. »

Je demande à grand-mère :

« Pourquoi cette femme vient se plaindre ?

— Elle veut être touchée par son mari.

— Il ne la touche pas ?

— Si si… nos hommes touchent leurs femmes.

— Quoi alors ?

— Ils les touchent, mais mal ! »

Et cette autre, orpheline d'homme, accompagnée de sa mère, mais surtout envoyée par un père qui pousse sa fille à se marier. La fille a des airs de petite fille modèle bien élevée, qui rougit jusqu'au fond du vagin dès qu'un homme lui parle. C'est une *bint al nass*, une fille de bonne famille, qui sait se tenir en société. Elle incarne les bonnes manières. Elle est assise, le dos droit, les deux mains sur les genoux, et les yeux baissés. Elle dit à grand-mère :

« Chère Lalla Salma. Tu te rends compte ! J'ai vingt-six ans et je ne suis toujours pas casée ! Je jure d'être une bonne épouse et une bonne mère de famille. Ça fait longtemps que j'attends.

— Tu sais ma fille, toute femme attend. Elle attend longtemps, parfois toute sa vie. Il vaut mieux attendre que de se précipiter et se tromper d'homme. Et puis, on peut très bien vivre sans avoir jamais connu d'homme. Moi, si c'était à refaire, je ne me marierai plus jamais.

— Je veux un homme, Lalla.

— Tu as raison, les cuisses d'une femme ne doivent pas rester trop longtemps serrées. Ne t'inquiète pas, on va remédier à cette absence de mâle. On va enlever la malédiction qui plane sur ta tête. Les forces mystérieuses sont déjà à l'œuvre dans le ciel. Tu vas trouver chaussure à ton pied. »

Je dis à grand-père :

« Pourquoi toutes ces filles sont pressées de se marier ?

— Elles ne savent pas encore que le mariage n'est qu'une forme ludique de l'échec. »

Le nom de grand-mère circule avec admiration. Le bien qu'on dit sur elle draine vers nous toute la misère de Marrakech et des villages alentours. Du matin au soir, grand-mère donne des consultations. Les gens la bénissent et on ne tarit pas d'éloges sur celle qui est supposée sauver les femmes. Et justement, il y a tellement de femmes qui attendent dans les escaliers, qu'on ne peut même plus passer. C'est un infernal chassé-croisé. Des hanches trompées et traînées dans la boue sont prêtes à tout pour faire revenir un homme infidèle. Bafouée par l'infidélité de son mari, l'une d'entre elles s'adresse à grand-mère :

« Il va voir ailleurs. Mon sexe ne se souvient plus de la dernière fois où il a été touché. C'est un mari volage qui a oublié qu'il était le père de six enfants. Et il n'a que faire des petits ventres qui ont faim. Il traite mieux sa queue que ses enfants.

— Mon Dieu, faites que ce mari ne regarde plus jamais une autre femme que la sienne. Voilà ma sœur, rassure-toi. À partir de maintenant, il ne retrouvera plus le chemin de ses maîtresses. Il ne verra plus que toi, promet grand-mère. Crois-en mon âge et mon expérience. Ne dit-on pas : Qui a un jour de plus que toi, détient une ruse de plus que toi ? »

Il y a même ce que grand-mère appelle des vagins secs. Autrement dit, des femmes stériles aux mamelles pleines de regrets, qui ne savent pas qu'elles sont stériles, et qui viennent se lamenter et bercer leur douleur sur la poitrine peu scrupuleuse de grand-mère. Elles ont beau toucher leur ventre, il n'y a personne dedans. On voit dans leurs yeux qu'elles en veulent à celles qui se promènent avec des bébés qu'elles bottent sur le dos. Elles en veulent aux poussettes et aux landaus. Il n'y a rien de pire que le regard d'une femme stérile qui se pose sur un landau. Celles qui sont là détestent celles qui tombent enceintes du premier coup. Elles ont des ventres plats d'adolescentes. Des ventres de femmes qui n'ont jamais accouché. Des ventres muets qui n'ont jamais répondu à aucune sollicitation masculine. Grand-mère peut tout dire, sauf qu'elles n'auront jamais d'enfants. Elle ne va quand même pas scier la branche sur laquelle elle est assise. Les femmes implorent grand-mère de *les faire tomber enceintes* et de leur *faire mettre au monde* un mâle. Les turbulences de leur ventre réclament qu'un petit tombe de leurs entrailles. Un mâle et rien qu'un mâle. Malheur à celle dont le ventre ne fait que des femelles. Honte à celui dont le sperme n'est pas capable d'engendrer un garçon. Honte à ces deux-là ! On les pointe déjà du doigt. Et la rue en rit.

Grand-mère rassure sa cliente :

« Je sais, ma sœur, que tu es habitée par cette chose qui déformerait ta taille. Je sais que tu rêves de contractions. Tu entends déjà la sage-femme te dire : pousse... pousse... encore... encore ! Je sais que tu rêves de saigner d'entre les cuisses. Je sais que tu guettes ton ventre vide et affamé de grossesse.

— Pourquoi je ne tombe pas enceinte ?

— Il y a un gros problème, dit-grand-mère.

— Lequel, ma sœur ? »

Et là, le diagnostic de grand-mère est sans appel : la cliente est envoûtée. Quelqu'un de mal intentionné lui a jeté un sort. Sans doute un *jnoun* déguisé en belle-mère ! Grand-mère fera ce qu'il faut pour la désenvoûter grâce à l'intervention de la confrérie des *gnaouas* en transe qui fera intercéder Ali Al Mansour, le grand maître de Marrakech.

« Je vais remédier à la paresse de ton ventre. Un bébé ne tardera pas à en sortir, dit grand-mère.

— Comment te remercier, *chrifa* ? » – Un terme pour flatter la descendance de l'autre.

Grand-mère ne veut pas être remerciée. Pas de remerciements. Pas de flatterie. Surtout pas. Que de l'argent ! Il n'y a que ça qui l'intéresse. Elle poursuit :

« Je ferai le nécessaire pour que tes mamelles s'emplissent d'un lait riche qui nourrira ta future progéniture, dit grand-mère. Tu verras que nulle agalactie ne se posera sur tes épaules. Tu auras des enfants qui ressembleront comme deux gouttes d'eau à leur père.

— Tiens ma sœur. Ces billets sont pour toi.

— Voilà, il ne reste plus qu'à attendre le verdict de là-haut, conclut grand-mère. Il faut faire ce que l'humain peut faire et s'en référer à Dieu pour le reste. »

Grand-mère prend les billets et remet le destin de ces femmes entre les mains de Dieu. C'est tout ce qu'elle peut faire ; pour le reste, il faut s'en référer au Ciel.

« Rassure-moi ma sœur, lui dit une cliente, dis-moi que je vais tomber enceinte.

— Si ça doit arriver, ça arrivera.

— Comment en être sûre ?

— On n'est jamais sûr de rien. Le hasard n'est jamais franc. Qui peut dire si le soleil réapparaîtra demain ?

— Personne ne peut le dire, ma sœur.

— Eh bien, tu vois ! »

Grand-mère ne garantit rien à ses clientes. Elle dit que ce qui doit venir viendra et ce qui ne doit pas venir ne viendra pas. Je demande à grand-mère si ces femmes vont *vraiment* tomber enceintes. Elle me répond qu'au vrai, elle s'en lave les mains. Que les plis de nos vêtements sont remplis de mensonges qui font sursauter Dieu. Les promesses n'engagent que celles qui les écoutent. Et puis Dieu, on ne peut quand même pas lui demander l'impossible !

Seulement, la cliente se met à pleurer et dit :

« Je vais avoir quarante-ans et mon ventre est toujours vide. Quel malheur !

— Tu sais, lui dit grand-mère, regarde Abraham et sa femme Saraï. Eh bien, Saraï était désespérément stérile. Puis, un miracle se produisit. Agée de plus de quatre-vingt ans, elle a mis au monde un enfant qu'on a appelé Isaac.

— Dieu est Grand, dit la cliente.

— Tu sais ce que ça veut dire Isaac ?

— Je l'ignore, ma sœur.

— Ça veut dire : "il rira."

— Ô comme Dieu est Grand.

— Alors, au lieu de pleurer, ris toi aussi. Je veux te voir rire. Tu verras que ton ventre sera habité prochainement comme le ventre de Saraï. »

C'est un péché ce que fait grand-mère, et elle le sait. Le péché est un fruit tendu par ce chuchoteur du Mal qu'est le Diable. Mais l'enfer semble donner raison à grand-mère, puisque les clientes affluent de partout. Les dirhams s'amoncellent. Grand-mère continue d'accueillir ses clientes avec du thé à la menthe aussi sucré que son sourire aimable. Personne ne voit que derrière son amabilité et ses paroles qui sonnent faux se cache l'intéressement. Désormais, on prononce son nom par-delà les remparts et les sept portes de la ville impériale. Même les voisines sont fières d'être les voisines de grand-mère. Elle est invitée aux plus grandes cérémonies, circoncisions, baptêmes, mariages. On la prend pour témoin. En tenue d'apparat, c'est elle qui attend devant la porte des mariés, jusqu'à ce que le boucher finisse de déflorer la mariée et que l'on entende le soupir de la pauvre vierge, enfin, de la promise au sacrifice. Grand-mère arrive avec un coq dans sa besace auquel elle a préalablement bien ficelé le bec avec du fils à coudre. Il ne faut surtout pas que le coq se mette à chanter. C'est toujours mauvais signe d'entendre coqueliner dans un mariage. Gare à la mariée, ça ne présagerait rien de bon quant à sa virginité. Il paraît même que certains volaillers élèvent des coqs muets, en secret, spécialement destinés aux mariages.

Ici, au Maroc, chaque fille naît avec dans son trousseau l'obsession de la virginité. Heureusement, grand-mère est là. Et avec elle les mariages sont toujours bien menés. La mère de la mariée accompagne grand-mère qui, d'une main habituée, égorge le coq pour mettre quelques gouttes de sang frais sur les draps nuptiaux à l'endroit où la mariée s'allongera, en attendant que le mari se mette sur elle. Juste quelques gouttes de sang, pas trop, sinon ce n'est pas crédible, dit grand-mère, qui attend à la porte de la chambre et surveille du coin de l'oreille les mariés. Quand la mariée est déflorée, grand-mère rentre dans la chambre et récupère les draps qu'elle présente à l'assemblée impatiente. Elle fait le tour d'un essaim de tantes, de cousines, de voisines. Dieu soit loué ; il y a bien du sang sur les draps et la mariée est bien vierge. Bien intacte, comme il faut. Voilà, les apparences sont sauves. Grand-mère, le drap en main et les taches de sang bien visibles, circule entre les invités, tape l'épaule de l'une, complimente l'autre sur sa vêture, dit à une autre qu'elle est radieuse. Bref, elle excelle dans l'hypocrisie. Il n'y a pas eu tromperie sur la marchandise, et ça, c'est l'essentiel. Un mariage sans sang n'est pas un mariage. La vierge est bien vierge. Les youyous aigus fusent. Louange à Dieu. On se congratule. Les parents des mariées se félicitent. L'honneur est sauf. Dieu est grand. La virginité de la mariée fait le tour des invités et circule de main en main. Chacune est persuadé que tenir le drap en main, effleurer d'un doigt le sang de la sacrifiée, portera bonheur à son couple.

C'est ainsi que, de mariages en fiançailles, de familles riches en familles encore plus riches, grand-mère me traîne avec elle de quartier en quartier et de maison en maison. Elle a gagné en assurance et elle est à l'aise dans les mondanités. Pendant les fêtes, les invités remplissent de billets de banque les ceintures des danseuses, des musiciens et la main de grand-mère qui honore la cérémonie de sa présence. En rentrant à la maison, elle me dit qu'elle fait cela pour asseoir sa réputation mais surtout pour l'argent que le Français, cet espèce d'impie, ne veut toujours pas lui donner pour son pèlerinage. Tous les soirs, elle compte les billets et les range dans une enveloppe à l'abri des mains jalouses. Une enveloppe qui grossit comme le ventre d'une femme enceinte. Seulement, ça ne va pas assez vite. Elle n'arrive pas à réunir la somme nécessaire pour son voyage à la Mecque. Le pèlerinage coûte cher. Très cher, même ! Les Saoudiens ont compris comment rentrer plus d'argent qu'ils n'en ont. Ils ont compris comment s'enrichir davantage sur le dos des pèlerins. Certains croyants économisent toute leur vie. D'autres n'hésitent pas à s'endetter en contractant des prêts sans intérêt, appelés prêts islamiques, la *murabaha*. L'islam proscrit les prêts avec intérêts. D'autres encore, ne pouvant faire de prêt, vendent leurs bijoux. Toute Musulmane qu'elle est, grand-mère, elle, n'est pas encline à ce genre de sacrifice. Pour aucun dieu, elle ne vendrait ses bijoux. Faut pas exagérer, non plus. Les bijoux c'est les bijoux !

« Où est donc passée ma bonne étoile », se lamente-t-elle. Et la réponse du *françaoui* est toujours la même : « Elle n'aura pas un centime ! Et le frigidaire est toujours à sa disposition pour les circumambulations. » Puisque c'est comme ça, grand-mère va continuer à lui empoisonner l'existence. Elle n'est jamais à court d'argument. Personne, absolument personne, ne peut prévoir ce qui lui passe par la tête.

Et n'est pas né celui qui la fera renoncer. Elle est capable de persuader n'importe qui ; ça fait partie de ses talents. C'est d'ailleurs, si je puis dire, sa vertu cardinale. Elle ne perd jamais le nord. Un matin, elle se réveille avec, cette fois, une idée de génie. Elle est toute souriante. Elle vient de trouver la solution miracle pour toutes les filles qui ont connu une sexualité préconjugale. Autrement dit, celles qui ont couché avant le mariage. Celles qui ont assumé leur sexualité ; celles qui ne sont plus vierges ; celles qui ont oublié de préserver leur pureté pour un futur mari ; qui ont fauté ; qui ont oublié que l'hymen est sacralisé. Toutes celles qui, dans un moment d'emportement, ne se souvenaient plus que la sexualité a toujours été un tabou féroce chez nous et qui ont perdu leur unique richesse. N'oublions pas que la vie intime des filles est sous contrôle et que l'on mesure l'honneur des familles à l'aune de la virginité de leurs filles. Tout le monde sait que la vie sexuelle avant le mariage existe, mais qui ose en parler ?

Je risque cette question :

« Dis-moi, grand-mère ! Pourquoi les filles doivent rester vierges jusqu'au mariage ?

— Leur réputation est en jeu.

— Et les hommes ?

— Rien ne leur est interdit.

— Pourquoi ?

— Dieu leur accorde beaucoup de privilèges. »

C'est donc un ordre d'en-haut ! Soit !

Même si la vie intime des jeunes filles est étroitement surveillée, les temps ont changé. De nos jours, elles prennent de plus en plus de libertés et assument leur sexualité – en secret. Si elles écoutaient la morale, aucune fille n'aurait de relation avec un jeune homme. C'est fini, ce temps-là. Maintenant, elles s'octroient les privilèges que *Celui d'en-haut* et *les mâles d'en bas* ne leur accordent pas. Elles couchent et ne craignent aucune maladie, si ce n'est celle de tomber enceinte. Comment demander à une femme enceinte de rentrer son ventre, c'est impensable. Quelle fille aux rondeurs coupables oserait affronter la réaction de son père qui préserve l'honneur de la famille en attendant de trouver un bon mari à sa fille. Il faut, coûte que coûte, garder le trésor entre les cuisses. Sans ça, elles ne sont rien. L'hymen, cette membrane fragile, vaut de l'or. Pour les hommes, vanité des vanités, déflorer une fille est le summum de la virilité. Ils sont avides de cette soie qu'on déchire. Quelle absurde vanité !

Grand-mère a compris ce jeu de dupe où tout le monde est perdant.

Tout le monde, sauf grand-mère. Devant chez nous, de la fenêtre, je vois une longue file d'attente. Pour ne pas être reconnues, les femmes voilées jusqu'aux yeux attendent dans la rue. Il y a tellement de monde qu'on dirait qu'il n'y a plus une seule vierge à Marrakech. La plupart des médecins sont réticents à rédiger un certificat médico-légal, appelé certificat de bonnes mœurs. L'hyménoplastie, la reconstruction de l'hymen, est pratiquée clandestinement mais coûte très cher. Les filles qui sont là n'ont pas les moyens de s'acheter une nouvelle virginité. Qu'à cela ne tienne. Grand-mère est là. Chez elle, on peut racheter son honneur et sa virginité à bon prix. Elle rassure ses clientes : « Une femme qui cède n'est pas une putain, mais une princesse », aime-t-elle à répéter.

Sur ce marché-là, il y a une place à prendre et grand-mère l'a compris. Elle ne recule devant rien. Pour masquer le passé sexuel de ces filles, ces filles qui ne sont plus « hallal », elle fait venir de Casablanca, du *dreb Omar*, quartier Omar, deux cartons contenants des kits de virginité. Moyennent finance donc, grand-mère sauve ces filles de la *chouha*, l'humiliation. Chaque kit de virginité est précieux ; aussi précieux que la beauté chez une femme. Les kits contiennent des capsules de sang.

« C'est du vrai sang ? je demande à grand-mère.

— C'est du sang artificiel. C'est de l'albumine naturelle », me répond-elle.

À chaque fille, grand-mère dit :

« Ne t'inquiète pas, je connais les hommes. Ils veulent du sang, on va leur en donner, du sang. »

Grand-mère leur dit d'introduire la capsule dans le vagin avant l'acte sexuel. Sous l'effet de la chaleur, la capsule éclatera et laissera couler le liquide rouge entre les cuisses.

« Tu enfonces ça dans ta *tina* et tu peux coucher avec qui tu veux. Les hommes sont bêtes. Tu feras croire à chacun d'eux que personne ne t'a touchée. Tu redeviendras vierge après chaque coït. Ils n'y verront que du feu. »

Et pour une fois, quoique familière, grand-mère donne un bon conseil à ses clientes lorsqu'elles repartent : « Si un jour vous avez des filles, cessez de les culpabiliser. Arrêtez de penser qu'une fille qui n'est pas vierge est une pute. Si vraiment vous ne voulez pas la pénétration vaginale, essayez autre chose. Dieu n'a pas inventé la sodomie pour rien, servez-vous en. Vous avez deux trous. Faites ce que vous voulez, mais évitez les grossesses. Sachez que quand Allah parle de virginité, il parle de la virginité du cœur et de l'âme. C'est votre âme qui monte au ciel, pas votre chatte. Alors, cessez d'élever vos filles comme vous avez été élevées vous-mêmes, dans la honte et la culpabilité. Sinon, on ne s'en sortira jamais avec cette histoire de virginité. Dieu a autre chose à faire qu'à surveiller vos fesses qui puent le sperme. »

Et puis, cette fille qui se dit vierge, et qui vient demander l'aide de grand-mère pour se faire avorter.

« Pourquoi te faire avorter si tu es vierge ? lui demande grand-mère.

— Pour rester vierge », répond-elle.

Pour se purifier des *s'hours*, tous ces actes d'envoûtement qu'elle pratique, et où elle a maintenant atteint une maîtrise hors du commun, grand-mère, un vendredi par mois, pour plaire à Dieu mais surtout hantée par la crainte du jugement dernier, enfile une fausse mansuétude et invite les aveugles et les pauvres du *dreb*. Tôt le matin, un gigantesque couscous est mis en préparation. Les amies de grand-mère, les grosses, viennent prêter leurs mains dodues. La maison est alors nettoyée de tous les péchés. Des seaux parfumés d'eau de rose coulent sur le carrelage du patio. D'énormes marmites ronronnent. Les grosses chantent à la gloire du Très-Haut, lancent des youyous à qui veut les entendre, en épluchant les légumes et en malaxant la semoule avec de l'huile d'olive. Après la prière de midi, c'est une révolution devant la maison. Pour être le premier servi, on se bouscule devant la porte, on joue des coudes pour entrer. La maison déborde. Elle ne pourra pas contenir tout le monde. Ce n'est pas un problème pour grand-mère qui dit qu'Allah agrandit les murs des mosquées et des maisons des fidèles pour accueillir les nécessiteux.

Une vague d'hommes et de femmes vêtus de lambeaux se déverse alors. Comme le veut la coutume, les gens se déchaussent. Des dizaines de babouches qui ne sentent pas très bon s'entassent à l'entrée. Les invités s'installent, à même le sol, sur les tapis que grand-mère a alignés dans la cour. Comme à la mosquée, les hommes sont séparés des femmes. Ça mange, ça boit, ça rote. Agglutinés par petits groupes, les hommes parlent des *tabouns* et des *tinas*, des vagins. Les femmes, elles, parlent des hommes. Ce qu'elles racontent est pire que ce que disent les hommes. En peu de temps, les plats se vident et les gorges se dessèchent. On en réclame encore. Alors, les grosses reviennent les bras chargés. Les unes portent la semoule, les autres les légumes. La viande arrive et les aveugles reniflent. Ils scandent alors dans un même élan :

« *Allah al rh'mek, ya Lalla Salma !* Que Dieu agrée ton âme, Lalla Salma. »

Grand-mère lève les deux mains vers le ciel pour réclamer la bénédiction de Dieu.

Les vieux fument le *seebssi*, longue pipe en bois servant à brûler le kif ou autres substances hallucinogènes. Ils se mouchent d'un doigt et s'essuient sur leur *djellaba*. Lorsque le repas est terminé, les mains jointes et ouvertes vers le ciel, les mendiants, ventre rebondi, entonnent les versets du Coran pour bénir leur bienfaitrice ainsi que sa maison. Quoi qu'en ait dit grand-mère, les murs n'ont pas bougé et la maison est la même qu'avant l'invasion.

Tout ce que l'on dévore ici est hallal ; tout sauf grand-père, qui, désespéré, depuis sa bibliothèque, jette un œil sur la cour. Ce ne sont pas les meilleurs entours ! Il a vraiment du mal à trouver sa place dans ce monde. Entre défaite et révolte, rendu audacieux par l'alcool, il lance :

« Ça va. Ça va comme ça. C'est pire que Dîen-Bîen-Phu ! Il faudrait jeter une grenade là-dedans pour éloigner ces gueux prolifiques. Et dire que Jésus a voulu sauver l'humanité !

— Skout ! Skout ! Tais-toi ! lui crache grand-mère. La honte sur toi ! »

La connaissant, on sait ce qui va se passer. Eh bien, ça ne rate pas. Elle prend toutes les babouches qu'elle trouve et les lui jette.

Grand-père pense qu'il y a toujours avantage à ne pas s'emporter mais à l'impossible, nul n'est tenu. Il ne peut aller plus loin que le supportable. Toute hospitalité a ses limites. Voyant ce qu'il voit, il ne se contient plus. Dans une espèce d'excès de lucidité, poussé par un courage que je ne lui connaissais pas, mais surtout par quelques verres de trop, une bouteille presque vide à la main, il s'empare du Coran personnel de grand-mère, y met le feu et, du premier étage où il se trouve, jette le Livre Sacré sur l'assemblée. Il y a des limites à ne pas dépasser. Et là, il vient d'enjamber la plus dangereuse des frontières. La digue fragile de l'interdit a été franchie. Il a été trop loin. D'autres qui s'y étaient essayés n'avaient jamais reparu. Ça mérite la mort ce qu'il vient de faire. On ne brûle pas le Coran. Grand-mère ne supporte pas que sa religion soit mise à mal. Elle prend à témoin tout le monde. Comme par miracle, les aveugles jurent qu'ils ont vu ce qui venait de se passer et les sourds, eux, ont entendu ce que grand-père a dit. C'est alors que le comique fusionne avec le tragique. Le Coran en feu atteint la *djellaba* en laine d'un mendiant qui prend feu, celle de son voisin aussi et le feu se propage aux autres. C'est la panique. L'essaim d'invités se retrouve dans la fumée. Tout le monde veut fuir mais les aveugles ne retrouvent ni les babouches, ni la porte de sortie. Les grosses arrivent avec les seaux et les couscoussières remplis d'eau pour éteindre l'incendie. Elles jettent l'eau sur les invités. Ça ne suffit pas. Les *djellabas* brûlent toujours. Aïcha branche le tuyau d'eau et arrose comme elle peut. Les aveugles croient qu'il pleut et remercient Dieu pour cette fraicheur salutaire et inattendue. Grand-mère évacue les invités et l'assemblée se retrouve dehors pieds nus sur le trottoir, en criant Dieu est grand. Les grosses jettent le reste des babouches dans la rue.

Grand-père a largement dépassé le stade du blasphème. Très alcoolisé, il regarde d'en haut ce qui se passe en bas. Il se sert du vin, lève son verre en signe de victoire, et je l'entends dire :

« L'ennemi brûle… Objectif atteint. »

Puis, il se met à fredonner le *Chant des Partisans.* Grand-mère est folle de rage.

« Je vais te tuer », lui hurle-t-elle.

Voilà, un homme averti en vaut deux. Mais pour elle, ce n'est même pas un homme.

« Espèce de demi-homme, lui dit-elle. Tu finiras tes jours à errer comme un *sloughi*. Tu iras en enfer, prophétise-t-elle, en lui lançant une dernière babouche qui traînait là.

— Cesse de faire ta Folle d'Allah, lui répond grand-père. Heureusement que je ne suis pas responsable des échecs de ce maître ignorant qu'est ton Créateur.

— Descends voir si tu es un homme ! »

Finalement, grand-mère et le Français ne sont jamais tombés d'accord sur rien. Ou plutôt, sur une seule chose, et une seule : ils se détestent.

« Pourquoi as-tu brûlé le Coran ? je demande à grand-père.

— Il faut bien faire plaisir au Diable ! » me répond-il.

Dehors, on entend les aveugles applaudir la dispute.

14

Sa Suffisance se prépare pour son ultime voyage.

À force de thésauriser et de mesurer chaque jour ses richesses, les pratiques de sorcellerie ont permis à grand-mère d'accumuler de substantiels gains, toutefois insuffisants pour payer le voyage à la Mecque. Un matin, elle arrive avec sa tête des mauvais jours. Elle est inquiète. Elle se ronge les ongles. Son humeur n'est pas partie pour s'améliorer. Elle est trahie par des allergies tenaces qui apparaissent sur son visage à la moindre contrariété. Et la contrariété est de taille. Au lieu de tourner en rond ici, elle rêve de tourner autour de la pierre noire. Elle se voit déjà dans un hôtel luxueux depuis lequel elle aurait une vue plongeante sur la Kaaba. Y aller quel que soit le prix à payer, c'est ce que grand-mère a en tête. Elle a beau chercher une solution, elle n'en trouve pas. Les jours viennent et passent et le départ pour la ville Sainte approche. Le temps presse. Grand-mère tire Dieu par la manche pour qu'il regarde vers elle. Elle a hâte qu'on l'appelle *hadja*.

Seulement, même avec de l'argent, on n'entre pas en Arabie Saoudite comme ça. Encore moins quand on est une femme seule. N'oublions pas qu'une femme n'est qu'une femme. Sous tutelle, sans homme, elle n'est rien. Sans homme donc, le pèlerinage est compromis. Le Prophète a explicitement dit qu'il n'est pas permis à la femme de faire un voyage d'un jour et d'une nuit seule, sauf si elle est accompagnée d'un *mahram*, un tuteur. Celui-ci doit être adulte. Il peut s'agir d'un père, d'un fils, d'un frère, d'un oncle par allaitement. La femme doit montrer patte blanche avant d'entrer en Arabie Saoudite. Qu'à cela ne tienne. La solution est déjà là. Elle attend dans les escaliers sous le nom de Mehdi. Le devoir islamique, grand-mère va le faire avec son amant. C'est lui son *mahram*. L'affaire est réglée, de ce côté-là.

« Et pour l'argent du voyage ? Comment vas-tu faire ? je lui demande.

— Dieu seul le sait, mais je vais me débrouiller », répond-elle.

Grand-mère, il ne faut jamais la sous-estimer. Une main sur la hanche semble encore dire que rien ne lui résistera ; même si elle se demande quand ses anges gardiens vont se réveiller. Elle a une idée et commence déjà à déployer les manœuvres qui préludent à sa vengeance. Personne ne peut abattre sa volonté. Même Dieu en personne reculerait. Seulement, Dieu ne réagit toujours pas. Alors, se rendant compte de l'inutilité de ses prières et consciencieuse avec sa revanche, elle décide d'aller voir Nabila, la tenancière du hammam. On dit que Nabila est la femme la plus rusée de Marrakech. Qu'elle a une solution à tout. C'est une maquerelle, une courtière, une matrulle. Nabila est la meilleure amie de grand-mère. Qui se ressemble s'assemble. On dit qu'au lit, ce n'est pas une femme somnolente. Très jeune, elle avait embrassé la mauvaise vie. Une bouche sûre avait confié qu'avant son mariage, Nabila avait pratiqué la prostitution avec fougue. Si son sexe pouvait parler, dit-on, la liste de ceux qui l'ont visitée serait très longue. Une confidence ramenée par le vent du Nord lui prête qu'à Tanger, elle s'était mise sous mille neuf cent deux clients. Qui dit mieux ?

Maintenant, la tenancière se fait appeler Madame. On dit qu'à cette époque-là, elle recevait dix clients par jour, sauf le vendredi où, bien sûr, elle allait à la mosquée. Elle travailla six années sans interruption. C'était de l'abattage. Lorsque ses cuisses se furent fatiguées de s'écarter, du jour au lendemain elle décida de tourner le dos à son passé. Elle cessa la prostitution. Elle effaça son passé en coupant la corde qui la reliait à sa réputation. Elle changea de ville. Avec l'argent gagné, elle acheta le hammam à Marrakech. Depuis, elle consacre son temps à la gestion du hammam et à la conquête du pardon. On dit qu'elle connait les hommes mieux que quiconque. Et pour cause !

De la tenancière, on ne voit que des seins qui pèsent aussi lourd que la réputation qu'elle traîne toujours. On ne se débarrasse pas d'une réputation comme ça ; la preuve, on raconte que chacun de ses seins contiendrait autant que neuf cent cinquante testicules d'hommes normalement constitués.

« Ma sœur, toi ma meilleure amie, lui dit grand-mère. Je veux aller à la Mecque mais le *françaoui*, ce fils de pute, ne veut pas me donner d'argent. Je compte sur ton incommensurable intelligence pour dénouer la situation. »

Qu'à cela ne tienne. Sitôt dit, sitôt fait. La tenancière a plus d'un tour dans son sac. Elle en a vu d'autres ! Voilà voilà ce que tu dois faire. Et voilà encore. Elle susurre ce qu'il faut faire à l'oreille de grand-mère qui lui glisse un billet pour la remercier de son éclair de génie. Avant de la quitter, la tenancière précise à grand-mère qu'il faut toujours prendre des chemins détournés pour arriver à son but. Mais bien sûr ! La solution est là sur un plateau. Comment grand-mère n'y avait-elle pas pensé plus tôt ? Aussitôt, elle fait sienne cette idée. Et comme toujours, grand-mère réussit à retourner la situation en sa faveur.

Pendant ce temps-là, grand-père, lui, est à *Dar al beïda*, Casablanca. Il est parti accompagné de Aïcha pour son bilan de santé annuel sans savoir que l'étau se resserre autour de lui. Il sera absent trois jours. C'est le moment pour grand-mère de passer à l'action avant que grand-père ne revienne. Elle décide de mettre en œuvre le conseil de la tenancière du hammam. L'heure est venue de faire mordre la poussière au *françaoui*. C'est une attaque en règle qui se prépare. Elle ne manque pas de ruses, grand-mère. Seulement, la ruse la mieux ourdie finit toujours par se retourner contre son auteur.

« Il est temps d'en découdre avec cette affaire », dit grand-mère.

Elle repasse mentalement sa vengeance. Rien ne peut la raisonner. Ça lui brûle les doigts de faire ce qu'elle va faire. C'est une occasion qui ne se représentera plus de sitôt. C'est maintenant ou jamais. Pas tout à fait à la loyale, elle sort les grands moyens. Tout a été préparé.

Et lorsque le jour commence à bleuir, arrive de Tanger un ami de la tenancière du hammam. C'est un marchand de livres qui se fait appeler « maître-penseur ». Il se dit commissaire-priseur, expert en ouvrages anciens. Grand-mère le fait rentrer dans la bibliothèque de grand-père. Il consulte méticuleusement chaque livre et atteste devant Moïse de la rareté des ouvrages et de la date de leur impression. Il fait l'éloge des œuvres et des illustrations. Bien sûr, tous les livres de la bibliothèque sont particulièrement bien conservés. Le refus de grand-père de donner de l'argent pour le voyage à la Mecque se paie de mille façons. Tous ces maudits livres vont disparaître. Grand-mère leur donne quelques heures encore. La voilà sa vengeance ! Elle ne pouvait pas trouver mieux pour toucher le *françaoui*. C'est ce à quoi il tient le plus. « Finalement, dit-elle, ça ne sert à rien de frapper fort, il faut frapper juste. » Elle ne rate jamais sa proie ; et elle est fière de sa méthode peu glorieuse.

Elle a toutes les cartes en main et rien ne peut entraver sa route. Il n'y a plus de temps à perdre. Elle ne fait pas marche arrière. Elle n'écoute que sa vengeance et l'expert maître-penseur qui lui dit :

« C'est un vrai trésor que tu as là, ma sœur !

— À qui le dis-tu !
— C'est de l'or.
— C'est mieux que ça.
— Pourquoi vends-tu ces livres, ma sœur ?
— Je vais bientôt être veuve et sans le sou. Que veux-tu que je fasse sans mari pour s'occuper de moi ?
— Toutes mes condoléances pour le futur défunt, ma sœur. »

Grand-père *meskin*, le pauvre, vient d'être tué encore une fois, sans même le savoir.

Le maître-penseur chausse ses lunettes et examine les couvertures. Il voit au premier coup d'œil qu'il ne s'est pas déplacé pour rien. Aucun ouvrage n'est couvert de basane ou de veau – les moins chers. Tous les livres de grand-père sont recouverts de marocain qui est, à l'origine, une peau de chèvre du Maroc. C'est une belle peau à gros grain très résistante mais aussi la plus chère, réservée aux reliures de luxe. Les cahiers des pages ne sont pas collés, mais cousus. Le marchand n'en revient pas.

« Fais ton choix, lui dit grand-mère.
— Le choix est fait.
— Qu'achètes-tu ?
— Je prends tout, ma sœur.
— Tu paies en espèce ?
— Ça va de soi !
— Combien ? »

Le marchand lui annonce un prix. Grand-mère n'est pas grand-mère si elle ne marchande pas. Une Marocaine qui ne marchande pas n'est pas une vraie Marocaine. Les affaires, c'est les affaires. Elle a ça dans le sang. À vrai dire, c'est dans les gênes. Elle fait une moue qui signifie qu'on est loin du compte ; même si, au fond d'elle, elle sait qu'elle est largement gagnante.

« Laisse-moi réfléchir avant de te donner une réponse », dit-elle.

Personne ne manie les chiffres mieux qu'elle. Son regard est le regard d'un comptable. Voyant sa moue, le marchand fait mine de réfléchir, lui aussi. Il propose un autre prix. Et il est loin d'être perdant.

« Bon, c'est parce que c'est toi », lui répond grand-mère.

En vérité, grand-mère a failli faire un malaise lorsque le maître-penseur lui a annoncé la somme. Je me dis, et je n'en sais rien, qu'elle va, peut-être, se raviser. La petite voix de la sagesse va, je l'espère, lui dire : « Ne fais pas ça ! » Même pas. Je tente de l'éloigner du sort qu'elle s'apprête à faire subir aux livres.

« Tu ne vas pas faire ça ? je lui dis.

— Tu crois ça, toi ?

— Les livres ne sont pas à toi.

— Je vais me gêner, peut-être ! »

Elle garde un instant le silence. Je me dis que le remords va l'attaquer. Mais, je l'entends dire : « Affaire conclue ! »

Pas d'état d'âme. Le remord ne l'attaque pas. Elle accepte. Elle ne va pas rater ça, quand même. Elle vient de réussir un coup d'éclat. Mieux que ça, elle vient d'administrer le coup fatal au Français. Bénie soit cette illumination. Le marchand fait monter ses deux employés, et ils emballent les ouvrages dans des cartons. Ils mettent les livres dans leur camionnette. En quelques minutes, c'est réglé. Bon débarras ! dit grand-mère. Elle compte les billets. Au diable le Français et ses livres.

Voilà, le mal est fait. Elle a tenu parole. Il n'y a plus aucun ouvrage. Les livres et Satan qui s'y cachait ont quitté la maison. Lorsque les voisines ont vu la camionnette du marchand de livres, elles ont demandé à grand-mère :

« Tu déménages, ma sœur ?

— Non non. La santé du *françaoui* chavire. Bientôt, il n'habitera plus sa peau. En vérité, il est à l'agonie. D'ailleurs, il est hospitalisé à Casablanca. Il n'est pas loin de nous quitter. Ses livres ne servent plus à rien.

— Que Dieu ait son âme. »

Ah ces grosses ! Moins elles en savent, mieux c'est ! me dit grand-mère. Elle a dit que grand-père est sur le point de mourir. Combien de fois va-t-il mourir ? Il est déjà mort une première fois quand il l'a épousée. Peut-être, mourra-t-il encore une fois ? Que ressentira-t-il en rentrant de son voyage ? Un mort ne peut rien ressentir. À vrai dire, on n'en sait rien.

« Il ne manquera à personne, celui-là », dit grand-mère à ses voisines en parlant du *françaoui*.

Je ne peux m'empêcher de lui demander :

« Grand-mère, pourquoi tu mens autant ?

— Ce n'est pas moi qui mens.

— Comment ça ?

— Tu sais ! Il y a tant d'autres dans soi, que soi. »

Je me rends compte à quel point il est facile de ne pas être soi.

Une fortune en poche, grand-mère a enfin de quoi partir pour son pèlerinage à la Mecque avec son amant. Va-t-elle trouver la route de la rédemption ? Celle qui mène du vice au pardon ? On rapplique toujours vers Dieu quand plus rien ne va. Le Créateur à la rescousse. En réalité, on dirait que c'est un voyage de noces qu'ils font. C'est grand-mère qui paie le voyage aller-retour et l'hébergement. Elle paie tout. Une forme de solidarité entre Musulmans qui arrange Mehdi, qui se voit *hadj* sans dépenser un sou. Il est tout de blanc vêtu, le futur pèlerin. Il bombe le torse. Sa Majesté, l'amant, s'imagine déjà arriver triomphalement au Paradis. C'est un prédateur comblé, Mehdi, qui se croira innocenté par Dieu et lavé de ses péchés à son retour de la Mecque pour avoir couché avec une femme mariée. Mais après tout, c'est la femme d'un colonisateur mécréant ; ça ne compte pas et Dieu pardonnera. Voilà, grand-mère s'apprête à réaliser son rêve. Sauf imprévu, et des imprévus il y en a toujours, la vie est faite de ça ; sauf imprévus, donc, le voyage à la Mecque durera trois semaines. Et il y aura un imprévu que personne n'avait prévu. Un imprévu de taille.

La nuit même, grand-mère s'affaire. Elle se met du henné sur les cheveux, les mains et les pieds. Le henné provient de l'arbre du paradis, dit-on. Dès la première fraîcheur du soir, elle s'apprête à partir pour son long voyage vers la Ville Sainte pour se rattraper, à défaut de se racheter. Le cœur encombré de péchés mais la foi inébranlable, elle place correctement ses pieds dans ses babouches blanches, ajuste son allure. Sa tenue est celle de la plus croyante des croyantes. Elle enveloppe sa tête dans un *haïk* de soie qui ne montre de son visage qu'un seul œil. On dirait qu'elle a mis un rideau sur sa tête. Elle prend sa valise. Son amant, l'attend au coin de la rue. Elle approche de son but. Son rêve est en train de se réaliser sous ses pas qui la mènent à la porte.

Au moment où elle s'apprête à franchir le seuil, elle se retrouve nez à nez avec grand-père et la bonne qui reviennent de la visite médicale. Grand-mère commence par fusiller la bonne des yeux. Et dans un même regard, elle souhaite le pire à grand-père, qui tente un humour qui se retourne contre lui :

« Ça va ma chérie ? lui dit-il.

— Ne m'appelle pas comme ça ! »

L'heure n'est pas aux paroles courtoises. Grand-mère lui répond dans un français que personne ne comprend. C'est une langue inintelligible. Elle seule sait ce qu'elle dit. En tous les cas, c'est peu amène. Finalement, elle continue en arabe.

« Je ne suis pas ta chérie. Tu es le dernier des hommes.

— Nous formons un couple, pourtant.

— Couple toi-même », répond grand-mère, qui a cru que c'était une insulte.

Grand père ironise et, en faisant allusion à son amant, dit que dans leur couple, il y a une tête de trop.

« Passe le bonjour à Vronski et aux Lieux Saints, dit grand-père. Et ramène-nous de beaux souvenirs. »

Grand-mère lève les yeux au ciel. Puis, elle s'en va en disant :

« Pauvre type, va !

— Sans rancune ! lui dit grand-père, en français.

— Tu vas voir ce qui t'attend à l'intérieur, lui répond-elle en arabe. Et puis ta pute, il ne lui manque qu'une jupe au ras de la touffe », dit-elle, en parlant de la bonne.

Tfou ! tfou ! fait Aïcha en crachant par terre après avoir refermée la porte derrière grand-mère. Lorsque la maîtresse de maison n'est plus là, Aïcha dit : « La vieille garce a tellement menti que la Mecque refusera son pèlerinage. Et Allah l'invalidera. »

Grand-père et la bonne n'auraient jamais dû s'absenter. Ils sont loin de se douter de ce qui les attend. Ils étaient au mauvais endroit pour eux, et au bon moment pour grand-mère. Le mauvais sort apparaît toujours quand nous lui tournons le dos. Il ne faut pas longtemps pour entendre la bonne hurler. *Ya ouili ouili ouili* ! Elle vient de découvrir le drame. Son argent caché dans les livres est parti en fumée. C'est Allah qui la punit pour avoir écouté Satan et touché grand-père, gémit-t-elle. En pleurs, elle me demande ce qui s'est passé ? Est-ce que la maison a été cambriolée en son absence ? Je lui dis la vérité :

« Un Juif, qu'on appelle maître-penseur, est venu de Tanger. Il a acheté tous les livres et il a payé deux cent mille dirhams en espèces à grand-mère.

— Ça ne m'étonne pas ! Un Juif retombe toujours sur ses pieds », dit-elle.

Et elle pleure encore plus fort. Elle se donne des claques et se tape les cuisses. Elle se griffe les joues avec ses ongles. Elle s'arrache les cheveux, qui ont repoussé ; qui ne sont plus crépus, mais bien lisses. Elle ne pleure pas pour les livres mais pour l'argent que ses mains parcoureuses et agissantes avaient gagné. Elle avait caché entre les pages cent mille dirhams. C'est une sacrée somme !

Aïcha appelle le Français : « Viens voir, *sidi*… c'est la catastrophe… » Quelle n'est pas la surprise de grand-père en voyant sa bibliothèque vide. Il ne reste plus rien. Que les yeux pour pleurer. Le coup est venu de loin. Même s'il s'est toujours attendu à tout avec grand-mère, il ne s'attendait pas à ça. Les livres, c'était toute sa vie. Devant le fait accompli, il rassure Aïcha. Il saura se faire généreux avec elle. En regardant sa bibliothèque vide, il soupire : « C'est fait, c'est fait ! À quoi bon se ronger l'âme. »

Venant de grand-mère, rien ne l'étonne. Il se sert un verre de vin et boit pour oublier qu'il est mal marié. Il ajoute en soupirant : « Il faudrait rentrer dans le mariage sans jamais défaire sa valise. »

Le pèlerinage de grand-mère durera trois semaines. Elle s'est mise dans ses plus beaux vêtements et a laissé choir grand-père dans un infini bonheur. Des jours d'un kief absolu s'annoncent pour le *françaoui* malgré le coup de la bibliothèque.

C'est bizarre comme plus personne ne parle d'Allah. On dirait qu'Il est parti en pèlerinage avec grand-mère. En l'absence de sa maîtresse, Aïcha se montre telle qu'elle est réellement. La bonne d'hier, bien obéissante, disant oui à tout, sort de sa servilité et de son asservissement et se libère de toutes les frustrations et humiliations patiemment subies. Sa langue se dénoue. Elle ne dort plus sur une natte à la cuisine et ne se lève plus aux aurores pour faire le ménage. Elle est heureuse de ne plus se coucher après tout le monde en serrant entre ses bras le carrelage froid de la cuisine. Heureuse de ne plus entendre l'orage de la voix de grand-mère qui lui disait : « Tu n'es qu'une ingrate ! Tu n'as aucune reconnaissance. J'ai eu la bonté de ne pas t'abandonner. Je te nourris depuis tant d'années, et toi, tu fais tout pour me rendre malade. Ma santé est fragile à cause de toi. Tu veux me tuer avant l'heure ? »

Sachant ce qui l'attendait, Aïcha protégeait sa tête avec ses deux mains. Grand-mère la prenait par les cheveux et criait en la frappant : « Tiens, prends ça ! Ça te servira de leçon. Et ce n'est pas la peine d'aller te plaindre au *françaoui*. » En attendant des jours meilleurs, Aïcha se sauvait en hurlant comme une folle : « *Ya ouili, ya ouili, ya ouili* ! Ô mon malheur ! »

Tout est mieux depuis que grand-mère n'est plus là. Il fait chaud, mais il fait mieux chaud. Il a plu, mais il a mieux plu. Mêmes les ivresses de grand-père sont plus belles. Pudique la veille, voilà qu'Aïcha lève le voile sur ses atouts. La liberté nouvelle nourrit toutes les audaces. Avec une absence totale de retenue, elle se venge de grand-mère sous l'œil approbateur du *françaoui*. Elle enlève la cordelette qui faisait office de ceinture à son saroual et met en valeur ses fesses en serrant sa taille d'une *mdamma* d'or, une ceinture en or. Elle enfile les caftans de sa maîtresse. Orne ses mains de bracelets qui tintent à ses poignets. Grand-mère avait pensé à tout avant son départ, sauf à prendre les clés de son coffre à bijoux. Jamais, elle n'aurait imaginé que la mulâtresse oserait enfiler ses vêtements. Encore moins toucher à ses bijoux. Heureusement que grand-mère est loin. Elle aurait arraché les yeux à la négresse.

Malgré sa couleur de peau, considérée comme descendante d'esclave, Aïcha est une *houri* aux seins et aux fesses sublimes, une de celles qui font faire les meilleurs rêves à plus d'un homme dans le quartier. Le dernier pétale de son adolescence vient de tomber. Elle est plus mince que mince. Avec sa renversante chute de reins, elle est sûre de l'ascendant qu'elle exerce sur grand-père. Ainsi devenue, elle lui fait tourner la tête. Ému par son absence de pudeur, il la pétrit du regard. Elle est comme il faut. Pour lui, c'est une apparition ! Les fesses de la vierge Aïcha font durcir le désir du *françaoui*. Il est fasciné par son déhanchement. Le corps de Aïcha envoie des signes à grand-père. Une belle promesse en jaillit. Serrée dans ses vêtements, elle marche à petits pas comme une geisha, la Aïcha. Elle a lâché sa chevelure et c'est désormais une cascade qui coule jusqu'aux fesses. À la voir telle qu'elle est, toute en radiance, on jurerait qu'elle s'est échappée d'un tableau colonial. Il faut la regarder autrement, maintenant.

Il faut la regarder comme une femme et non comme une domestique. Elle est d'une race divine. On retient son souffle. Elle s'approche de grand-père et sa peau suggère l'étreinte. Comment pourrait-on ne pas être saisi par tant de grâce ? La tête portée haut lui dessine une nuque souveraine. Elle est la huitième merveille du monde. La beauté émerveille toujours. C'est la tentation suprême pour grand-père. Il la convoite jusqu'au vertige. Je pensais qu'il allait se ressaisir et regarder ailleurs ; non, il ne se ressaisit pas. Il n'est pas croyant. Il ne peut même pas dire : « Mon Dieu, ne me laisse pas succomber à la tentation. Une épreuve vient de Dieu ; une tentation est envoyée par le Diable. » Après tout, grand-père n'est-il pas l'ami intime du Diable ? Et Aïcha, n'est-elle pas la tentation. Il sait ce qu'il y a là dans ce corps. Il sait qu'il y trouvera la consolation. Combien les sépare ? Lui, s'en va vers le sacre de ses soixante-cinq ans ; elle, pas assez. Trop peu. Peut-être seize, à peine. On pourrait croire que la jeunesse et la vieillesse les séparent. Non, cette distance, ce péché véniel vite expié, les rapproche. À bien y voir, il semble à peine plus vieux qu'elle.

La future femme se profile en Aïcha ; et lui, le *françaoui*, il est dans le raffinement avec la négresse blanche. Il sait que tout est dans l'*autrement*. C'est dans le corps de Aïcha qu'il trouve le Divin. C'est la différence apparente avec grand-mère.

La négresse sait s'y prendre avec le Français, qui ne sait rien lui refuser. On ne transige pas avec la jeunesse. Grand-père lui donne de l'argent en contrepartie des largesses que lui prodigue sa petite bonne. « Merci *Sidi* pour ta générosité, dit-elle, ton cœur est plus vaste que le désert. » Elle rêve d'un mari comme le *françaoui* ; d'ailleurs, pendant ces jours de répit, ces deux-là seront comme mari et femme. Pour la première fois de sa vie, Aïcha a de l'argent qu'elle pourrait dépenser comme elle veut. C'est sans la connaître. Elle ne gaspille jamais rien. Elle a les pieds sur terre. Elle ne s'achète que l'essentiel. La première chose qu'elle fait, est de s'offrir un soutien-gorge. Elle dit que ses seins ont besoin, non d'être soutenus, mais d'être mis en valeur. Voilà, ses seins sont contents ; mais bon, quand-même, il est arrogant ce soutien-gorge qu'elle a acheté. Elle se parfume et elle sent bon. Je lui demande comment elle faisait avant pour ses seins. « Jusqu'à maintenant, *Sidi*, je prenais des bandes de tissu que j'enroulais autour de ma poitrine et que je fixais avec deux épingles à nourrice. » Elle n'avait que cette solution.

Puisque Dieu et grand-mère ne sont plus là, tout est permis. Rien n'oblige Aïcha à se lever aux aurores pour faire ses ablutions. D'ailleurs, elle ne fait même plus ses prières et ne dort plus par terre à la cuisine. Non, elle dort dans un lit, maintenant. Un vrai lit.

Pendant que grand-mère et son amant se pavanent sous le soleil ardent des lieux saints de l'Islam, le *françaoui* est complètement sous le charme de Aïcha. Grand-mère, elle, sollicite avec humilité la clémence de Dieu. D'ici, je l'entends dire la phrase traditionnelle : « Oh Allah, me voici devant toi. » Elle se rendra d'abord dans la vallée proche de Mina. Ensuite, elle ira au Mont Arafa. C'est un temps fort du pèlerinage. C'est là que le Prophète a prononcé son dernier sermon.

Grand-père, lui, pendant ce temps-là, s'amuse avec la jeunesse de la bonne. Et Aïcha se laisse faire.

Au Mont Arafa, grand-mère passera la journée à prier et à invoquer la clémence d'Allah. Nous autres, les Arabes, nous passons notre vie à prier. À nous faire pardonner je ne sais quel péché que nous n'avons même pas encore commis. C'est comme ça !

Grand-père s'est fait livrer un grand lit. Un lit deux places. Pourquoi a-t-il fait ça ? Veut-il se réconcilier avec sa femme à son retour ? Pour l'instant, elle est loin. Il faut d'abord qu'elle termine son pèlerinage avec l'aïd al-Adhah, une fête de trois jours. Ensuite, ce sera une pluie de cailloux. C'est la lapidation de Satan. Chaque pèlerin scandera « *Allah Akbar* » et jettera des cailloux sur une stèle qui symbolise le Diable.

Je demande à grand-père :

« Pourquoi as-tu acheté un grand lit ?

— Aucun être humain ne doit dormir par terre, dit-il.

— Mais grand-mère ne dort pas par terre !

— Ce n'est pas pour elle, le lit ! »

Le lit a été placé dans la chambre de grand-père et c'est là que désormais dort Aïcha la nuit. Aux côtés de grand-père. Un lit neuf, des draps neufs et des oreillers neufs. Le *françaoui* justifie le fait que Aïcha dorme avec lui, en me disant : « Tu sais, il faut que je te dise quelque chose. Ta grand-mère et moi c'est un peu comme *La Sonate à Kreutzer* de Tolstoï. C'est un petit livre plein de violence. Ça raconte la terrible histoire d'un couple mal accordé. »

Mal accordé ! Grand-père et Aïcha, eux, semblent bien accordés. Du jour au lendemain, Aïcha est devenue la femme la plus propre de Marrakech. Pour plaire davantage à grand-père, tous les jours elle se rend au hammam et prend du temps pour se faire masser. La masseuse la frotte et lui enlève les peaux mortes. Elle la lave avec du *rassoul*, ce savon noirâtre. Elle se cache, et je l'ai vue faire, pour épiler les poils des jambes, des aisselles et du pubis. Elle met du khôl sur ses cils pour ouvrir davantage son œil et du rouge sur ses lèvres quand elle est à la maison. Jamais dehors, on la prendrait pour ce qu'elle n'est pas. Ça susciterait le commentaire. On dirait vite que c'est « la pute du Français ». Ici, à Marrakech, les rumeurs rôdent d'un pas léger de jeune fille, se déplacent plus vite que dans n'importe quelle autre ville. Tout se fait donc à l'intérieur de la maison. Pas vu, pas pris. Le *françaoui* ne peut que succomber à tant de fraîcheur. Il était sincère lorsqu'il disait : « Nous ne sommes pas des saints. Nous avons tous nos démons. »

Dois-je dire que des choses se passent la nuit dans la chambre de grand-père ? Du moins, je le suppose. Et à force de supposer, les jours passent, et j'ai voulu voir. Peut-être que. Que quoi ? Que, justement, j'avais bien supposé. J'ai entendu Aïcha se dénuder. Et lorsque j'ai entendu le tissu de ses oripeaux tomber par terre, alors, j'ai vu ce que j'ai vu. J'ai discrètement regardé par le trou de serrure et j'ai vu Aïcha, blottie contre grand-père lui proposer le réconfort. Elle lui apporte ce que grand-mère lui refuse. Que font-ils ? Ça, Dieu seul le sait. Mais peut-être Dieu en sait-il moins que le trou de serrure qui me dit que le désir de grand-père obscurcit sa raison et embue toute sa volonté. Les objections de l'entendement pèsent bien peu sur la tentation. Aïcha, défaite de ses oripeaux de séduction, est dans une position d'attente implicite. Le soutien-gorge est à terre. Elle est plus nue que nue, dans une sorte d'horizontalité osée. Le *françaoui* et Aïcha font exactement ce que grand-mère et son amant font, mais avec plus de raffinement. Ils s'abandonnent aux appétits du corps.

J'avais pensé que grand-père avait jeté sa virilité. Je pensais que ses ardeurs étaient ralenties. Grand-mère avait dit qu'il était impuissant. Elle s'en était prise à la mollesse de son sexe. Il n'en est rien. Je les vois en plein effort. Il est même d'une vigueur insoupçonnée, le Français. Ils ne font rien de mal, sinon mettre du levain dans leur vie. Aïcha est blottie contre cet homme mûr ; non, cet homme âgé, devrais-je dire. On n'entend rien, sinon le désir qui coule dans leurs veines. Sans être vu, je les regarde. Aïcha est là, si consentante et si sensuelle, maintenant. Elle a, sans le savoir, un sens inné du rythme. Ils sont là, nombril contre nombril. Ce qui se passe est au-delà des mots. Grand-père a oublié sa femme. Il sait que quand on a goûté à ça, le reste n'a pas de goût. Je les regarde jusqu'à ce que mollisse leur plaisir. Puis, après tempêtes et bonaces, repus, les sens au repos, ils s'endorment. Je m'éloigne et je les laisse à ces instants qui me paraissent tombés du ciel. Le lendemain, rayonnante, Aïcha ouvre grandes les fenêtres de leur chambre. Et Aïcha redevient Aïcha comme si de rien n'était.

La vie mensongère des adultes m'échappe. Grand-mère est en couple avec Mehdi, ils sont à la Mecque. Grand-père, lui, est en couple avec Aïcha. Je demande pourquoi à grand-père. Il me répond :

« Tu sais ! Un couple finit souvent par produire deux couples.

— Grand-mère m'a dit un jour que tu l'as déçue.

— Dans la vie, un jour ou l'autre, on finit toujours par décevoir. »

Grand-mère s'en doutait. Elle a toujours eu des yeux dans le dos. Au lieu de jeter des pierres au Diable, elle ferait mieux de revenir. Car, en l'absence de Dieu, le Diable a pris la place. C'est ici, qu'il faut jeter les pierres. Satan s'est emparé du corps de Aïcha et du *françaoui*. Je te jure que ça chauffe, grand-mère. Il se passe des choses. Des choses belles, mais des choses quand même. Je te dis que le Diable est là. Ramène des pierres et reviens vite. Tu ne t'étais pas trompée sur Aïcha. Celle dont on dit qu'elle a le sourire le plus cher de Marrakech. Combien sont ceux qui veulent acheter ce sourire ? Combien sont ceux qui veulent extraire de son corps tout ce qu'il promet ?

Te rappelles-tu, grand-mère, de ce jour où un homme, anneau d'éternité en tête, a franchi la porte de la maison avec sa mère ? Te souviens-tu de ce prétendant à la virginité de Aïcha ? Celui qui rêvait de son entrejambes ? Il est venu les bras chargés de cadeaux et sa mère t'a demandé la main de la petite – la petite chienne, comme tu dis. Aïcha, le cœur aux aguets, écoutait derrière la porte.

« Je viens demander la main de ta fille pour mon fils, a dit la mère du prétendant.

— Ce n'est pas ma fille. Ce n'est *que* la bonne ! » as-tu répondu en insistant : *que* la bonne.

Tu as renvoyé vers leur foyer la demanderesse et son fils. Sous la forme de la confidence, tu as dit à l'oreille de la mère : « Eh bien, ma sœur, cette fille n'est pas si pure qu'on pourrait le croire ! Je ne suis pas sûre qu'elle soit encore vierge. N'oublie pas qu'il y a un Français dans cette maison. Ils sont capables du pire, ces gens-là, ceux qui nous ont colonisés. Tu connais leurs mœurs ? Te donner cette fille serait te tromper. Il va falloir que j'élève plus haut les murs de la chambre de cette fille pour protéger son honneur. »

Tu as refusé la demande en mariage de la bonne. Tu as tellement parlé que les gens ont oublié pourquoi ils étaient venus. Le prétendant est même reparti en omettant de reprendre les cadeaux destinés à celle pour qui son cœur battait. Tu es pourrie jusqu'à l'os, grand-mère, mais l'avenir t'a donné raison. Aïcha couche avec le *françaoui*.

« Cette chienne ne trouvera jamais de mari. Son sexe ne servira à rien, sinon à laisser couler du sang pourri, avait dit grand-mère.

— Sa langue la mènera à la tombe ! » avait répondu Aïcha, en jetant à sa maîtresse un mauvais sort par la pensée. « La tombe, voilà ce qu'elle mérite. »

La tombe ! avait dit Aïcha.

15

Il suffit d'un rien pour que tout bascule. La bonne avait vu juste. Une semaine plus tard, alors que personne ne l'attend, grand-mère rentre de son pèlerinage en des circonstances inattendues. Aucune femme ne lance de youyous. Le malheur est silencieux, on ne l'entend pas arriver. Le destin ne s'excuse jamais ; et il a remis grand-mère en place. Elle avait dû jeter trop de cailloux sur la stèle de Satan. Ne savait-elle pas que le Diable rend coup pour coup ?

Grand-mère est paralysée de la moitié gauche de son corps. Elle est assise sur une chaise roulante. Son visage est aussi pâle qu'un drap d'hôpital. D'un œil à moitié ouvert, elle remarque que la bonne porte ses habits et ses bijoux mais elle n'a pas la force de se lever. Je l'entends juste dire entre les dents : « Espèce de vagin mal lavé ! »

Les gens ont du mal à y croire. Personne ne sait ce qui s'est réellement passé à la Mecque. Comment la tombe a-t-elle pu appeler quelqu'un en si bonne santé ? Et puis, une femme comme elle, ça ne meurt pas. Seulement, la réalité est là. On dit que la mort se promène déjà dans le sang de grand-mère. Qu'elle est à son point final. Et c'est un grand jour pour Aïcha. On s'adresse à l'Entité Suprême : « *La ilah ha il Allah, oua Mohamad rassoul Allah* ! Il n'y a qu'Allah et Mohamed est son Prophète », récite-t-on lorsqu'on apprend la nouvelle dans le *dreb*.

« Comment va-t-elle ? demande-t-on.

— On ne sait pas ce qui va arriver ! répond-on. Une chose est sûre, elle ne se rétablira pas. »

La vie est d'une brièveté assassine. Tout va très vite, sans l'ombre d'une rémission. Quelle épreuve ! Quel malheur ! pleurent les grosses avec une tristesse de circonstance. On fait venir le *fquih* pour soigner celle à qui on souhaite déjà le Paradis. On installe grand-mère dans sa chambre ; et dans son lit, on la recouvre de prières. La maison se remplit. Les rieuses de jadis font place aux pleureuses. Chacun veut saluer celle qui est comme morte.

Dans cette atmosphère endeuillée, une foule condoléante récite dans une morbide solennité les sourates du Coran. On relève le torse de grand-mère. Derrière son dos, les langues se délient. Je n'ose répéter à grand-mère ce qui se dit sur les raisons de sa soudaine maladie. On dit que c'est l'*aïn*, le mauvais œil. On dit que c'est la punition divine de s'être mariée avec un mécréant. On dit aussi qu'elle n'aurait jamais dû avoir un amant. On dit que l'heure de l'ultime expiation est arrivée et que la mort ne fera qu'une bouchée d'elle. Il est temps pour elle de payer les *sshors*, la sorcellerie, les sourdes pratiques et tous ces actes peccamineux. On dit qu'il n'y a plus aucun espoir de la ramener parmi les vivants. On dit beaucoup de choses. Aïcha écoute ce qu'on dit et envisage sereinement le pire. Elle jure que grand-mère ne plaira jamais à Dieu. Ses péchés surpassent sa foi. On met deux gros coussins sous grand-mère. Elle reste ainsi, ni assise ni couchée, à regarder droit devant elle. On chuchote qu'elle a déjà un pied dans la tombe, qu'on entend le bruissement de la mort, et que Satan rappelle à lui ses suppôts. Il lui tend les bras. Je m'assieds sur le rebord du lit. Je tiens la main de celle qui ne va pas tarder à s'en aller. J'attends qu'elle rende son dernier souffle. Je ne lui ai jamais vu d'eau monter aux yeux. Voilà qu'elle pleure à présent. Le cœur dévoré par la repentance, elle me dit péniblement : « Je me sens déjà proche de Dieu. La mort est ponctuelle et ne néglige personne. Aujourd'hui, elle me demande de lui tendre mon âme. Je suis trop sale et je n'ai plus le temps de me laver de mes péchés. »

Les lèvres de grand-mère balbutient des sourates du Coran.

Grand-mère est tellement maigre que je n'ai aucun mal à mieux l'adosser sur l'oreiller. Avec beaucoup de difficultés, elle essaie de poursuivre. Elle dit :

« On est toujours rattrapé par plus rapide que soi, la mort est plus rapide que tout.

— As-tu au moins pu faire la *taouaf*, les sept tours rituels autour de la Kaaba.

— Oui, mon enfant. On a poussé ma chaise roulante. J'aurais voulu mourir à la Mecque. J'aurais été directement au Paradis comme tous ceux qui meurent en terre Sainte. »

Le Paradis ! L'obsession de notre peuple ! Le Paradis, le lieu d'une jouissance sexuelle assouvie pour l'éternité !

Grand-mère ouvre un œil. Ni entièrement morte, ni entièrement vivante, on dirait qu'elle est devant un miroir et qu'elle voit sa vie défiler devant ses yeux. J'ai le pressentiment d'une imminente révélation. Il faut savoir qu'on ne se confesse pas en Islam. On part avec ses péchés. Et advienne que pourra. Avant de prendre congé, grand-mère utilise ce qui lui reste de force pour me révéler quelques fragments de vérité. Ses narines se rétrécissent ; on dirait qu'elle se pince le nez pour retourner loin derrière, vers ce qui ne sent pas bon dans son passé : « Nul n'est plus fort que la nature, me dit-elle. Mon heure est arrivée. Je sens déjà l'haleine de Dieu posée sur ma joue. Bientôt, le cimetière me séparera enfin du *françaoui*. J'ai longé le temps avant d'ouvrir la bouche. Je n'ai jamais été un ange. J'ai passé ma vie à jouer à l'anguille qui se noie dans les bas-fonds du mensonge. Aujourd'hui, mes péchés se présentent à moi. Je les vois un par un. Tu n'es pas dupe. Tu as tout vu, je le sais. Mes péchés pèseront lourds dans la balance. Je n'ai pas cessé de parler de *mektoub*. J'ai profité des superstitions qui hantent notre peuple. J'ai abusé de la naïveté des gens. Que Dieu me pardonne. J'ai même menti à mes parents. J'ai fait croire que j'étais vierge lorsque j'ai rencontré ton grand-père. Tu sais, les colons ne se mélangeaient pas à nous ; et lorsqu'ils le faisaient, c'était juste au lit. Dans mon village, les vierges, tu pouvais les compter sur les doigts de la main. Toutes les filles couchaient avec les Français, pour qui nous n'étions que de bons moments, des créatures exotiques. C'était le temps des erreurs et j'ai fait comme toutes les autres. En couchant avec eux, nous avons troublé le sang de nos enfants. Nous avons accouché de bâtards. Nos parents savaient mais ne disaient rien, car nous leur ramenions de l'argent. Les Français voulaient de la vierge, on leur donnait de la vierge. On leur faisait croire que personne ne nous avait touchées. À l'époque les kits de virginité n'existaient pas. On s'enfonçait du foie de volaille au fond du vagin. Le sang coulait. Ça leur faisait plaisir. Les Français ne se sont jamais aperçus de rien. Oui, j'ai péché. J'ai fait des choses plus que condamnables. J'ai même fait l'amour avec Mehdi en plein jour et en plein ramadan. Au ramadan, je jeunais un jour sur trois, et encore ! Si Dieu veut me pardonner, il me pardonnera ; mais si on attend de moi des remords, on peut toujours attendre. À présent, je suis prête à quitter cette terre. Je ne regrette rien de rien, si ce n'est de ne pas être morte à la Mecque. »

On n'apprivoise pas la mort. On a beau essayer de gagner du temps, rien n'y fait. L'heure c'est l'heure. On peut tout négocier avec Dieu, sauf quelques jours de plus. J'entends mollir la voix de grand-mère. Les sons qui montent de sa gorge sont faibles. Ses paroles deviennent incompréhensibles. Elle a juste le temps de me dire : « Ne parle à personne de ce que tu as entre les jambes. Maintenant, je m'en vais rejoindre les habitants du Ciel. Pense à Allah et n'oublie pas que Dieu est partout. »

Les dernières paroles de grand-mère ont raison de ses forces. Je lui dis que ce qui s'éteint sur la terre se rallume dans le Ciel. Mais c'est trop tard. Elle ne m'entend pas. Son regard est ailleurs. Elle ferme les yeux pour ne plus les rouvrir. C'est la délivrance. Voilà ! Que Dieu ait son âme. Tout Musulman rêve de mourir à la Mecque, en se prosternant. Elle n'est pas morte comme ça. C'est le destin. J'ai beau essayer de refermer sa bouche, son âme s'est déjà envolée. On lui a fait la toilette mortuaire. Comme le veut notre tradition, on a enlevé ses bijoux et retiré son dentier. On a fait une légère pression sur son ventre pour la débarrasser des gaz. Puis on a mis du coton dans les oreilles, les narines et l'anus.

Deux femmes ont mis le corps de grand-mère sur le côté droit et ont enveloppé son corps d'un linceul blanc qui la protégera de la médisance des vivants. Grand-père refuse d'assister à la veillée mortuaire, la nuit de la Séparation.

Que dois-je retenir de ce qui vient d'être dit ? Bien sûr que je ne parlerai jamais de mon secret. Elle a aussi dit : « Pense à Allah et n'oublie pas qu'Il est partout. » Comment puis-je oublier que Allah est partout ? Elle me l'a si souvent répété. Un jour, ne me voyant pas sortir des toilettes, grand-mère m'a demandé ce que je faisais. J'attends Dieu, avais-je dis. Prenant encore une fois la religion en otage, elle avait répondu que Dieu ne va jamais dans les endroits sales, ni dans les livres des mécréants, ni chez les Juifs.

« Dieu note tout dans le Grand Livre comptable, avait dit grand-mère. Malheur à celui qui ne se soumet pas à sa Loi.

— Sa loi ?

— Oui, Sa Loi ! Il est assis en tailleur dans le ciel et son regard est orienté vers nous. Il voit tout.

— Même quand on est nus ?

— Nous sommes tous nus devant Dieu. Nous ne pouvons rien lui cacher. Et il connaît chacun de nous par son prénom. »

Dieu est rancunier et hypermnésique. Nous avons un drôle de Dieu. Dans ce cas, je ne dois pas être en règle avec ce Dieu-là. Avec Allah !

Grand-mère, maintenant que tu n'es plus là, il faut que je te fasse un aveu. J'ai cherché Allah partout. J'ai cru qu'il était, lui aussi, habillé en *djellaba*. Dans la rue, j'ai demandé si quelqu'un l'avait vu. On m'a regardé d'un drôle d'air, mais personne ne m'a répondu. Je me suis aperçu que, finalement, je n'étais pas seul à chercher Dieu. Tout le monde tournait autour. Mais personne n'a jamais pu mettre un visage sur le Créateur. J'ai voulu Le trouver avant les autres.

J'ai enlevé par surprise les draps du lit pour voir s'*Il* n'était pas caché là. Même à la mosquée, *Il* n'y était pas. *Il* n'était jamais là. Pourtant, tu m'as dit qu'*Il* nous surveillait. Qu'*Il* lisait dans nos pensées. Qu'*Il* voyait tout ce qu'on faisait. Qu'*Il* allait me dénoncer et te dire que je lisais en cachette les livres du *françaoui*. Et *Les Paradis artificiels*. J'ai tremblé et j'ai cru qu'*Il* allait m'envoyer en enfer. Une nuit, j'ai pensé que Dieu et Aïcha dormaient. Je n'ai pas fait de bruit pour ne pas les réveiller. Je me suis dit que, puisqu'on dit que Dieu est le Créateur, puisque c'est lui qui donne la vie, il ne pouvait se trouver que dans le sexe des femmes. Aïcha est une femme et Dieu se cache dans son vagin. J'allais donc le démasquer.

Une bougie à la main, marchant sur la pointe des pieds, je me suis dirigé vers la cuisine. Comme d'habitude, Aïcha dormait par terre. Je me suis penché sur elle. J'ai retiré doucement sa couverture. Il faisait très chaud et elle dormait nue. J'ai vu son torse noir et ses seins blancs. Elle avait un téton borgne, un sein sans mamelon. Je me suis agenouillé. J'ai approché la bougie de son sexe. Je n'ai pas osé la toucher. J'avais peur qu'elle se réveille et qu'elle se mette à hurler. En réalité, Aïcha faisait semblant de dormir. Ses paupières ont bougé et ses cils ont frétillé. Elle m'a demandé ce que je faisais là. Je lui ai dit : « Je suis venu voir Dieu. » Elle a souri et ses dents très blanches ont éclairé son visage très noir. Elle a dit : « Bien-sûr... Dieu... Il est là... Il t'attend. » Doucement, elle a bougé son séant pour mieux me montrer ce qu'il y avait entre ses cuisses. J'ai vu son sexe. Sans se retourner, elle a souri. Son vrai langage a toujours été le sourire. Elle a dit : « Puisque tu en as envie, profites-en, regarde ! Tu sais, il ne faut jamais avoir honte de ses désirs ! »

Mes désirs ont hésité.

« Je ne peux pas te toucher, ai-je dit. Les anges nous regardent.

— Tu sais, les anges se sont vexés et sont montés loin, là-haut dans le ciel. Alors, vas-y, touche ! Pose ta main ! » a dit sa petite bouche audacieuse.

J'ai touché mais je n'ai pas senti la main de Dieu qui serrait la mienne. J'ai pensé qu'Allah était caché tout au fond, bien au chaud, dans le sexe d'Aïcha et que sa main n'était pas assez longue. Dieu n'a pas le bras assez long ! J'ai dit : « Sors de là ! » Mais le Grand Muet n'a pas répondu. Dieu ne doit être accessible qu'à certains. Le problème de Dieu, ou plutôt son non-problème, c'est qu'il n'a pas besoin d'apparaître. Il *est* et *restera* ; c'est cela qui fait sa puissance, c'est cela qui fait notre désespoir !

Je me suis enfui dans ma chambre sans avoir réussi à attraper Dieu. Avant de partir, j'ai vu les doigts de Aïcha se glisser entre ses cuisses, et appeler le plaisir. Que Dieu me pardonne, non seulement j'avais lu tout Baudelaire, mais en plus je venais de toucher le sexe de Aïcha. J'avais commis le péché. J'ai lu le Coran toute la nuit pour me faire pardonner. Plus je lisais, plus jaillissaient ces mots : punition, enfer, flammes, supplices, châtiments. Que des injonctions et des interdits. Presque tout promettait l'enfer.

Seul depuis sa chambre, j'ai entendu grand-père répéter : « Le Général va mal ! Le Général va très mal… »

Grand-père allait mal lui aussi !

16

Aïcha est entrée dans la chambre de la défunte. Comme le veut la religion, on a orienté le corps de grand-mère vers la Mecque. On l'a mise sur le flanc droit. Aïcha a touché les mains et les pieds de la défunte pour vérifier si… Enfin, on ne sait jamais. Elle a approché son oreille des narines de sa maîtresse pour voir si… Si, par hasard, elle ne respirait pas encore. Elle pourrait ressusciter. Aïcha a souri. Le corps de la défunte était froid. Aucune respiration n'était perceptible. La morte était bien morte. Aïcha était satisfaite. C'est un jour de fête pour elle.

« Elle est capable de faire semblant d'être morte. »

Tout se déroule comme l'a rêvé la négresse blanche. Une procession se met en place. J'entends les réciteurs de Coran psalmodier des sourates. Les langues se délient et s'étalent ouvertement sur la réputation de grand-mère. Cette femme dont la vie fut mauvaise. On dit que les démons eurent raison d'elle et qu'on finit toujours par payer. Grand-mère sort de chez elle pour la dernière fois, les pieds devant.

Quatre épaules d'hommes soutiennent la planche de bois, sur laquelle repose son corps, enduit de safran, comme le veut la tradition. Grand-père, lui, est mort d'une autre mort, encore plus cruelle. Il retient un des croque-morts par le bras. Il lui glisse quelques billets dans la poche et lui demande de mettre un paquet dans la tombe de grand-mère, avant de commencer à la recouvrir de terre. Personne ne sait ce que contient le paquet. Moi si. C'est un livre : *Les Fleurs du mal.* Grand-père me dit : « Elle aura toute l'éternité pour le lire. »

L'éternité dira à grand-père si sa Berbère a fini par lire *Les Fleurs du mal*. Puis, le chant funèbre des femmes éclate dans la maison pendant que le cortège funéraire se forme dans la rue. Je ne sais pas si c'est vrai ou pas, mais les gens d'ici disent qu'un cortège est suivi par trois entités : la famille du défunt ; ses biens ; et ses actions. Deux entités disparaissent rapidement du cortège et il ne restera plus que les actions qui entrent dans la tombe avec le défunt. Les réciteurs du Coran entament le chant d'une Sourate du Coran. La prière sera-t-elle suffisante pour convaincre Dieu ?

Grand-père se met à la fenêtre et regarde le cortège s'éloigner. Il s'incline devant la dépouille et fait un geste de la main à sa Mauresque. C'est un « au revoir » avec le détachement de ceux qui se reverront un jour, peut-être, là-haut. Il envoie un baiser du bout des doigts comme un geste affectueux. Le crime du *françaoui* a été ce moment d'égarement, cette folâtre aventure qui a tourné au drame. Toutes les planètes s'étaient alignées contre lui. Il n'a rien pu y faire.

« Charon est déjà dans sa barque, dit-il. Il transporte l'âme scandaleuse de ta grand-mère vers les Enfers. C'est à l'Achéron qu'elle appartient. »

Leur relation était un crime. Je demande à grand-père :

« Elle était qui pour toi ?

— Mon châtiment ! »

Il ajoute les yeux pleins de résignation :

« À quoi bon s'accrocher au corbillard ? Nous ne partagerons pas le même paradis, dit-il, en trinquant à la santé de grand-mère dans l'au-delà.

— J'espère qu'elle sera heureuse, maintenant, dis-je.

— Personne ne sera heureux dans le ciel s'il ne l'a été ici-bas », conclut grand-père.

Voilà, tout trouve sa fin. Grand-mère a la paix. Et grand-père, la tranquillité.

Le lendemain de la mort de grand-mère, Aïcha ne fait rien d'autre que se réjouir. Elle célèbre le premier des plus beaux jours de sa vie. Et des beaux jours, elle n'en a jamais eu du vivant de sa maîtresse. Elle n'a connu que les pires saisons. Elle a saigné à chaque fois que grand-mère ouvrait la bouche. En pleurant comme tout le monde, Aïcha verse des larmes sans chagrin et distribue aux pauvres les affaires de sa maîtresse.

« Quel jour noir ! Quel malheur ! » dit-elle devant les gens.

Et lorsqu'elle est seule dans la cuisine, je l'entends dire : « La tombe de cette salope est déjà recouverte de péchés ! Dans son vagin, on rentrait et sortait comme on voulait. Il n'y a qu'à voir tous ces diables invisibles qui ont suivi son cortège ! »

Grand-père, lui, l'oreille fragile, est collé à son vieux poste radio Ducretet Thomson. Il attend des nouvelles du Général ; il n'en aura pas ; et pour cause ! Personne n'en parle plus. Aïcha nettoie la maison dans ses moindres recoins, comme pour la désinfecter de ce qu'il reste de la présence de grand-mère. Le Français lui donne de l'argent. Elle s'achète des habits neufs. Jusque-là, elle a toujours été habillée avec les habits des autres. Elle n'a connu que ça. Ce que sa maîtresse lui donnait. Des habits qui avaient plusieurs vies. Elle s'était juré qu'un jour, elle aurait des vêtements neufs. Ce n'est rien et c'est pourtant beaucoup pour rendre le sourire à quelqu'un.

Grand-mère t'a tout fait voir, Aïcha ! De la fenêtre, elle surveillait que tu ne te fasses pas suivre par les hommes. Te souviens-tu lorsque tu t'étais moulée dans une vieille robe qui montrait un peu trop tes formes ? Ta maîtresse s'en était prise à toi : « Je vais te la faire passer, moi, ta *crise de l'adolescence* ! Tu crois que tu portes un prénom de la honte ou quoi ? » Elle te reprochait de faire comme les Françaises. D'inventer des choses dans ta tête et de faire comme les mécréantes avec leur *crise de l'adolescence*. Tu es une Aïcha et pas une Charlotte aux yeux clairs et sans vertu. « Mais qu'ai-je fait au bon Dieu pour mériter tout ça ? Mais qui donc t'a mise au monde ? Quel est le Diable qui t'a posée sur mon chemin ? » disait grand-mère.

Elle était traumatisée par l'idée que tu fasses des choses dans l'ombre.

« C'est maintenant que tu rentres ? Tu as vu l'heure ?

— Il y avait beaucoup de monde à l'épicerie, s'excusait Aïcha.

— Tu te crois *dans la France*, ou quoi ? Tu crois que tu vas sortir et rentrer comme tu veux ? *Ya ouili... ya ouili...* Bientôt, la garce va vouloir mettre des jeans qui lui serrent les fesses et tortiller du cul. Elle veut faire sa Française par-dessus le marché. Et puis quoi encore ? Mais qu'est-ce qu'elle croit celle-là ? On est des gens bien. C'est une maison respectable, ici. Sa chatte, on la cache. »

La culpabilisation, ça, grand-mère, savait faire. *Achouma'alik*, la honte sur toi, disait-elle. Elle voyait le mal partout. C'était toujours comme ça, avec elle. Elle cherchait quelque chose à voir là où il n'y avait rien. Elle finissait par voir ce qu'elle avait envie. Combien de fois, l'odorat soupçonneux, s'était-elle approchée de toi, les narines collées à ton corps, et t'avait-elle reniflée, comme renifle un chien, pour voir si tu ne portais pas une odeur masculine. Voire, pire encore, si tu ne sentais pas le sperme. En plus de vérifier s'il n'y avait pas d'émeute dans ton ventre, elle collait son oreille à la porte des toilettes et t'écoutait uriner. Il paraît que le bruit d'une vierge n'est pas le même qu'une autre. Grand-mère te regardait marcher et tu serrais les cuisses en marchant ; et plus elle te regardait, plus tu serrais les cuisses. Lorsque je t'ai demandé pourquoi tu marchais comme ça, tu m'as dit qu'une fille qui n'est plus vierge, marche les jambes écartées.

Te voilà libre, enfin !

17

La beauté de l'été décline. Grand-père, le *françaoui*, l'impie, a plus ou moins bien porté le deuil des quarante jours qu'impose l'islam. Il a mis un liseré noir sur le revers de sa veste de costume, mais cela ne l'a pas empêché de faire ce qu'il avait à faire avec Aïcha la nuit. Plusieurs jours sont passés, plusieurs mois, et même plusieurs années. Un jour, grand-père s'approche de moi. Il y a quelque chose qui ressemble à de la joie sur son visage. Il me prend par la main et dit :

« C'est l'heure.

— L'heure de quoi ?

— De faire ta vie. »

J'ai presque dix-huit ans. Grand-père veut que j'aille étudier dans son pays, la France. Il veut que je fasse mon chemin. Ai-je voulu partir, un jour ? Ai-je voulu quitter là où je suis né ? Quelquefois, oui. Souvent même. En vérité, j'ai toujours marché en bordure de cet espoir. La seule question qui tournoyait en moi était : quand partirai-je ? Pourquoi rester ici quand tout est ailleurs ? J'ai toujours eu peur de l'avenir que le Maroc offre à ses enfants. Ici, on ne devient rien. Ou pire encore.

Je pars pour une grande école. Je vais confronter mon savoir à celui des gens de là-bas, ceux qui fréquentent les grandes écoles. J'ai été élevé avec Baudelaire d'un côté et le Coran de l'autre. Grand-père est fier. Il dit : « Moi, je finis ma vie. Toi tu balbuties la tienne.

— Qui va s'occuper de toi, grand-père ?

— Ma vie est faite. Il faut penser à construire la tienne. »

Il est tôt le matin. Une aube rousse se profile. Grand-père a encore de l'alcool de la veille dans le sang. Il n'a pas voulu payer le voyage de grand-mère à la Mecque, mais il n'hésite pas à payer mes études. Il se rend au Trésor Public et, de ses économies, il me donne l'argent pour me loger et vivre quelques temps. Tant bien que mal, il m'accompagne jusqu'à l'aéroport. Tiens-toi droit, grand-père. Même si tu bois, sache que je n'ai jamais eu honte de toi. Je t'embrasse longuement. Tu es un homme de calme et de lecture. Alors, je te laisse avec le souvenir paisible de tes livres. Tu as maintenant le silence pour vivre sereinement. Parler peu, c'est peut-être ça qui a été ta force. C'est ça qui t'a sauvé. C'est finalement, ce qui pouvait t'arriver de mieux. Seulement, je sais que le soir te trouvera ivre. Je te quitte sans savoir si je te reverrai un jour.

Grand-père est ému. Sa voix est tremblée. S'il pleure, c'est sur mes joues que couleront ses larmes. Il me dit ces quelques mots : « Va et ne remplace jamais tes convictions par celles des autres. Personne ne doit te dire comment vivre. »

J'ai toujours été habité par la certitude vertigineuse que c'est *là-bas*, ce *là-bas* d'où vient le *françaoui*, qu'il se passera quelque chose. J'ai passé mon temps, rêveusement suspendu à cet *ailleurs*. Rien ne me lie à ma patrie ; à moi seul, je ne peux rien changer, ici au Maroc. Je fais ce que certains font. Et que beaucoup rêvent de faire : je pars !

Marrakech ne me suffit plus. Ma place n'est plus ici. Je quitte l'ensommeillement oriental pour les insomnies occidentales Les derniers mots de grand-père sont : « Va apprendre la vie. Je te l'ordonne ! »

J'emmène avec moi *Du côté de chez Swann*.

Mon avion décolle du côté d'ailleurs.

DEUXIÈME PARTIE

1

C'est le soir. Je viens de fermer la librairie.

Myriam aime m'accueillir les cuisses ouvertes. Ses yeux disent clairement ses intentions.

« Tu vexerais les anges si tu ne mets pas ta main entre mes cuisses. »

Myriam est allongée sur le dos. Son ventre réclame des choses pas très sages. Est-ce offenser nos religieux que leur dire qu'il n'y a rien, mais alors rien de mal lorsqu'une langue féminine glisse dans le vagin humide d'une autre femme ? Est-ce froisser les imams de dire que le sexe de la femme est la seule chose qui mérite d'être admiré ? Faut-il lapider une femme quand elle joue avec les grandes lèvres, les petites lèvres d'un sexe féminin bien arrondi, doux et lisse ? Quand elle explore chaque recoin ? Qu'elle affole la chair ? Qu'elle se donne entièrement ? Suce cet autre clitoris comme un fruit sacré ? Et pleure de bonheur ?

Myriam est maintenant allongée sur le ventre. « Caresse-moi s'il te plaît », dit-elle.

Je caresse son dos. Ma main flâne sur ses fesses. Myriam se tourne. « Caresse-moi encore. »

Je caresse ses seins. Mes mains glissent vers son nombril.

« Tu vois, dit Myriam. Dieu nous donne raison. Il est assis, là, près de l'oreiller avec ses anges.

— Bienvenue à Dieu, dis-je.

— Dieu dit qu'Il n'interdit rien. Il nous dit de jouir. Il nous a créées pour ça. Pour le plaisir. Il dit que rien n'est interdit, même si les *autres* disent que tout est interdit. Dieu nous dit de jouir. Alors, caresse-moi, encore. Caresse mes seins. »

L'épiderme marocain est réactif. Des frissons galopent sur ses seins qui frémissent au toucher.

« Descends plus bas. Mets ta main au fond de mes cuisses. »

D'un geste cru, Myriam prend ma main et la pose sur son sexe.

« Enfonce un doigt. » Je l'enfonce doucement.

« Prends mon clitoris entre tes deux doigts. »

Myriam est trempée. Elle se mord les lèvres. Son cœur menace de ne plus battre. Elle serre fort ma main et dit : « S'il te plaît mon Dieu, regarde-moi. Je suis musulmane et tu le sais. Je fais mes cinq prières et le ramadan. Je sais que tu m'écoutes. Je sais que tu es là. Dis-leur que tu m'as donné un clitoris pour jouir. Dis-leur que j'ai raison. Dis-leur que le Paradis, c'est ici, sur terre. Vous les intégristes, vous avez peur de la sexualité féminine. Vous interprétez le Coran comme ça vous arrange. Interrogez-vous sur l'essence du féminin. Ne voyez-vous pas que la femme est le plus grand miracle de la Création ! De nos différences, vous avez fait tant d'inégalités et d'injustices. Vous n'avez rien compris à votre religion. Vous détruisez le prestige de Dieu. »

Myriam prend mon visage entre ses mains et dit : « Je t'aime, Huriya. »

Ça me fait bizarre d'entendre « Je t'aime. » Je croyais qu'on ne pouvait dire je t'aime qu'à Dieu. C'est ainsi qu'on m'a élevée. Je comprends une chose : dire je t'aime n'est pas un péché.

Les nuits de Myriam sont encore agitées. Parfois, elle se réveille en sursaut et en pleurs. Elle a du mal à oublier ce qu'elle a vécu. Elle revoit sa nuit de noces. Appelons ça comme ça ! Celui qu'on lui avait imposé comme mari lui avait écarté les cuisses et avait forcé comme une bête sans réussir à la pénétrer. Elle était étroite. Il s'est longtemps acharné sur elle sans y arriver. On aurait dit que la fente de Myriam se fermait toute seule pour que personne ne puisse s'y engouffrer. La sœur du marié, qui n'avait pas quitté son frère depuis sept jours, attendait derrière la porte. Ça se passe en famille, ces histoires-là.

N'arrivant pas à pénétrer Myriam, le mari a appelé sa sœur qui s'est dépêchée de rentrer dans la chambre nuptiale. Elle a demandé à son frère de l'aider à attacher les pieds et les mains aux barreaux du lit. Myriam s'est retrouvée les cuisses écartées sans pouvoir se défaire. Elle avait beau se débattre et supplier de la libérer, rien n'y a fait. La sœur du mari, enfin de l'agresseur, a glissé un oreiller sous les reins de Myriam pour la surélever. Elle a trempé deux doigts dans un pot de crème et les a enfoncés dans le vagin de Myriam pour déchirer la cloison et faciliter le passage du sexe de son frère. « Vas-y maintenant, a-t-elle dit à son frère. Vas-y d'un coup ! » Le mari a enfoncé son sexe sous les yeux de sa sœur qui a poussé des youyous. Myriam s'est sentie déchirée de l'intérieur. C'est comme ça qu'elle a été déflorée. Elle a eu très mal. Elle a pensé que la douleur allait passer. La douleur n'est pas passée. Jamais.

Pourquoi nos hommes n'apprivoisent-ils pas leur brutalité, leur violence, leur bestialité, leurs assauts, leurs intrusions dans nos corps ?

C'est comme ça, aussi, que Myriam a compris qu'on lui avait volé ses rêves.

Myriam prend mon visage entre ses mains et l'attire vers son sexe. Je sais ce qu'elle veut. Ma langue s'insinue dans la fissure qui lézarde son édifice. Sa peau est de la soie. On dirait que nos âmes s'évaporent vers les affluents du ciel et ma langue s'en va loin dans son sexe qui libère ses arômes, ses embruns et ses poussières d'eau. Elle aime ça. Je me plais entre ses cuisses. Les draps sont trempés et ma langue va plus loin que loin dans le sexe de Myriam.

Myriam s'endort sur le lit en diagonale. Depuis le canapé, je la regarde, le sexe au repos. Ça y est… Elle dort exténuée de plaisir.

Et la nuit se pose sur nous.

2

Ça fait combien de temps, maintenant, que monsieur Azoulay n'est plus là ? Une année s'est écoulée, puis une autre, puis d'autres encore. Ça fait longtemps. Déjà.

Il est retourné chez lui à Tel Aviv. Une parole est une parole. Il m'a donné la librairie. Je l'ai accompagné jusqu'à l'avion et j'ai porté sa valise. Il n'avait que ça, une valise. Il ne s'est encombré de rien. Il m'a embrassé et, avant de prendre congé de la France, il m'a dit : « Viens me voir quand tu veux. Israël t'ouvrira les bras. »

Depuis son départ, j'ai tout abandonné pour me consacrer à ma librairie. La boutique, comme disait monsieur Azoulay. En son souvenir, je n'ai pas changé grand-chose. La devanture est toujours la même. La peinture et l'enseigne aussi. En gros et en rouge, on peut lire : Librairie Haïm Azoulay. Derrière le comptoir, j'ai laissé le vieux fauteuil marron et défoncé. Ce fauteuil, je crois que. Que quoi ? Que bientôt, quelqu'un s'assiéra dedans.

Maintenant, l'été est à son apogée. Myriam vit et travaille avec moi. Je lui ai raconté mon histoire. Elle m'a écouté sans jamais dire un mot. Elle sait que certains mots ne valent pas mieux que le silence.

Je suis une curiosité du hasard. J'ai été construit sur une apparence. On m'a fait revêtir les vêtements du malentendu. On n'a pas vu que j'étais une petite fille piégée dans un corps de garçon. On n'a pas vu que mon âme était une âme de femme dans un corps d'homme. Longtemps, j'ai pris le masque d'un garçon. Seulement, plus je grandissais, plus le doute se dissipait. Mon regard, lui, a toujours été celui d'une femme. Feindre… toujours feindre, voilà ce qu'a été ma vie. Et ma vie, je l'ai passée, non à mentir, mais à cacher *qui j'étais*. Longtemps, j'ai vécu dans cette drôle de posture. Je disais *moi* alors que ce n'était pas vraiment *moi* dont je parlais. Je parlais d'un autre. Un autre en moi.

Je suis comme ça. Je ne suis pas un monstre. Je ne suis pas une créature du *cheïtan*, du diable, comme disait maman. La nature m'a faite dans la nuance. Dois-je avoir honte de ce que je suis ? Les médecins disent qu'il s'agit d'une ambiguïté sexuelle ; d'autres disent bisexuée. D'autres encore : hermaphrodite ou androgyne. Que sais-je encore ? Peu importe ; moi, je sais !

Je sais qui je suis !

C'est ma vérité. Et la vérité, on ne la fera jamais taire.

Je suis un enfant à qui l'on disait : « Resserre tes cuisses, qu'on ne voit pas ce qui s'y cache ! » C'était grand-mère qui disait ça au hammam. Pourquoi disait-elle cela ? Chez nous, être né comme je suis née est une malédiction. Pendant toutes ces années, j'ai serré mes cuisses. On s'est trompé en me déclarant garçon. En vérité, je suis née avec les deux sexes. Au premier regard, personne n'a deviné que je suis à la fois masculine et féminine. J'ai été fidèle à ma résolution de silence. Je n'en ai jamais parlé pour ne pas avoir à me justifier. Et plus tard, adulte, lorsqu'il arrivait de parler de ces choses-là avec les gens que je fréquentais, je me cachais derrière l'humour et les sourires forcés. Je cachais mes gestes jugés trop féminins. Je cachais tout ! Tout ça ! Personne ne devait savoir que je porte des sous-vêtements féminins en dessous de mes habits masculins. À l'école, il m'arrivait de me trahir ; de mêler le masculin et le féminin au gré de mon envie ; de féminiser mon écriture et mettre un « e » là où il ne fallait pas, d'après eux. J'aurais tant voulu que soit admis une écriture épicène. On prenait mes « e » mal placés pour des fautes d'orthographe. Et c'est tant mieux.

Grand-mère disait que ma démarche manquait de virilité. Plus je grandissais, plus elle me disait de faire attention à moi. Je ne comprenais pas ce qu'elle voulait dire. Elle disait que des signes émanaient de moi et que, ces signes-là ne lui plaisaient pas. Elle a fini par me dire : « Une femme est une femme. Un homme est un homme. C'est comme ça qu'on se comporte dans la société marocaine. Tu dois être plus viril, ajoutait-t-elle. Tu dois changer ta façon de marcher, de parler, de prendre une tasse, de cligner des yeux, de sourire. Sois plus mâle ! » Je n'ai jamais su l'être. Je n'ai trouvé la virilité nulle part en moi. Je suis une fleur qui a poussé sur le mâle. Si j'avais été circoncis, comme le voulait le *fquih* de Marrakech, personne n'aurait rien vu. J'aurais serré les jambes et je les aurais laissé faire. Lorsque mes jambes sont serrées, on ne voit pas mon vagin. Ils auraient pratiqué leur tradition ancestrale. Ces traditions qui asphyxient notre peuple. Le *hajjam*, autrement dit le coiffeur ou le barbier, aurait tranché de sa lame, sans s'apercevoir qu'il y a un joli petit sexe de femme entre mes cuisses. On aurait dit : « Voilà, c'est fait ! Ce garçon a franchi le passage de l'enfance à l'état valorisant d'adulte. » Par cet acte, j'aurais témoigné de mon aptitude à supporter la douleur. Et j'aurais officiellement rejoint la communauté musulmane.

Aujourd'hui, Myriam m'attend dehors dans un taxi. Je sors de la clinique. Je n'ai pas voulu perdre mon âme, comme me l'a dit un jour une diseuse de bonne aventure. Ai-je dit que j'ai été opérée ? Au vrai, ce n'est pas vraiment une intervention. C'est un rêve que j'ai réalisé. La main d'un chirurgien a fait son travail. C'est une opération délicate et irréversible. Les médecins appellent cela une réassignation sexuelle. On m'a demandé si j'avais bien réfléchi. J'ai dit : « C'est tout réfléchi ! » Et on m'a coupé le pénis.

Après ma réassignation sexuelle, les médecins ont dit que je n'avais pas d'hormones masculines. Seulement, le risque d'ostéoporose est fréquent chez les personnes comme moi. On m'a donné des traitements. Mon physique s'est féminisé encore plus. Mes joues se sont creusées davantage. Désormais, plus rien ne sera comme avant. Les hormones ont fait de moi une femme à part entière avec de vrais seins de femme. Je suis blonde et mes yeux sont bleus. Avant de quitter la clinique, je me suis regardée dans le miroir. Je suis exactement comme je dois être. Huriya est née. Huriya, c'est moi. Ce prénom a toujours été en moi. Ça veut dire Liberté.

Le chirurgien m'a dit : « Vous êtes une très belle femme, Huriya. »

Ma peau est blanche et veloutée comme une *Fassia*, une femme originaire de Fès. De haut en bas, je suis blonde. Je porte des talons et ma démarche est celle d'une femme. Dans mon sac à main, il y a du rouge à lèvres et des limes à ongles. J'ai mes affaires féminines. Je parle de mes périodes rouges, comme toutes les femmes. J'ai aussi deux ovaires et un utérus. Il paraît que j'ai un délicieux contour de hanches. Je défie quiconque de voir quoi que ce soit. Nul n'en saura jamais rien !

Je suis sortie de la clinique et je me suis laissé enlacer par la lumière brûlante qui irriguait la ville. Myriam m'a embrassée et nous nous sommes éloignées. Je ne suis plus celle qui a été construite sur une apparence.

Enfant, j'aurais voulu qu'on me dise : « Tu seras une femme, mon fils ! »

Kaddish pour cet *autre* que j'étais.

3

Myriam est entrée dans ma vie un jour où je n'attendais personne. Elle a souri et elle est entrée.

Je venais d'arriver en France. J'habitais à Barbès. Barbès, n'est pas Paris. Disons que c'est autre chose. C'est là que, faute d'avoir trouvé où me loger, je me suis installé dans une chambre. Un lieu sans prétention au cinquième étage d'un immeuble qui ne tenait debout que par un curieux miracle. Une chambre meublée qui n'avait de chambre que le nom et de meublée que le lit et l'armoire. Elle était jadis habitée par des filles à tout faire. Une chambre de bonne dont même une bonne n'aurait pas voulu. En réalité, c'était un réduit avec un lavabo surplombé d'un miroir fissuré. Et des toilettes sur le palier. Tous les jours, je me disais que j'étais juste de passage lorsque je voyais les insectes habitués à courir tranquillement sur les murs et le plafond. Voilà, c'est à peu près tout. C'est même tout. Car, au vrai, cette chambre était une bauge ; une bauge, comme il y en a tant à Barbès. C'est un Algérien qui louait. Il déclarait les locations quand il en avait envie. C'est-à-dire jamais. C'est comme ça !

Je me souviens d'un vendredi soir. Je déambulais dans Pigalle à la recherche de quelque chose qui pourrait améliorer la vie de tous les jours. Quelque chose pour arrondir mes fins de mois. L'argent que m'envoyait grand-père suffisait à peine à payer mon loyer.

Au loin, vers Montmartre, j'ai vu un homme qui gagnait sa vie en jouant de l'orgue de barbarie. Il déroulait son rouleau de papier à musique perforé. Les touristes effleuraient sa main d'une aumône. D'autres se courbaient et mettaient une pièce dans un chapeau haut de forme posé à ses pieds. De son orgue, s'échappait du vent. De ce vent, s'évaporaient les paroles d'Edith Piaf : « Milord ».

Près de lui, une femme fouillait dans une poubelle. Elle portait une robe qui traînait par terre. Elle n'avait pas de chaussures. Ses mains étaient sales et ses ongles noirs. C'était une gitane. Lorsqu'elle m'a vu, elle a laissé tomber le couvercle de la poubelle. Alors que la rue était pleine de touristes, allez savoir pourquoi c'est moi qu'elle a interpellé.

Les cordes de sa voix avaient un air de violon tzigane.

« Toi ! » s'est-elle écriée.

Les gens se sont retournés ; mais, c'est vers moi qu'elle a pointé un doigt.

« Oui toi ! » a-t-elle insisté.

Elle s'est approchée en marchant par soubresauts. Elle portait son corps comme un vêtement qui a fait son temps. *Meskina*, la pauvre malheureuse, avait une jambe plus courte que l'autre. Elle avait une bosse sur le dos qui l'obligeait à se tenir voûtée. On voyait ses os. Des verrues sur le visage et les mains faisaient qu'on n'osait pas la regarder. Les gens regardaient ailleurs.

« Qui êtes-vous ? lui ai-je demandé.

— Quelqu'un qui te veut du bien ! » m'a-t-elle répondu.

Sous la forme d'une révélation, elle m'a dit avec un accent de *romani*, l'accent roumain :

« Je connais ton passé. Et je peux te libérer de ton avenir.

— C'est de mon présent dont il faut me délivrer. »

C'est elle, la diseuse de bonne aventure. Elle m'a demandé de mettre mes yeux dans les siens. Elle était irregardable.

« Ne me considère pas mal, a-t-elle dit. Regarde-moi profondément. »

On eut dit que ses yeux changeaient de couleur. Je n'avais jamais vu ça.

« Non, tu ne me regardes pas… tu n'oses pas me regarder *vraiment*… Es-tu prêt à entendre ce que tu n'entendras qu'une seule fois dans ta vie ? »

Pourquoi ne pas l'écouter, après tout ? Ces affaires-là, certains y croient et d'autres pas. Moi, j'y crois sans y croire.

« Tu es propre sur toi, m'a-t-elle dit. Tu sens bon le parfum. Tu es élégant et tu as le plus beau visage féminin que j'ai croisé à ce jour. On dirait une poupée mâle. Les femmes te regardent. Les hommes, aussi. Tu as beaucoup de succès. Veux-tu connaître ton avenir ? »

Sans me laisser le temps de répondre, elle m'a attiré vers elle.

« Jusqu'à présent, on t'a appelé Moulay Saïd. »

J'aurais préféré un prénom mixte, mais ça n'existe pas chez nous.

« En effet, je m'appelle Moulay Saïd. Comment le savez-vous ?

— Je sais tout de toi.

— Vous plaisantez ?

— Non. »

Elle ne plaisantait pas. Elle ne pouvait pas deviner mon prénom. Rien que pour ça, je devais lui accorder du crédit. Elle a pris mon poignet dans sa main pleine de verrues et a scruté les lignes de mon destin.

« Ta ligne de tête est courbée.

— Et alors ?

— Les lignes de ta main disent que tu es né différent. Mais rassure-toi, ces choses-là trouvent leur arrangement. Un beau futur t'attend.

— Quand ?

— Dans pas longtemps. »

Au moment où j'ai voulu m'éloigner, elle m'a retenu par la manche. « Donne-moi un peu d'argent et je te dévoile une dernière chose. »

Je lui ai donné la monnaie que j'avais en poche.

« Écoute-moi bien Moulay Saïd, le temps est venu de faire ce que tu as à faire.

— De quoi parlez-vous ?

— Je parle de ce que tu as entre les jambes. L'heure est venue de faire un choix. En attendant que tu fasses ce que tu dois faire... va... marche tout droit... tourne à gauche et tu trouveras ce que tu cherches au bout de la rue. Quelqu'un t'attend là-bas. Tu rencontreras un vieil homme qui changera ton destin. C'est là aussi que tu rencontreras une femme.

— Une femme ?

— Oui, la femme de ta vie.

— Je la reconnaîtrai comment ?

— Ce sera une très belle femme avec des yeux verts. Elle sera très féminine et elle aura une cascade de cheveux noirs jusqu'au bas du dos.

— Mais encore ?

— Elle aura une cicatrice sur le sein gauche et un tatouage sur la fesse droite.

— Comment savez-vous tout ça ?

— Les gitanes ont un pied dans le futur. Si tu ne m'écoutes pas, tu y perdras ton âme. »

Mais que venait faire mon âme là-dedans !

J'ai quitté la diseuse de bonne aventure. Elle est retournée fouiller dans la poubelle à la recherche de quelques victuailles. Je l'ai regardée récupérer tout ce qui était encore comestible. Puis j'ai marché et les filles se sont retournées sur moi. Je ne me suis pas retourné, moi. Et maintenant, qu'allait-il m'arriver ? Pour le savoir, j'ai fait ce qu'on m'a dit de faire. J'ai marché tout droit et j'ai tourné à gauche. M'attendait au bout d'une ruelle étroite, un événement crucial. J'ai vu une pancarte en carton avec ceci : « *Cherche libraire à mi-temps. Homme ou femme.* » Libraire, je n'avais jamais osé y penser !

C'était une petite librairie discrète, plantée là, au milieu des prostitués. Discrète, non, pire que ça. On aurait dit qu'elle avait un genou à terre, cette librairie. Que son sort était scellé. Qu'elle se cachait pour mourir. Avant d'en franchir le seuil, j'ai baissé la tête et j'ai dit : Salam. À l'intérieur était assis un monsieur, voûté, aussi vieux que sa boutique. Il écoutait des *piyyoutims* en sourdine qui sortaient d'un haut-parleur caché quelque part derrière les livres. En même temps, il recollait le dos d'un livre. On eut dit qu'il tombait d'un autre siècle. Il portait une blouse grise comme les maîtres d'école, jadis. Quel âge a-t-il ? me suis-je demandé. Soixante-dix ans, peut-être.

Le vieux libraire a levé les yeux vers moi, a ajusté sa kippa, et a dit juste bonjour. Il hésitait. Il ne savait pas s'il devait dire : « Bonjour monsieur » ou « Bonjour madame ». Il m'a demandé si je cherchais quelque chose.

« Je cherche du travail, monsieur.

— Comment t'appelles-tu ?

— Moulay Saïd, monsieur.

— Moi, je m'appelle Haïm Azoulay. Je suis le dernier libraire juif de Pigalle. »

Il a insisté sur le mot : *juif*. D'ailleurs, il l'a dit fort, ce mot. C'est vrai que là d'où je viens, c'est un mot que l'on n'ose pas prononcer fort. Aussi juif était-il, mon intuition me disait que c'était quelqu'un de bien. J'ai essayé de détendre l'atmosphère et je lui ai dit :

« Vous savez... je n'ai rien contre les Juifs !

— Ne te sens pas obligé de dire ça... Je vais te dire quelque chose, nous avons tous du sang juif dans les veines. Et appelle moi Haïm. »

Je n'oserai jamais l'appeler par son prénom. Ni le tutoyer, d'ailleurs. Je dirai toujours Monsieur. Il a ajusté sa kippa et m'a demandé :

« Alors… comme ça… tu cherches du travail ?

— Oui monsieur. J'ai vu la pancarte et je suis rentré. Je préfère vous prévenir. Je n'ai ni licence en Lettres ni formation dans le monde du livre. Je suis encore étudiant à telle grande école.

— Je m'en fous de la rue d'Ulm. Les diplômes, ce n'est pas ce que je recherche. »

Monsieur Azoulay m'a dit de m'assoir en face de lui dans un fauteuil complètement déchiré.

« Tu as l'air en bonne santé », m'a-t-il dit.

Comme je ne voyais pas pourquoi il me disait ça, il s'est expliqué : « Être libraire, c'est d'abord être en bonne santé. C'est 80 % de manutention et 20 % de vente. Il faut porter des cartons lourds. Ce n'est pas de tout repos. As-tu déjà travaillé en librairie ?

— Jamais, monsieur.

— Tu sais, tout le monde ne peut pas être libraire. La première exigence est d'aimer les livres. Les aimes-tu ?

— Vous n'imaginez pas à quel point ! J'ai été élevé là-dedans.

— Moi aussi j'aime les livres. Regarde comment j'ai fini !

— Comment ça ?

— Sache que ce n'est pas ici que tu feras fortune. D'ailleurs, quand tu es rentré, j'étais en train de faire les comptes, c'est juste-juste. Il faut se serrer la ceinture. Être libraire, c'est aimer les livres et oublier l'argent. Le salaire est très modeste, tu sais ?

— Je me contenterai de ce que vous donnerez, monsieur.

— Tu connais la Thora ? m'a demandé monsieur Azoulay.

— Non, monsieur. Je connais le Coran par cœur. Et le Coran parle de la Thora.

— C'est pareil. C'est le même livre qu'on a modifié.

— Je connais les palimpsestes, monsieur.

— Et puis, c'est le même Dieu. On est tous frères et sœurs, même si certains veulent nous faire croire le contraire. L'humanité n'aurait qu'un seul Livre si les humains n'étaient pas de pauvres humains.

— Je sais, monsieur. »

Monsieur Azoulay m'a dit que je travaillerais de 14 heures à 20 heures, samedi et dimanche compris. Je serais payé de la main à la main. Tous les quinze jours, en espèces. Pas de contrat.

« Ça te va ?

— Mieux que ça. Ça m'arrange. »

Il m'a questionné sur des écrivains de toutes nationalités. Il cherchait, gentiment, à me piéger sur les auteurs russes. « Ce n'est pas un entretien d'embauche, mais juste pour le plaisir de parler littérature », m'a-t-il précisé. Je lui ai parlé d'écrivains russes du XIXe siècle que plus personne ne connaît. Je cherchais à l'épater. Je lui ai parlé du poète Kondrati Ryleïv, de Faddeï Boulgarine et de Gleb Ouspenski. J'ai sorti mon meilleur français. J'ai évité la « clochardisation de la langue », comme disait grand-père.

« Pas mal… pas mal, m'a-t-il dit, on voit que tu as beaucoup lu. »

Et là, m'est revenue une phrase de grand-père : « Ce n'est pas parce qu'on a lu un livre de plus, qu'on connaît la vie. »

Il m'a montré les rayons et m'a demandé ce que j'en pensais. Je lui ai fait remarquer que son rangement laissait à désirer. Il en a convenu et m'a demandé ce que je proposais. Je lui ai soumis une classification des livres à la Melvil Dewey, complexe à mettre en place mais efficace.

« Parfait ! Maintenant, il va juste falloir aiguiser ton sens du commerce, a dit monsieur Azoulay. On a beau aimer les livres, il faut aussi les vendre.

— Ne vous inquiétez pas, monsieur. Je suis capable de tout. Même de vendre une Thora à un Arabe qui sort de sa mosquée. »

Là d'où je viens, tout se vendait ; même l'invendable.

« Tu sais, m'a dit monsieur Azoulay, un libraire ça ne vit pas… ça survit.

— Ne vous inquiétez pas. Vous allez voir ce que vous allez voir.

— Être libraire, ce n'est plus ce que c'était. Avant, on était les intermédiaires entre le texte et celui qui allait le lire… Avant, on était les dépositaires des œuvres de l'esprit. Nous étions des éclaireurs.

— Nous allons redevenir les éclaireurs que nous étions, monsieur.

— Tu crois ?

— Oui monsieur... Mais pour cela, il y aurait une petite chose à faire.

— Quoi donc ?

— Il faudrait commencer par enlever votre vieille blouse.

— Pourquoi, veux-tu que j'enlève ma blouse ?

— Je ne voudrais pas vous vexer... Mais disons que ça ne se fait plus. Les libraires ne portent plus de blouses grises, de nos jours. Ça, c'était avant.

— Dis-donc, tu es culotté mon garçon !

— En parlant de culotté, il faudrait aussi changer votre pantalon, monsieur. Il est trop vieux. Il brille tellement, il a été repassé.

— Personne n'a jamais osé me parler comme ça. Tu es maladroit, mais j'aime ta sincérité. Je préfère ça.

— Excusez ma maladresse, monsieur.

— Seules, nos maladresses nous rendent humains. Tu me plais bien, toi. »

Monsieur Azoulay n'a pas enlevé sa blouse de suite et ne m'a pas posé de questions sur ma vie privée. Je lui ai dit que je vivais seul et que je cherchais un endroit décent pour me loger. Je voulais quitter Barbès. Et là, est arrivé ce qui est arrivé. On prétend que ces choses-là n'arrivent que dans les livres. Eh bien, non ! Ça arrive aussi dans la vraie vie. Monsieur Azoulay m'a proposé un logement. C'est un deux pièces vide depuis longtemps, juste au-dessus de la librairie. Un travail et un logement, que demander de plus !

« Et le loyer ? lui ai-je demandé.

— Symbolique. »

Le patron m'a pris un mois à l'essai. Il est monté avec moi au premier étage et m'a fait visiter l'appartement. Ça sentait le renfermé, l'encaustique comme on dit.

« Ça te va ?

— Tout me va. »

Je venais de trouver ce que je cherchais sans jamais oser l'espérer.

Libraire.

Parfait.

Monsieur Azoulay m'a tendu la clé de l'appartement.

« Voilà, tu as toute ma confiance.

— Merci monsieur, ai-je dis, en descendant l'escalier.

— *Shabbat* va commencer », a-t-il dit.

Il a fermé la librairie, a descendu la grille métallique et m'a donné le double des clés.

— Tiens, m'a-t-il dit, voilà le Pardès. »

J'ai pris la clé qu'il me tendait. Je n'ai rien dis. C'était la première fois que j'entendais ce mot : le Pardès. Je n'ai pas osé lui demander ce que ça voulait dire. J'avais peur qu'il change d'avis, et qu'il ne m'engage plus à cause d'un mot dont j'ignorais le sens. C'est une librairie, quand-même !

Au fond de moi, j'avais envie de l'embrasser, mais bien-sûr, je ne l'ai pas fait. Peut-être qu'il existait un Dieu, après tout. J'en étais même certain, maintenant. Grand-mère s'était trompée quand elle m'avait dit de ne jamais serrer la main d'un Juif. Elle s'était trompée sur Dieu, aussi. Je l'avais trouvé.

Il était dans une librairie et chez un Juif. Tu sais grand-mère, je n'ai jamais osé te dire que beaucoup de Marocains sont issus de lignées juives d'Andalousie.

Était-ce le hasard ce qui m'arrivait ? Était-ce cela le *mektoub* ? Quoi qu'il en soit, ce n'était pas une punition.

Les jours qui suivent, seul dans la librairie, j'apprends mon travail de libraire. J'apprends aussi que le Pardès, c'est la clé qui ouvre la porte de la Torah. Cette clé m'ouvrira toutes les portes. Même celle, l'unique, que personne n'ouvre. En attendant, je donne un peu de vie à ce lieu laissé à l'abandon. Je parle de la librairie. C'est trop, comment dire, trop sobre, trop poussiéreux, pour ainsi dire austère. J'ôte la poussière des rayonnages. Je refais le classement ; non par ordre alphabétique, mais chacun chez soi. Naguib Mahfouz, né au Caire en 1911, romancier et nouvelliste, prix Nobel, rentre chez lui en littérature égyptienne ; je propose à Rilke de rejoindre le rayon allemand ; Tolstoï, ah Tolstoï, lui se sentira bien chez les Russes ; et Nabokov, il n'ira pas chez les Russes, non, il ira chez les Américains. Tout le monde à sa place. Je respecte le bon voisinage, comme disait le *françaoui*. On y voit plus clair. La boutique reprend vie. Ça respire.

« Il ne suffit pas d'aimer les livres, il faut aussi les vendre », avait dit le patron. Il avait insisté sur le mot « aussi ». Alors, je vends ; et je vends même bien. Dès qu'il n'y a pas de clients, je lis derrière le comptoir. Je suis aussi heureux qu'un Arabe à la Mecque. Il est là, mon pèlerinage. Me voilà parti pour le réassort. Ouvrant au ciseau – et non au cutter – les arrivages de cartons de livres sans en abîmer aucun, sans lacérer aucune couverture. C'eut été un sacrilège. « Tous les livres sont sacrés », disait grand-père. Et les ciseaux, je ne les laisse pas ouverts pour que le malheur ne s'abatte pas sur la librairie et me fasse baisser le chiffre d'affaire. Je me rends compte que j'ai ramené dans ma valise les superstitions de Marrakech. La librairie, c'est Médine. Et c'est d'une *main tremblante* que je prends chaque livre ; comme il a été dit dans la Kabbale : « Prendre un livre d'une main tremblante. » C'est le *françaoui* qui me disait ça, aussi.

Ai-je dit que, parallèlement à mon travail en librairie, j'étais étudiant au département Littérature et Langues de ce qu'on appelle une grande École ? Grand-père était heureux, lui qui n'a que son certificat d'études primaires ; lui qui fut valet de ferme ; lui qui a commencé au bas de l'échelle et qui, grâce à son mérite personnel, a été fait officier. Cet homme à la poitrine ocellée de médailles. Je lui devais bien ça au *francaoui* ; à cet alcoolique. Et je ne peux m'empêcher de penser à lui chaque fois que je croise un ivrogne titubant dans la rue. Comment l'oublier ! J'aimerais tant savoir comment son cœur bat. En vérité, où que je me trouve, quoi que je fasse, je suis hanté par lui. Hanté par cet homme, ce buveur qui, enfant m'a tenu la main et m'a dit : « Viens, je vais t'aider à grandir. » Depuis que j'ai quitté le Maroc, lui et moi, nous nous écrivons de longues lettres. C'est ce qu'il appelle la *Correspondance* au sens noble du terme. C'est un lien intime que nous façonnons, jour après jour. C'est ainsi que nous continuons de nourrir notre relation. Cet échange épistolaire, c'est un peu le côté voltairien de grand-père.

L'image de l'ivrogne est dans mes yeux. Je l'ai tant aimé, celui qui m'a tout appris. Celui qui me disait : « Tiens-toi droit à table ! » Celui qui ne voulait pas que je mange avec les doigts comme là-bas. Qui me disait qu'on tient la fourchette de la main gauche et le couteau de la main droite. Qui me disait de ne pas m'essuyer la bouche avec le revers de la manche, mais avec une serviette. Celui qui, à table, hors de la vue de sa musulmane de femme, me donnait un verre de vin coupé avec de l'eau. Il m'a tout appris et j'ai dévalisé son savoir.

S'il devait mourir, c'est moi que l'on enterrerait avec.

Grand-père ! Quand tu as accueilli l'enfant que j'étais, je ne parlais que l'arabe et le berbère. « Lire » fut le premier mot que m'a offert ta culture. « Écrire », le second.

« C'est quoi écrire, t'avais-je, demandé ?

— Écrire c'est oser ! m'avais-tu répondu.

— Tout oser ?

— Écrire, c'est lever toutes les censures.

— Et la prudence ?

— Aucune. Il faut écrire sans précaution ! C'est ça écrire ! »

Je ne sais comment te dire combien j'ai été fier que tu sois mon grand-père. Toi qui m'as dit de ne pas aller chercher les étoiles au fond d'un puits.

Le commerce, j'ai ça dans le sang. L'affaire tourne bien. Le patron est heureux. Le tiroir-caisse ne cesse de se remplir. Je me suis fait le serment de pas décevoir monsieur Azoulay. Je gère les stocks, les commandes, les invendus. Je mets les étiquettes et je range les livres dans les rayons. J'organise des séances de signature et je m'occupe des auteurs comme il convient. Et enfin, je conseille la clientèle. Mieux que ça, je suis un éclaireur.

Six mois sont passés. La période d'essai aussi. Le patron m'a gardé. Nous avons signé un contrat oral. La parole de monsieur Azoulay a plus de valeur que n'importe quel écrit. Il a placé en moi une confiance aveugle. Même l'argent de la recette, c'est moi qui le mets en banque. Je me souviens qu'il m'avait dit que nous allions travailler main dans la main, sans faux-semblants, sans manière, sans rien. Qu'il n'y avait pas de patron, ni d'employé. Que si quelque chose n'allait pas, il fallait en parler. Que, lui et moi, étions tous les deux au service de la librairie. Seulement, depuis quelques temps, Monsieur Azoulay ne met plus les pieds à la boutique. Il est souffrant, le patron. Justement, quelque chose ne va pas.

Et puis, il y a ceci… Un soir, avant la fermeture. Une fille rentre dans la librairie. Elle porte un soutien-gorge qui semble offrir ses seins plus qu'il ne les soutient. Elle a un corps dont aucune femme n'aurait à rougir. Elle me regarde et je la regarde. Son regard n'est pas juste un regard : c'est autre chose. Il va se passer quelque chose, je le sais. Elle le sait, aussi. C'est étrange, comme une femme peut se faire comprendre d'une autre femme. Et puis, il y a des signes du corps qui trahissent, quand le visage ne le fait pas. Comment ne pas être saisi par ce que je vois !

Ses yeux, mon Dieu ! Ô ses yeux !

C'est elle, Myriam. C'est écrit dans le vert prophétique de ses yeux. Je le comprends aussi à la description qu'en avait faite la diseuse de bonne aventure. Les yeux et la chevelure qui frôle les fesses.

Myriam vient du Maroc. Ça ne fait que quelques jours qu'elle est en France.

« Tu es en vacances, je lui demande.

— Oh non ! J'ai fui mon pays.

— Pourquoi ?

— Je suis lesbienne. »

C'est vrai, on ne quitte pas le Maroc : on se sauve ! Surtout quand on est lesbienne !

Elle a mon âge ; et, dès le début, on se tutoie. Elle vient d'Agadir, une ville du Sud. Elle a un visa et ne compte pas retourner au pays. Elle est prête à prendre tous les risques. Elle ne sait pas que je viens du Maroc, moi aussi. Je préfère ne rien dire, pour l'instant.

J'écoute Myriam me raconter son histoire dans une nue sincérité : « Je n'ai pas épousé selon mon cœur, me dit-elle. On m'a obligée à dire oui. J'ai été mariée de force à un homme qui voulait une femme servile. Il était comme la plupart de ceux de chez nous. Ceux qui s'octroient un droit de regard sur tout, et surtout sur le corps de la femme dont ils estiment être le propriétaire. Ceux qui sont élevés avec l'idée qu'une femme se résume à l'hymen et au foulard. Chez nous, dès sa naissance, une femme appartient à un homme. L'idéal serait qu'elle n'appartienne à personne, si ce n'est à elle-même.

J'ai craché sur ce mariage arrangé. J'ai fui ce mari à qui je me refusais et qui m'attachait et me prenait contre ma volonté. Et lorsqu'il avait fini de me prendre, il me frappait. Il me sodomisait, puis il sortait au café en me laissant dans une position humiliante, au sol. Je me suis faite avorter trois fois sans que jamais personne n'en sache rien. Un jour, n'en pouvant plus, j'ai eu le courage de lui dire que je n'aimais pas les hommes. Que je préférais les femmes. J'ai voulu lui expliquer. Il est rentré dans une colère terrible et la violence a remplacé le dialogue. »

Myriam essuie l'eau de ses yeux, avant de poursuivre : « Mon mari est parti voir mon père pour se plaindre. Il lui a dit que je ne remplissais pas mes obligations d'épouse. Que je ne voulais plus coucher avec lui. Que j'étais damnée car je préférais les femmes. Apprenant ça, mon père est rentré, lui aussi, dans une colère folle. Il est allé voir un marabout qui lui a dit que mon homosexualité était une maladie contagieuse inguérissable. Qu'il fallait se débarrasser de moi. »

Dans la bouche du père de Myriam, avoir une fille est déjà désastreux en soi, mais une fille lesbienne est le pire des châtiments que puisse subir un père. C'est la honte des hontes dans le quartier. Nous autres, nous avons la honte cousue sur notre peau. Dans un pays où l'islam est religion d'État, des actes avec une personne du même sexe sont impensables. Et la justice marocaine réprime fermement l'homosexualité, ces « actes contre nature » !

Et moi, je n'ai pas fini de me poser des questions sur mon pays !

Myriam a besoin de parler. Elle continue : « Une femme qui cherche à s'émanciper est obligatoirement stigmatisée ; pourtant, l'amour est débarrassé de tout péché humain. Pourquoi ne chérissons-nous pas nos péchés ? Le Prophète, lui-même, c'est écrit, recommande de jouir et faire jouir. C'est un devoir du croyant. À cause de mon orientation sexuelle, des esprits mal éclairés ont menacé de me mettre en prison. Mon père a dit que mon homosexualité avait brisé sa vie. Il s'est enfermé dans sa chambre trois jours et trois nuits pour réfléchir à ce qui lui arrivait. Il n'a rien mangé. Il n'a fait que réciter le Coran. En ressortant de sa chambre, la décision était prise : Les filles du diable comme toi, on les brûle ! a-t-il dit. Mes frères ont emboîté le pas à mon père et ils ont décidé de renier celle qui déshonorait l'honneur de la famille, allant jusqu'à me pousser au suicide. Ma mère n'a rien dit. Et n'avait rien à dire ! »

Prétendument possédée par l'Ange noir, Myriam s'est retrouvée à la rue, sans le sou. Du jour au lendemain, ses amies n'étaient plus ses amies. « Ta place n'est plus avec nous », lui ont-elles dit. Aucune n'a voulu l'héberger, ne serait-ce qu'une nuit. Jalouses de la beauté de Myriam, elles ont eu peur qu'elle les détrousse de leur mari. On la voyait en voleuse d'alliance. Elle n'était plus une amie mais une rivale, un danger pour le couple. Ne sachant que faire, Myriam a fui chez une tante qui l'a cachée. Avec sa tante, elles sont allées voir un *adoul* pour demander le divorce. Rien qu'à voir le sourire de l'homme de Loi, et on devine ce qu'il a derrière ce sourire, Myriam a compris ce qui l'attendait.

« Pourquoi veux-tu divorcer ? a demandé ironiquement l'*adoul*.

— Mon mari me frappe, me viole, me séquestre. Je n'en peux plus, je veux divorcer. »

L'*adoul* a réfléchi et a dit que ce n'était pas suffisamment grave. Qu'il faudrait autre chose. Qu'elle soit éborgnée ou handicapée. Enfin, de vraies preuves. Des raisons graves, quoi !

« Et si je me suicide, ce sera une raison suffisamment grave pour prononcer le divorce ? a demandé Myriam.

— Le suicide est interdit en Islam, a répondu l'*adoul*.

— Je m'en moque de votre Islam ! » a dit Myriam avant de claquer la porte.

Myriam a compris qu'au Maroc, il est parfois préférable d'être homophobe et combattre les *déviances* que de défendre la liberté sexuelle. Défendre cette liberté, c'est être du mauvais côté. Pour Myriam, il n'y a aucune incompatibilité entre l'islam et l'orientation sexuelle. Seulement, au Maroc, il ne fait pas bon vivre pour celles qui cherchent à s'émanciper. Nous qui parlons tant de notre accueil chaleureux ; l'homosexualité aurait pu être, disons, une autre forme d'hospitalité. Une forme de tolérance !

La liberté, voilà ce qui a poussé Myriam à tout quitter. Le cœur meurtri, elle a tout laissé derrière elle pour aller vivre sa vie ailleurs. Sa tante, elle-même écrasée par le poids d'un mari intégriste, a discrètement vendu quelques bijoux en or pour l'aider à fuir avant que la famille ne mette à exécution ses menaces : la faire emprisonner ou la faire passer pour folle. Pour la soustraire à la vengeance de la famille, la tante a donné l'argent à Myriam et, dans le plus étouffé des secrets, l'a poussée à quitter le pays, sans avertir personne. Avant de la quitter, la tante a dit à Myriam : « Tu as un handicap ma fille : tu es trop intelligente pour les gens d'ici. Chez nous, être femme est une infirmité. Être femme, c'est être condamnée. Maintenant pars. Pars ! pars ! et ne reviens jamais. »

Voilà comment Myriam a choisi l'exil, et assumé son orientation sexuelle. Elle est partie sans rien. Juste une valise et quelques vêtements de rechange. Aucun héritage. De toute façon, dans l'Islam, une femme ne reçoit que la moitié de ce que reçoivent les hommes. C'est écrit dans le Coran. N'y a-t-il pas là *encore* une injustice ? Oui mais, diront certains, c'est une injustice divine. Et tout ce qui est divin n'est pas discutable.

Myriam n'a plus d'argent et ne sait pas où aller. Ce qu'elle avait, elle l'a dépensé pour payer l'hôtel. Myriam s'excuse de me raconter ces détails. Ce ne sont pas des détails, non ! On voit encore des traces bleues sur son visage, qu'elle cache sous une épaisse couche de fond de teint.

« Ne t'excuse pas, lui ai-je dis. Si tu n'as nulle part où aller, reste avec moi. »

Elle a eu un battement de cils renversant qui voulait dire oui. C'est alors que je lui ai dit que je venais du Maroc, moi aussi.

« Tu y es retourné, m'a-t-elle demandé ?

— Non.

— Pourquoi ?

— Sans doute, pour les mêmes raisons que toi. »

Pourquoi y retourner ? Nous n'avons pas de terre promise, nous autres !

« Quelqu'un m'a parlé de toi, ai-je dis à Myriam.

— Qui donc ?

— Une diseuse de bonne aventure.

— Tu crois à ça, toi !

— Elle m'a dit que tu avais un tatouage sur la fesse droite.

— Oh ! Je ne peux rien te cacher.

— Elle m'a dit aussi que tu avais une cicatrice sur le sein gauche.

— C'est vrai aussi. C'est mon ex-mari qui a essayé de me couper le sein quand je lui ai dit que je préférais les femmes. »

Myriam s'est installée dans une chambre inoccupée de mon appartement, au-dessus de la librairie. Et on ne s'est plus jamais quittées.

Les arbres dans leur nudité d'hiver ont jeté au sol leur feuillage.

Cinq années ont filé. J'ai terminé mes études. J'ai mon diplôme. Ça s'est fait dans la sobriété. Sans fête, sans célébrations, sans youyous, sans rien. Juste un restaurant avec Myriam. Je m'apprête à me diriger vers je ne sais quoi. J'ai le choix entre le privé ou le public. Non, pas ça ! Haute fonction publique ? Non pas ça, non plus. Je ne veux pas faire ça ! Mais que faire d'autre ? Mon Dieu, avoir fait tant d'études pour ne pas savoir quoi faire, après ! Peut-être enseigner en classe préparatoire ? Enseigner, pourquoi pas ?

Finalement, ça ne sera rien de tout ça. Rien de ce que j'avais pensé n'arrivera puisque monsieur Azoulay fera basculer mon destin.

4

Il est tard. Je monte à l'appartement.

Myriam dort. Elle n'entend rien. Sinon les voix déjà entendues, jadis : les insultes, et les bruits de son corps qui s'en va cogner contre les murs, là où elle était, là-bas, à Agadir.

Elle se revoit. Elle n'avait pas encore dix-huit ans. Sans qu'elle n'en sache rien, son père s'était mis en tête de monnayer son avenir. La marier avec un homme qu'elle n'avait jamais vu. Un homme qui avait vingt-ans de plus qu'elle et criait sur tous les toits qu'il avait assez d'argent pour « se payer » la plus belle fille de la ville. Ça a convaincu son père.

Elle est allongée sur le lit sans couverture. Je ne fais pas de bruit. Je m'assieds et je la regarde dormir, les jambes repliées sur le ventre. On dirait qu'elle est réfugiée dans elle-même.

5

Et puis arrive ceci, que je n'attendais pas.

Ce matin, j'ai reçu un télégramme. C'est la première fois que grand-père m'envoie un télégramme. Je croyais que ça n'existait même plus. J'apprendrai que le Maroc est un des rares pays depuis lequel on peut encore en envoyer. Ça s'est passé exactement comme dans *L'Étranger* de Camus. Ça ne m'étonne pas de grand-père. C'est tout lui, ça ! Sur le télégramme, il y avait écrit : « Mère décédée. Enterrement demain. » Grand-père n'a pas osé ajouter : « Sentiments distingués ».

Il a préféré écrire : « Viens. Je t'attends. »

Depuis combien de temps n'y suis-je plus retournée, au Maroc ? Longtemps ! Voilà, le passé attend que je lui rende visite. C'est une forme de pèlerinage dans mon histoire. Grand-père m'attend et, aujourd'hui, je m'envole pour Marrakech à la *gnaza*, aux funérailles. Maman est morte. Notre tradition veut que l'on enterre nos morts dans les deux jours. J'ai trente ans.

Quelque chose me retient. Ce passé, justement. Mais il faut que j'y aille. Ne serait-ce que pour lui, mon grand-père. Sa dernière correspondance ne disait rien de bon. En le lisant, je me suis aperçue que son écriture avait vieilli. C'était une écriture tremblée. Les lettres semblaient cadavéreuses. On eut dit que chaque virgule était un obstacle qui l'empêchait d'avancer. À chaque point, je le sentais essoufflé. Ses « o » n'avaient plus la force de se refermer. On eut vraiment dit que ses lettres portaient, elles aussi des pantoufles, et qu'elles traînaient des pieds. Plus je le lisais, plus je remarquais qu'il mélangeait les temps. Il ne savait plus à quel moment de sa vie il était. Ses phrases semblaient prises de convulsion.

Je crois que grand-père se sent *vraiment* très seul.

C'est aujourd'hui que Myriam m'accompagne à l'aéroport. Aux signes avant-coureurs de l'aube, j'ouvre la fenêtre. La chambre sent encore la nuit. Myriam est allongée sur le dos. Elle est nue et je regarde son ventre plat de jeune fille. Et dans son ventre, aucun enfant ne galopera, jamais. Dans le mien, non plus. Elle ne sera pas enceinte de moi. Je ne serai pas enceinte d'elle.

Myriam tend la main vers la table de chevet pour prendre un livre. Elle met l'oreiller contre le mur et son dos en appui. Elle ouvre son livre.

Je lui demande : « Tu viens avec moi à Marrakech ? »

Sa réponse, elle me la donne sous la forme d'un doigt qu'elle pose sur une phrase de son livre. Je peux lire :

« *I would prefer not to.* » Je ne dis plus un mot. Je sais que je ne réussirai jamais à la réconcilier avec sa terre natale. Elle se lève faire ses ablutions et sa première prière de l'aube, *soub'h*, celle que l'on fait avant le lever du soleil.

Puis, affranchie de tout ce qui lui semblait honteux, elle me dit : « J'ai envie. »

Je laisse faire ma langue. Qui s'en va loin dans le sexe de Myriam. C'est une effraction silencieuse et consentie. Myriam ne s'y oppose pas. Elle ferme les yeux. J'ai la clé du Pardès, celle qui ouvre les portes de la Thora. Cette clé ouvre toutes les portes, même celles du Paradis. Le sexe de Myriam a plusieurs portes. À chaque fois, j'en emprunte une autre. Et je découvre autre chose. Et les portes, je les ferai toutes, jusqu'à la dernière.

La clé du Pardès ordonne au corps de Myriam de s'entrouvrir pour moi ; et ce corps, je l'invite à s'ouvrir encore plus. La fente de Myriam et ma langue se comprennent. Ils parlent le même idiome. Le corps de Myriam ne se protège pas des assauts de ma langue. Il s'ouvre… il s'ouvre… et s'ouvre encore. Ma langue est bien là où elle est. Elle ne veut plus sortir de là. Ma langue veut voir le dedans de son antre. Et elle va encore plus loin.

Ces choses-là, ça doit aller loin.

C'est comme la littérature.

Ça doit aller au fond.

6

Je sais que je fais une bêtise. Mais, il faut que je la fasse. Il faut que je retourne à Marrakech. Tout n'a pas été dit.

Myriam a refusé de remettre les pieds au Maroc. Son passé, elle ne veut pas le revoir. *Elle préfère ne pas*. Elle préfère rester avec Bartleby. Elle s'occupe de la librairie pendant que mon avion caresse la ville rouge avant de se poser. Le commandant de bord annonce de grosses chaleurs à Marrakech.

D'en haut, on peut observer la mue de la ville. On voit une ville ivre de modernité. Les projets les plus fous sont en train de voir le jour. La ville s'annonce par des piscines et des terrains de golfs : Royal Golf Marrakech, The Montgomerie Marrakech, L'Assoufid Golf Club. Les piscines privées débordent d'eau et le gazon des clubs de golf est arrosé alors que la région manque cruellement d'eau ! La main insolente du capitalisme a frôlé les toitures. De nombreux quartiers bourgeois sortent de terre comme les *jnouns* de la spéculation. Mais à qui donc appartient le Maroc ? De destructions en constructions, le pays a vendu son âme aux Talibans de la finance qui ne connaissent pas le mot scrupule. Avec eux, c'est marche ou crève ! Ils sont capables de tout ; quitte à vider les poches de Dieu.

« Que venez-vous faire à Marrakech, madame ? me demande la police des frontières.

— Je viens pour un enterrement.

— Bienvenue pour votre enterrement, madame. Vous êtes ici chez vous. Et toutes mes condoléances pour le défunt.

— C'est une défunte.

— Elle ira au paradis, *inch'Allah*. Tous ceux qui meurent au Maroc vont au paradis. »

Je crois bien que le Paradis n'est pas fait pour qu'on y vive mais pour qu'on en parle. Le policier ouvre ma valise et me demande ce que fait une femme avec un costume d'homme dans sa valise.

« C'est un cadeau, lui dis-je. Juste un cadeau pour quelqu'un que j'aime. »

Une fois la douane passée, dans les toilettes de l'aéroport, je m'habille en homme. J'endosse le costume de lin blanc. Qui devinera qui se cache sous ce costume ? J'enfile une chemise bleu marine et une cravate. Un homme, ça porte une cravate ! On ne regardera que ça, la cravate. On ne fera pas attention à mes seins que j'ai fait disparaître à l'aide d'un débardeur de gynécomastie. Par-dessus, j'ai mis un maillot de compression. Je ne veux pas que grand-père me voie habillée en femme. Qu'il me voit femme, tout court. Je crois qu'il ne comprendrait pas.

Marrakech m'accueille avec ses bouffées de chaleur. Il y a du bleu partout. Où que l'on pose le regard, l'été éclate de toute part. Un terrible soleil harcèle les maisons et calcine les peaux. L'air est un fardeau. La chaleur fend la terre, monte du sol, enveloppe les corps et s'insinue dans les membres engourdis. Pas un courant d'air. Aucun arbre ne frémit. On respire de l'air brûlant. On dirait que tout va s'enflammer. Les bédoins disent que les scorpions n'osent plus sortir et les arbres menacent de ne plus donner de fruits. Les minarets, eux, témoignent de la présence incontestée d'Allah. Je vois mon pays fait de contradictions. Contradictions qu'il ne faut surtout pas réveiller. Marrakech, à elle seule, réunit toutes les contradictions du pays. Qu'est-ce qui a changé ici ? Tout a changé et rien n'a changé. Je reconnais sans reconnaître. Les riches sont plus riches. Les pauvres plus pauvres. La misère, on ne la voit pas tout de suite. Et pourtant ! Pour s'en apercevoir, il faut aller plus loin, là-bas. C'est ce que je fais.

Marrakech, pour qui sait la regarder, a gardé les séquelles de la colonisation. La ville est divisée en deux. Il y a la ville indigène et la ville européenne. Je quitte le *Guéliz*, le quartier français, et me dirige vers la Place Jemaa el-Fna. Si je traduis, cela veut dire : place des Trépassés. Des femmes vêtues de façon décente, c'est-à-dire couvertes de haut en bas, marchent dans la rue accompagnées d'un homme. Jamais je n'avais vu autant de femmes voilées. Pas une mèche de cheveux ne dépasse du voile. Que s'est-il passé ?

Les rues ne se souviennent plus de moi. Marrakech ne connaît plus mon prénom. C'est normal, je ne suis plus... comment dire... disons que je suis autrement. La ville fait en sorte que je me perde. Je m'enfonce dans le ventre de la médina. La rue hurle autour de moi. Ici, on ne parle pas : on hurle. Les ruelles m'absorbent et je me dissous dans le va-et-vient de ce monde. Je pense à Myriam. Je me disloque dans cette luxuriante diversité cosmopolite sous les débris de lumière chaude. Les échoppes défilent devant mes yeux. Les gens flânent, avancent, reculent, marchandent, font semblant de partir, reviennent, parlent, mentent. C'est comme ça, au souk. Ici, ce n'est pas le client qui achète ; c'est son porte-monnaie qui marchande. Vêtue en homme, on me prend pour un touriste, un *roumi*. Un *nassrani* ! Comme mon grand-père. On escorte mes intentions. Me voyant l'air perdu, des cicérones à la peau brûlée proposent de me faire visiter la ville. Non merci, je ne suis pas là pour visiter.

Les tissus rouges avec une étoile verte sont accrochés partout. La ville est paresseuse. La foule déguise son ennui en jouant aux cartes. Deux hommes sont assis à la terrasse d'un minuscule café couleur bleu Majorelle. D'un œil discret, ils soulèvent les *djellabas* qui passent. Devant eux, est posée une tête de mouton sur une table ronde. C'est un repas peu cher qui fait partie de la vie des petites gens. Les deux hommes trempent du pain dans de l'huile d'argan. Ils ont une soixantaine d'années. L'un d'eux enfonce son doigt et arrache l'œil de la bête qu'il met dans sa bouche. L'autre boit quelques gorgées de thé Sahraoui puis ouvre le crâne de la tête du mouton pour en extraire la cervelle. Qu'il avale.

Lancé dans une espèce de complicité virile, l'un d'eux demande :

« Alors mon ami... Comment vont tes mariages ? On dit que tu cherches une autre épouse.

— J'ai été voir l'Imam pour le prix de la cérémonie. Il m'a dit : "Tu sais, plus ta femme est belle, plus c'est cher. Ramène-là, je veux voir à quoi elle ressemble. Et je te dirais le prix de la cérémonie."

— Et qu'as-tu fait ?

— Je suis revenu avec la fiancée et j'ai donné un dirham à l'Imam.

— Mais un dirham, c'est pas suffisant pour une cérémonie !

— Si si... Quand l'Imam a vu la tête de la fiancée, il m'a dit : "Attends mon ami, je te rends la monnaie". »

Ils se servent du thé.

Le *chibani* porte une barbe bien taillée. En apparence, il a l'air d'un bon Musulman. Il veut une fille, la plus jeune possible, comme celles dont raffolent les vieillards. Il est déjà marié à trois épouses et en cherche une quatrième.

« Le malheur s'est abattu sur moi, dit-il. Mes trois premières sont stériles. Je ne les ai plus touchées depuis longtemps. Elles sont trop vieilles. Rien qu'à les voir, j'ai mal à la tête.

— Il t'en faut une autre, mon ami, pour te faire passer ce mal de tête.

— Ah oui… Je veux une vraie jeune fille que je verrai éclore. Une femelle féconde avec ce qu'il faut là où il faut pour la tenir par les hanches. Il me faut une bonne vierge d'une obéissance totale à ma mère. Je ne veux pas d'une fille de la ville plus rusée qu'une fille de la campagne. Une fille des montagnes qui ne sache ni lire ni écrire, me conviendrait parfaitement. Une femme instruite, c'est une femme dangereuse. Si elles en savent plus qu'un homme, ça peut lui couter très cher. Tu sais, mon ami ! On doit tout trouver dans la tête d'une femme, sauf de l'instruction. Je la veux d'une naïveté totale… bien en chair… C'est comme chez le boucher. Il ne faut pas acheter n'importe quelle viande. Après c'est trop tard. Si la viande est mauvaise, le boucher ne te remboursera jamais. J'ai déjà pris mes précautions. J'ai envoyé mes sœurs palper la marchandise dans un village berbère de l'Atlas. »

Chez nous, les filles se marient avec des hommes qui pourraient être leur père. Elles sont attirées par les cheveux blancs des hommes mûrs. Sans doute, est-ce faute d'avoir eu un vrai père ! Un père tendre et attentionné. Après l'avoir écouté, le deuxième *chibani* réfléchit et lui demande :

« Et comment peux-tu être sûr qu'elle restera à la maison ?

— On n'est jamais sûrs de rien, mon ami.

— Comment faire, alors ?

— De nos jours, les femmes ont le feu aux fesses. Elles veulent travailler.

— Travailler... Il ne manquerait plus que ça ! La place de la femme est à la maison.

— Nos femmes arabes ne veulent plus rester à la maison. Elles veulent faire comme les Européennes.

— Comment ça ?

— Il faut être plus malins qu'elles. Il faut leur faire croire qu'elles ont une autonomie financière. Si tu donnes assez d'argent à une femme, elle restera tranquille. C'est la règle du jeu. Donne-lui de l'argent et elle te respectera. Donne-lui de l'argent et elle écartera les cuisses.

— Tu as raison, Si H'med. La qualité d'un homme se mesure à l'aune de la docilité de sa femme. »

Allons donc !

Face à moi, les espérances assassinées ; d'autres vieux sont assis là, suspendus aux caprices du destin. Le destin, cette chose qui agit à votre place. Les deux vieux passent leur temps à tuer, non, à égorger le temps. À faire saigner leurs jours. On dirait un désenchantement général. Ils ont demandé le droit de vivre dignement, mais rien ne s'est passé. À croire qu'ils demandaient l'aumône. Mais bon, le Marocain a l'habitude de tendre la main. Les deux vieux, l'humeur fatiguée, n'ont rien et se contentent de rien. Si vous leur demandez comment ça va, ils vous diront en levant les yeux au ciel pour chercher ce qu'il reste de brillant dans les rayons du soleil, ils vous diront que tout va bien, *hamdou'Allah*, grâce à Dieu ou Dieu soit loué. Aucun n'ose s'en prendre à la mollesse de son Dieu. Allah c'est Allah ! Ils préfèrent ne pas regarder le vrai, le vraiment vrai. Dans leur orgueilleux dépit, dire que tout va bien, même si rien ne va, est une façon de dire non au malheur. C'est plus digne que de pleurer sur son sort. Ils ont la vanité des pauvres. Ils ont appris à ne pas trop désirer. À mentir et se mentir, surtout. Non, tout ne va pas bien. Il faudrait tout de même donner à ce peuple assujetti les moyens de sortir de la misère. La misère… encore la misère et le ciel ne prévoit pas de changement. Les deux vieux savent qu'il n'y a rien à attendre si ce n'est regarder le monde changer ailleurs. Au vrai, ils espèrent sans rien attendre. Longtemps, leurs rêves ont serpenté vers l'horizon. Longtemps, ils ont rêvé de faire partie de ceux dont on dira : « On ne sait pas ce qu'ils sont devenus ! » Même si les portes de l'ailleurs semblaient fermées pour eux, ils ont souvent été tentés, dans leur quête, de prendre tous les risques et d'aller défier les bâtisseurs de frontières. Pour eux, l'éternité se trouve là-bas, par-delà les bleus de la mer. Longtemps, ils ont rêvé d'être poussés par l'élan des vagues. Habités par leur rêve d'envol, ils ont fini par replier leur voile et détourner leurs yeux d'un futur grillagé. Alors ils étalent des tapis d'histoires et se racontent des choses qui auraient pu se passer. Ils s'arrangent avec les jours comme ils peuvent. Ils s'inventent des souvenirs, des morceaux de rêves, des vies qui n'ont jamais existé. Les yeux mi-clos, noyés dans d'étourdissantes volutes, les vieux fument du kif avec des gestes d'habitués et continuent de rêver à ce qu'aurait été leur vie ailleurs. « Ailleurs » est un mot important pour les Marocains. Aller chercher ailleurs ce que le Maroc refuse. En attendant, on vieilli très vite à coups de kif. Ça détruit le kif. Ça fait vieillir. Ça fait tourner lentement la tête et ça inverse la réalité. Apparaît alors, quelque chose comme un autre monde. Les vieux restent assis là toute la journée à entendre les voix de ceux qui sont *vraiment* partis. Le Maroc, ce pays qui les humilie, disent-ils, ne leur a pas donné ce qu'ils méritaient.

Les vieux ont appris à être moins difficiles. Ils ont fait le choix de la facilité : attendre, baisser la tête et courber l'échine devant la fatalité. L'attente, c'est ce qui rythme l'existence d'une bonne partie de la population. Et puis, après l'attente, il y a le renoncement. C'est à croire qu'être marocain est une maladie dont on ne guérit pas. Alors, on tire sa force morale de la prière et la religion.

L'été est à son apogée. La chaleur impose une vie au ralenti. On dirait que le désert s'est approché de la ville. Les aisselles se vident de leur sueur. Les femmes aèrent leur entrejambes en soulevant le bas de leur *djellaba*. Les commerçants jettent des seaux d'eau devant leur boutique pour casser la chaleur. La chaleur, ici, on la casse en petits morceaux comme on casse de la glace. Je n'ai toujours pas retrouvé mon chemin et je m'enfonce vers le *Mellah*. À l'époque, le *Mellah* était le quartier des bijoutiers juifs. Avant, on se partageait le Maroc. Il y avait les Chrétiens, les Juifs et nous. Tout le monde se sentait chez soi. Avec le temps, les Français, les colons, se sont faits plus rares. Les Juifs, devenus indésirables, ne se sentaient plus chez eux ; ils se sont envolés vers leur vrai chez eux. Jadis, le *Mellah* était beaucoup aux Juifs et très peu à nous. Maintenant, le *Mellah* est vide de Juifs. Il est à nous. Seulement, le *Mellah* sans les Juifs n'est pas le *Mellah*. Certains disent que depuis qu'ils sont partis, l'or est en larmes et le diamant ne veut plus briller.

Un fou en liberté passe, il a des cheveux crépus dont personne ne veut. Tfou ! Tfou ! Il hurle et crache par terre. Sa bouche sans lèvres, dit :

« Mes frères ! Pour quelques rials, centimes, je vous protège.

— Tu nous protèges de quoi le fou ?

— De vous-mêmes. »

Il voit des choses que personne ne voit. « Tfou ! Tfou ! » continue de crier le fou. Il veut vendre sa part d'existence à qui la veut. Il lance des injures à l'intention d'êtres qui ne sont visibles que de lui. Il porte un chapeau colonial *khaki*. Il a en main une épuisette pour attraper des papillons.

« Il n'y a plus de papillons au Maroc, lui dit l'épicier, ils sont tous partis.

— On aurait dû partir avec eux.

— Tu veux attraper quoi avec ton épuisette ?

— Les superstitions qui engrossent nos esprits !

— Il est complétement fou ! Il faut l'enfermer », conclut l'épicier. Et les autres, ceux qui se disent saints d'esprit, se moquent. Le vendeur de *chfe'nj*, beignets, voit la scène et dit : « Dieu aime parler à travers la bouche des fous. Les plus fous ne sont pas ceux que l'on croit, mes amis. »

« Il est fou… ! Il est malade… ! » continuent de dire les autres.

Le fou se retourne vers eux et dit : « Nous sommes tous malades, mes amis. Être marocain est une pathologie. »

Un vendeur passe avec son âne qui tire une charrette pleine de légumes. Son âne est recouvert de pansements.

« Qu'est-ce qui s'est passé avec ton âne ? Pourquoi il a des pansements partout ? lui demande un client.

— C'est ma femme qui apprend à conduire, mon frère. »

Je suis maintenant sur la place Jemaa el-Fna, entre les attractions folkloriques, les charmeurs de serpents, les conteurs et les vendeurs d'eau au goût de chèvre. C'est ici, qu'entre le XIIe et le XIVe siècles on procédait aux pendaisons et aux décapitations. La bestialité de ces temps est passée, enfin presque. Aujourd'hui, les terrasses sont pleines de monde. On dirait que personne ne travaille. On dirait que les gens n'ont rien à faire. Les bras croisés dans une sensuelle paresse, les hommes sont assis des heures devant un café. Le regard comme un dard, ils scrutent de leurs yeux indiscrets les fesses des filles qui passent. On devine que le désir inassouvi tournoie dans les têtes et les pantalons. Chaque Marocain est face à ses démons intérieurs. On siffle les filles qui passent. On entend le fameux et vulgaire « kss-kss » supposé flatteur pour les filles qui, au vrai, sont sifflées comme des chiennes. On cherche à coucher avec des filles qui ne sont plus vierges. Ça, c'est juste pour coucher. Celles qu'on épouse sont vierges. On dirait que l'honneur des hommes se trouve entre les jambes des femmes. Alors, les filles se dépêchent, les yeux baissés et la *djellaba* boutonnée très haut. Les Marocains et les Marocaines entretiennent un rapport malsain avec la sexualité. L'œil aussi vicieux que l'intention, voilà, qu'un jeune homme tente de séduire une fille : « Kss-kss… » fait-il à la fille, en espérant accrocher son regard.

La fille voûte volontairement les épaules pour masquer l'arrogance de ses seins. Elle ne se laisse pas faire.

« Garde le *kss-kss* pour ta mère, fils de chien, lui répond-t-elle.

— Quand on a un corps et des yeux aussi beaux que les tiens, ma sœur, on a forcément la chatte qui va avec. Une belle fille comme toi, ne devrait pas circuler seule.

— Mon corps promet beaucoup, mais ne donne jamais rien. Tu me prends pour qui fils de chienne ? Tu crois que je "suis du genre à…" ? »

Le garçon fusille du regard la fille, qui le lui rend bien. Elle est inapprochable.

« Tu te crois un homme, alors que tu n'es bon qu'à traîner au café toute la journée ! lui dit-elle. Je vais te décapiter et t'arracher les couilles devant tout le monde ! Et tes couilles, je les fais cuire et je les donne à manger à ta mère, fils de pute.

— Et dire qu'aucun homme ne t'a goûtée ! Tu n'imagines pas le mal que tu nous fais. Pense à toutes ces belles choses dont tu nous prives ! »

Le garçon passe discrètement sa main dans la poche de *djellaba* et, mine de rien, il se masturbe. La fille s'en aperçoit.

« T'as rien d'autre à faire que ça et traîner dans les cafés ?

— Il n'y a rien d'autre à faire dans ce pays, ma sœur.

— Sache que pendant que les hommes sont avec les hommes, la femme, elle, est avec Dieu.

— Viens me sucer, Dieu ne t'en voudra pas. »

La fille se défend comme elle peut. Elle n'a que la violence des mots.

« Va te faire enculer, fils de pute » lui dit-elle, en s'éloignant et en ondulant exagérément de la fesse, dans un silence qui équivaut à un bras d'honneur, laissant le jeune homme, refroidi, avec son sentiment de supériorité et son orgueil de mâle arabe blessé.

Je crois bien que nos hommes ont un problème ; il est entre leurs jambes.

Plus loin, une autre jeune fille semble avoir perdu la raison ; je dis bien : semble. Elle court pieds nus. Elle dit qu'elle a des rêves au fond de la poitrine. Elle dit qu'elle fait ses ablutions dans une fontaine de larmes. Et voilà qu'elle se donne en spectacle et nargue les hommes. Elle s'allonge par terre, relève sa robe, montre son sexe et dit :

« Regardez ma petite *tina*, ma chatte, mon petit *taboun*, ça ne vous plaît pas ça ?

— *Allah s'tr al h'ib*, que Dieu prévienne et répare les erreurs », dit un vieillard en essayant de relever la mauvaise fille.

Ha'chouma. C'est honteux ! C'est inadmissible, en terre d'Islam, ce que fait la jeune fille insolente. Elle fait pencher vers elle tous les regards curieux. Des regards qui veulent voir ce qu'il y a à voir. La position de la fille scandalise la vertu de l'œil du croyant. La voix du vieux s'élève pour chercher des témoins. Habité par la certitude qu'il n'y a que sa religion qui vaille, le vieillard dit à la fille de ramasser sa pudeur et d'aller s'habiller de façon pieuse et décente.

« Mets un voile sur ton visage, espèce de traînée, lui ordonne-t-il.

— Mets-le toi-même sur ta tête, le voile ! Les femmes ne veulent plus se voiler !

— Cette fille est dans les mains du gardien des Enfers », dit le vieillard.

La fille au lèvres peintes en rouge ne se laisse pas décontenancer. Elle poursuit : « Cessez de vous croire obligés de veiller sur l'honneur des femmes. Vous nous tuez avec votre voile ! Vous n'avez pas compris que la virilité est ailleurs ! »

La fille tient tête au vieil homme enturbanné. Elle dit qu'elle n'a peur de personne. Qu'on peut l'insulter comme on veut ; la frapper ; la mettre en prison ; jamais on ne la fera taire. Ni lui enlever de la tête, ce qu'elle pense.

« J'ai défié ma famille, crie-t-elle. Nos frères, nos pères, nos maris, nous ont confisqué la parole. Maintenant, je vous défie, vous autres, vous les hommes du Maroc. Vous vous dites religieux, sous prétexte que vous connaissez deux ou trois Sourates... Oui, vous autres, vous les corrompus, vous avez défiguré notre religion. Que les pères cessent de traquer leurs filles. Que les frères laissent vivre leurs sœurs au lieu de les suivre. Que les mères cessent d'infliger à leurs filles leurs propres échecs. Qu'elles cessent de nous culpabiliser. On ne veut plus de ce statut obscur qui est le nôtre. On veut changer de vie. »

Personne ne réagit. Pas un mot. La fille montre de nouveau sa *tina*.

« Osez me regarder, bande de frustrés, crie la fille. Jours et nuits, vous ne rêvez que de ça. Que les femmes écartent les cuisses. Profitez-en... rincez-vous l'œil. Que vos yeux se réjouissent devant la beauté de ce que nous avons entre les jambes, nous les femmes. Et vous les religieux, au lieu de diffuser les appels à la prière du haut de vos minarets, dites aux imams de toutes les mosquées de prendre leur haut-parleur et de dire aux hommes de ce pays d'apprendre à regarder leur femme et leurs filles autrement. Qu'ils cessent de vouloir les soumettre. Dites aux pères de parler avec leurs filles. Dites-leur d'oser aller au-delà de cette absurde pudeur et d'avoir une vraie relation. Que les pères disent à leurs filles qu'ils les aiment. Elles n'attendent que ça. Est-ce si déshonorant de dire Je t'aime ? Rien n'interdit de le dire. Que les pères embrassent leurs filles avec tendresse. Arrêtez avec votre morale. Abandonnez vos a priori et vos traditions idiotes et soyez de vrais pères au lieu de séquestrer vos filles et les pointer du doigt. Cessez de leur reprocher leurs règles. C'est Dieu qui les a faites ainsi. Et n'oubliez pas que nous sommes le fruit de vos va-et-vient. Nous avons été créées à partir de cette partie de vous. Cette partie dont vous êtes si fiers. Alors, soyez fiers d'avoir des filles, ce n'est pas une honte. Vous les hommes, guérissez donc de ce qu'on a fait de vous. Apprenez à aimer car vous ne savez pas aimer. »

Surpris, les hommes écoutent la fille mais personne ne dit un mot. Et ce que dit la fille risque de lui coûter cher. Au point où elle en est, elle préfère aller jusqu'au bout : « N'ai-je pas raison ? Oh que si ! et vous le savez, vous les soi-disant gardiens de la vertu ! Vous prétendez que la femme est libre ; oui, mais libre et badigeonnée de henné et sagement cloîtrée à l'intérieur des murs de sa maison. Même si le Ciel s'effondre, je ne me tairai pas. Ce que j'ai à dire, je le dirai. »

La fille s'interrompt et éclate de rire au visage de ceux qui la regardent.

« En plus elle rit cette moins-que-rien ! dit un des vieux.

— À mascarade, mascarade et demie, répond-t-elle. Oui je ris de la sottise de vos mœurs. Vos vies ne valent pas mieux que vos traditions. Vous, qui faites de l'homme cet éternel dominateur, et de la femme, son éternelle soumise. On vous a promis des *houris*, des esclaves sexuelles dans le Paradis. Même dans l'au-delà vous voulez continuer à nous soumettre. Votre religion n'en est pas une ; c'est un martyre. Et votre paradis, n'est qu'un enfer. »

Non seulement elle rit, mais personne ne peut l'arrêter : « Vous n'aimez de la femme que son corps. Pour vous, la femme n'est qu'un tas de chair à culbuter pour assouvir vos pulsions. La religion vous interdit de nous approcher quand nous avons nos règles et vous nous sautez dessus dès que nous sommes suffisamment propres, à votre goût. Serez-vous, un jour, en mesure de nous regarder autrement ? Vous êtes cloués là, à m'écouter. Vous pensez que j'ai perdu la tête. Mais vous vous trompez, c'est vous qui n'avez pas toute votre tête. Cette vie, on n'en veut plus. Non merci ! »

Puis la fille se relève. Le bon sens lui dit qu'il est temps de se taire. Elle ajuste sa robe et conclut : « Réfléchissez ! Hors la femme, qu'y a-t-il d'autre ? »

Et le verdict du barbu tombe : « Tu iras en enfer. Dieu t'écoute, fille de rien ! dit-il.

— L'enfer... l'enfer... vous n'avez que ce mot-là en bouche, bande de misogynes. Vous êtes tellement pris dans votre religion, que même vos enfants naissent barbus.

— Dégage de là, fille de Satan !

— Votre vie se résume à manger, prier et éjaculer. Votre désir rectiligne s'épuise dans une décharge rapide. Et nous les femmes, nous ne sommes que des intermédiaires sexuelles. Vous ne savez que perforer. Ah, si seulement, vous pouviez comprendre ce que les femmes comprennent ! Ressentir ce qu'elles ressentent ! »

Puis, la fille disparaît, happée par les odeurs d'épices, de rumeurs, de fritures, de puanteur, de volailles, de poissons, et de on-dit qui affluent de partout. Des policiers en civil, des guetteurs à la solde de l'État, passent mais ne disent rien. Tout va bien. Il ne faut pas inquiéter la rue. Restent de faux aveugles, payés aussi par le gouvernement, qui font mine de tâter l'espace autour d'eux avec leur canne. En tendant l'oreille. La rue nous épie.

C'est un drôle de pays ! Des pays, j'en ai vu d'autres. Jamais aucun ne m'a tant donné. Ni autant pris. Ce pays, je l'aime autant que je le déteste. J'ai le Maroc en héritage au fond du cœur. Nous les Marocains, nous nous réveillons de notre torpeur sitôt qu'un étranger critique notre pays. Même si la plupart d'entre-nous rongent des os, ils n'hésitent pas à montrer les dents sitôt que l'étranger dit du mal sur le Maroc. Le Marocain défend son os. C'est comme ça. Seulement, mon pays c'est aussi le Moyen-Âge déguisé en modernité.

Ne nous méprenons pas. Le Maroc est à double fond. Marrakech n'est pas que ça. Cette ville est pire ! Regardons là-bas, vers la Palmeraie. Là-bas, vers les demeures chic où il faut s'essuyer les pieds avant d'entrer dans le quartier. Là où sont les gens qui ont bien réussi dans la vie et qui ne parlent que de marchés boursiers. Là où se pavanent les existences dorées qui vivent dans le luxe sans modération. Vous savez, là où se vautre la bonne société dans l'empire de la démesure. Sont là, ceux qui ont perdu de vue la réalité. Les résidences sont arrogantes. De la toiture des maisons, on voit dépasser la tête de l'adultère. Pour ces riches-là, l'argent a remplacé Dieu. On dit que certains promoteurs cherchent des terrains constructibles au Paradis. Qu'ils ont déjà emprunté de l'argent à Dieu.

Laissons parler les faits. S'étale ici, l'arrogance de la folie financière. C'est une mutation qui exclut les plus fragiles. Ceux qui ignorent les lois de l'économie moderne. Personne ne peut dire qui possède quoi. Ça pue l'argent ! disent certains. On vit dans l'entre-soi. On met rarement les pieds là où vit le petit peuple. Quand il arrive à ces riches-là de sortir, ils marchent en projetant devant eux l'idée qu'ils se font d'eux-mêmes. Ils sont là, les bien-nés. Les mieux-nés. Ce n'est pas le tiers-monde, ici, non. Il n'y a pas de linge suspendu aux fenêtres des maisons de ces gens écrasés de privilèges. Lorsqu'ils sont malades, ce ne sont que des maladies de riches. Et leur sommeil est un sommeil de riches. Chez eux, l'argent circule toujours dans le même sens : des riches vers les riches. De l'argent, en veux-tu en voilà. L'argent n'engraisse que ceux qui en possèdent.

Voilà, c'est bientôt le début de soirée. C'est l'heure où les premières fraicheurs poussent les gens du dedans vers le dehors. La ville prépare sa nuit. Marrakech devient turbulente. Les enfants, les cireurs de chaussures, cherchent le client. Les renifleurs de colle harcèlent les touristes. Chacun fait ce qu'il a à faire. En général, il suffit d'écouter la rumeur publique pour savoir qui est qui et qui fait quoi. Ici, on voit de suite qui est qui. On ne peut pas se tromper. Ce sont des prostituées qui arpentent les trottoirs populaciers de la médina. Pour certaines, la prostitution a été le moins pire des choix. C'est mieux que mendier. Et ça rapporte plus. À l'ancienne, elles hantent les rues. Un dernier rayon de soleil s'attarde sur la cambrure de leurs reins. Le corps de la prostituée est un corps fait pour susciter le désir. Moulées dans leur *djellaba* serrée, elles incitent le client à venir voir ce qu'il y a en dessous. C'est dans le fond de la médina grouillante, qu'elles sévissent. D'ici, on entend leur rire vulgaire. Celles-là sont des *kâh'bas*, des putains en arabe. Des cagoles outrageusement fardées. Des bas-de-gamme, comme on dit, même si c'est mal dit. Elles louent leur corps pour une bouchée de pain. Celles-là sont réservées aux gens d'ici, aux locaux. Elles vendent leur charme aux plus démunis. Certaines, vont jusqu'à faire crédit.

Dois-je fermer les yeux « comme tout le monde » ou parler des enfants que l'on prostitue ? Ils sont jeunes. Très jeunes. Non, je ne peux me taire. Puisqu'ils sont là devant moi. Et je ne parle même pas de ceux que l'on force dans les arrière-boutiques de la médina. Je ressens du dégoût. Je n'ai pas la force de continuer. Je suffoque. Pour respirer, j'ai besoin d'aller à la ligne.

Les ors du crépuscule s'étalent sur la ville. Le soir, Marrakech se déshabille. Elle échange ses journées pieuses contre des nuits torrides et secrètes. Marrakech, la mécréante, enlève son voile ; et la voilà devenue une putain fardée. Les mosquées complices ferment les yeux. Cette ville ne livre ses secrets qu'à ceux qui savent la regarder. Je quitte la médina pour le *Guéliz*. Les putes bon marché ne sont pas là. Ici, ce sont des putes haut de gamme. Les rues leurs appartiennent. Celles-là, sont pour les clients fortunés. Les espoirs de ces filles ont frappé à toutes les portes, sans qu'aucune ne s'ouvre. On dit d'elles, qu'elles ont cédé au sans-visage qu'est Satan. Elles viennent de loin, ces filles. On les appelle les Belles du Sud. Ou, moins joliment, les *kâh'bas*. Beaucoup de filles viennent des villages pauvres du bas du Maroc. En attendant que la chance leur sourit un jour, elles ont fait croire à leurs parents qu'elles ont trouvé un vrai travail. Elles savaient que là où elles étaient, l'avenir les regardait d'un sale œil. La prostitution les a sifflées comme on siffle une chienne. Être pute, c'est quand-même mieux que d'être mariée de force à un homme qui vous dira d'écarter les cuisses gratuitement. Autant les écarter et gagner de l'argent.

Il y a des blondes, des brunes et des rousses. Elles ont les traits encore poupins mais déjà les visages avouent un grand nombre de péchés. Leur regard semble plus inoffensif que les ondulations de leurs intentions. Être pute à Marrakech n'est pas donné à tout le monde. Il faut s'organiser et bien choisir ses clients. Elles préfèrent les hommes âgés. Les vieux, ça jouit vite et ça ne pose pas de problèmes. Si possible des Français ; ceux-là « paient bien ». Ils viennent pour ça. Les filles prennent toutes les devises. Les bureaux de change, ce n'est pas ce qui manque à Marrakech. Elles sont débrouillardes, les filles. La première chose qu'elles font avant de commencer à travailler est de consulter le taux de change. Combien de clients par jour ? Elles seules le savent ; et Dieu, peut-être.

Ici, au *Guéliz*, on ne marchande pas avec ces putes-là. C'est à prendre ou à laisser. On ne marchande pas avec la jeunesse. On ne peut contraindre aucune jeunesse. Quel âge ont-elles, ces filles aux bouches peintes en rouge ? Quinze ans ? Seize au plus ? Elles sont au sortir de l'adolescence. Les poitrines viennent à peine d'éclore pour certaines. Elles sont encore dans leur jus. Elles sont femmes depuis pas longtemps. Quelques-unes sont encore dans des âges où l'on se cherche encore. Certains corps n'ont pas encore la maturité d'une vraie femme. Les filles sont à mi-chemin et déjà elles sillonnent les trottoirs, les pauvres. À vrai dire, ce sont des mômes piégées par le miroitement d'autres *ailleurs*. Elles ont le culte de la beauté. Que font-elles de leurs journées ? Elles se fatiguent à être belles et elles écoutent pousser leurs hanches. Maladroites sur leurs talons-aiguilles, elles marchent de façon à bien faire sauter leur poitrine. Ces gamines-là, car ce sont des gamines, elles en ont encore la voix, là où l'éducation traditionnelle voudrait qu'elles baissent le regard , non, elles vous fixent droit dans les yeux. Les seins, portés haut, se hasardent à l'extérieur de leur emplacement habituel. Les poitrines s'exhibent et laissent entrevoir, par transparence, la délicate fleur qui fait le bout du sein. Elles sont encore immortelles. La jeunesse autorise toutes les éternités.

Les yeux de ces putes ont vu pas mal de choses. Leurs tétons n'ont pas froid aux yeux. Si leurs seins arrogants pouvaient parler, on en saurait des choses. Elles sont plus belles que belles et elles le savent. L'une d'elles, me glisse à l'oreille dans un français malmené :

« *Yah ch'rif*, descendant du Prophète. Viens lécher le bonheur pour en connaître le goût. Ça va te donner un avant-goût du Paradis.

— Le paradis est hors de prix, lui dis-je.

— Le paradis oui ; moi, mes prix sont raisonnables. Viens que je t'embrasse. »

Elle veut m'embrasser alors qu'on ne sait pas bien embrasser à cet âge. Voyant que je ne réponds plus, elle s'éloigne et arpente le trottoir en trémoussant des fesses avec son sac à main et ses chaussures de contrefaçon. Elle est contrefaite de haut en bas.

Les filles que je vois devant moi recherchent une modernité venue d'ailleurs. Elles sont belles sans ça. Les Marocaines ne sont pas moins belles qu'ailleurs. La beauté s'engouffre de partout en elles. Elles sont tellement jeunes et belles que la femme de Dieu en serait jalouse. D'ailleurs on dit que le Créateur s'est donné plus de mal pour façonner les Marocaines. C'est pour ça qu'elles sont si belles. Qu'elles sont les plus appétissantes. L'une d'entre elles me dit « Louange à Dieu d'avoir donné aux Marocaines les plus belles fesses de la Création, les seins les plus arrondis, les ventres les plus accueillants, les vagins les plus serrés et les plus profonds capables d'accueillir n'importe quel sexe d'homme, du plus timide au plus audacieux. Aucune verge ne se sent aussi bien que dans le vagin d'une Marocaine. Nous contractons nos sexes et nous retenons mieux que personne la verge des hommes. Des filles comme ça, il n'y en a qu'au Paradis. Et à Marrakech. »

Seulement voilà, quelque chose ne va pas. Elles ont honte. Honte d'être putes ? Non, ce n'est pas ça. Elles ont honte de s'appeler Mouna, Najiba ou Fatima. « Avec des noms comme ça, on ne peut pas aller bien loin dans la vie », disent-elles. Quelle idée de s'appeler comme ça ! Elles rêvent de se débaptiser. Alors, elles trichent avec leur prénom. On entend des Samantha et des Vanessa. Elles cherchent à s'occidentaliser. Elles font leur Française. C'est moins, comment dire ? Ça fait moins arabe, disons-le. Elles auraient voulu être *vraiment* françaises et non se contenter de ressembler aux

Françaises. C'est vrai que nous autres, nous avons été tricotées dans les mailles de la honte. La honte a gangréné chaque trottoir, chaque coin de rue. Je ne sais pas pourquoi nous avons toujours honte. Nous avions honte même en tétant le sein de notre mère. Nous ne sommes jamais nous-mêmes. Nous affichons des sourires forcés et nous baissons nos yeux. Nous avons dû naître sous l'emprise de forces obscures.

Jamais le mot prostitution n'est prononcé ici, et pourtant ! Les filles boivent de l'alcool et se droguent pour faire ce qu'elles font. C'est la seule façon de tenir. Il en faut des passes pour payer la drogue. Pour vivre et élever les enfants. C'est péché ce qu'elles font. Seulement, il y a des péchés qui méritent le Paradis. Surtout si c'est un péché commis au nom d'un enfant. Sous son air de fausse vierge auréolée, une poupée me fait un clin d'œil que seule une pute sait faire.

« C'est ma première fois, dit-elle. Personne ne m'a touchée. Tu seras le premier. »

Encore une qui est prête à donner une garantie théologique de sa virginité.

« Je ne me suis jamais montrée nue devant aucun homme, jure-t-elle. Je suis une maison que personne n'a ouverte. »

Personne n'a ouverte ! Autrement dit, vierge ! Elle doit utiliser les kits de virginité que grand-mère fut la première à ramener à Marrakech. Des filles comme ça, des vierges, ça ne court pas les rues. Si, justement. Ça fait le trottoir en attendant d'amasser assez d'argent avant que leur beauté ne se ride. Les battements que l'on entend dans leur poitrine ne sont pas vraiment les battements de leur cœur. Leur cœur bat pour ailleurs. C'est vers là-bas que palpitent leurs espoirs.

Les filles travaillent en bandes. Quand le client est là, en un regard, l'affaire est conclue. Tout se fait ensuite dans un hôtel ou dans le secret d'un riad, à plusieurs. Marrakech laisse faire, à condition de rester discret. S'il n'est rien qui est su, il n'est rien qui est dit. Les filles savent ce qu'elles veulent ; et elles s'y prennent bien. Elles frôlent le client de leurs sens. Les instincts mâles se mettent à l'œuvre. Les filles ne cessent de se contempler dans le regard d'autrui. Obsédées par leur reflet, elles portent leur beauté avec une sorte d'excès. Elles ne savent plus comment être belles, tellement elles sont belles. Elles en deviennent maladroitement belles. Les visages savent jouer des sourires qui fleurissent sur leurs lèvres qui ressemblent à deux pétales rouges. L'une d'entre-elles, qui n'a pas la langue dans la poche, déjà un peu ivre, le corsage serré à éclater, prétend qu'elle fait des passes hallal. Elle me lance un énigmatique appel des yeux. Je lui adresse un sourire prudent.

« Viens, *Ya sah'bi*, mon ami, me dit-elle en arabe. Viens, suis-moi, je suis accueillante. Le Maroc est le pays de l'hospitalité. »

Les filles ont deux yeux comme tout le monde ; sauf qu'elles ne sont pas comme tout le monde. Avec l'œil gauche, elles cherchent le client ; l'œil droit, lui, surveille la police en civil qui rode dans le coin. Elles connaissent les policiers à la canne blanche et les policiers les connaissent bien. Mais la police aux lunettes noires n'est pas un problème. Au Maroc, la police est aveugle. On graisse la patte ; et voilà ! Un billet et on n'en parle plus. Et, justement, devant mes yeux, une pute donne un billet de cinquante dirhams à un policier en civil qui se dépêche de mettre l'argent dans sa poche. Le policier s'éloigne. Un mendiant tend la main au policier qui lui donne une pièce. C'est une bonne action, dit-on. Tout s'achète ici ! Même le Paradis. Même la police. Surtout la police ! Tout le monde a vu que le policier a été soudoyé par la pute, mais personne ne dit rien. Ou n'ose rien dire. C'est illégal, on le sait. Mais ici, c'est justement ce qui est légal qui devient illégal. Ici, être dans la légalité, c'est ne pas être en règle. Les Marocains sont habitués aux passe-droits, aux privilèges, à la corruption, à l'hypocrisie. Le Pouvoir laisse faire. La corruption règne à tous échelons de la société. Nous sommes esclaves d'un rôle et d'un masque. Nous portons une fausse gentillesse. Nous ne sommes pas véridiques. Nous sommes hypocrites et orgueilleux. Nous feignons nos sentiments. Nous disons éprouver, alors que nous n'éprouvons rien. Nos femmes font semblants de jouir. Nos femmes jouent tous les rôles, surtout celui de la putain. Elles subissent en silence. Et c'est une muette complicité générale. Presque une forme de contrat social. Nous ne sommes francs que par à-coups. Nous vivons dans l'imposture et sommes les interprètes de nos propres drames. Et lorsque qu'un nuage passe au-dessus de nos têtes, ce n'est rien d'autre qu'un nuage de vanité.

Et cette dernière pute, qui sent le haschich jusqu'aux portes de l'Enfer et qui me dit :

« On dit que je suis le meilleur tailleur de Marrakech.

— J'ai déjà un costume sur mesure, lui dis-je.

— Je ne taille pas de costumes.

— Quoi alors… ? Des fellations ?

— Non pas des fellations ! Moi, je taille les meilleures pipes de cette ville. C'est pas pareil ! Ce sont les femmes mariées qui font des fellations. Moi, je fais des pipes, monsieur ! »

Mon Dieu, comme elle sent l'alcool !

Nous sommes interrompues par l'appel à la prière du soir. C'est un appel de l'âme ; non, c'est un rappel à l'ordre. La voix du muezzin ordonne aux croyants de se remettre dans le droit chemin. « *Allah Akbar* », disent les minarets. L'air est plein de prières. Non, c'est l'odeur du sperme qui se mélange aux appels à la prière. En un battement de cils, on passe du sexe à la religion. Le Maroc est comme une horloge qui vous donne une heure, mais dont les aiguilles en affichent une autre.

Un fort courant de piété charrie les croyants vers la maison de Dieu. La rue se vide. Les élans vers l'indicible sont irrésistibles. On échappe aux lois de la pesanteur et on monte vers le Créateur. Les croyants cherchent Dieu. Nous cherchons tous quelque chose. Certains cherchent dans les poubelles ; d'autres dans les églises ; d'autres encore dans les mosquées. Ici, devant moi, on joue des coudes à l'entrée de la mosquée Saada. C'est à qui raflera les faveurs d'Allah. Le besoin de Ciel est plus fort que tout. La vie se met à sommeiller le temps de la prière. Les putes font une pause et laissent les religieux parcourir leur religion d'un pas obstiné. Elles reprendront le travail après la prière, dès que Dieu aura le dos tourné. Tant de culte pour un Dieu caché ! N'y a-t-il donc rien pour faire contrepoids ? Nous sommes hantés par le verdict final et notre vie est un long procès. Que peuvent donc demander à Dieu tous ces gens emprunts d'une si grande émotion religieuse ? Tous ces gens qui semblent plus adorateurs de la religion, qu'adorateurs de Dieu ? Enfant déjà, en franchissant la mosquée, j'avais la conviction que les lieux de culte sont le point le plus éloigné du Paradis.

Je dis cela ; cependant, je révère l'Éternel.

Les murs de la ville changent de couleur. Maintenant, les façades renvoient la réverbération de la lumière chaude du couchant. Je vois briller les montagnes enneigées de l'Oukaïméden. On dirait que ces montagnes hautes ont été posées là pour faire croire que l'on ne peut pas aller plus loin. Qu'*ailleurs* n'existe pas. Que nous somme assignés à l'*ici*. Je me demande ce que le sort aurait fait de moi si j'étais restée là ? Au mieux, j'aurais vendu des légumes quelque part ou des figues de barbarie ou encore des épis de maïs cuits à l'eau. Au pire je ne sais pas, on peut tout envisager. J'aurais peut-être connu les mauvais chemins. Qui sait, résignée, je me serais assise sur une chaise au coin d'une rue à distraire mon oisiveté. Peut-être, aurais-je mal tourné en allant me prostituer dans les pays du Golfe à coucher avec des émirs saoudiens ? J'aurais fermé les yeux et j'aurais été avec des hommes de trois fois mon âge. Mais qu'importe, me serais-je dit. J'aurais accepté mon sort, comme tout le monde.

Qui peut le dire ? Peut-être, aurais-je aussi rampé, comme les gens de mon peuple, là, devant moi, vers la mosquée ? Je me serais courbée et j'aurais répondu aux injonctions de la religion en me prosternant devant un dieu inconnu et en me prostituant avec des hommes, aussi inconnus que Dieu. Peut-être que si j'étais restée ici, jeune, j'aurais été tourmentée par l'idée de quitter le Maroc. ; vieille, ma jeunesse, le cadeau le plus précieux, s'étant enfuie au galop, je serais encore assise à la même place ; toujours hantée par l'idée de partir, sans m'être rendu compte que le temps avait vieilli et que j'avais vieilli moi aussi, là, sans m'en apercevoir. Peut-être serais-je voilée et n'aurais-je rien eu de mieux à faire que de salir mon temps au coin d'une rue, à tendre la main aux passants en espérant que quelqu'un y mette une pièce ? Peut-être, à cause de ma différence, on m'aurait crue possédée. L'infatigable superstition qui cadenasse notre peuple m'aurait conduite enchaînée au mausolée Boya Omar. On m'aurait exorcisée, puis droguée ; et on aurait abusé de moi en toute impunité. Encore une fois, j'aurais accepté mon destin, car ici, on vous parle de *mektoub* alors que vous êtes encore dans le ventre de votre mère. Nous sommes un peuple arrimé sur place. Encerclé et menotté d'interdits. C'est comme ça ! C'est le *mektoub* ! Ce *mektoub* qui nous aide. Qui nous rassure et nous déresponsabilise. Qui fait de nous une *race imaginaire*.

Voilà ce qui nous frappe : la résignation. Accepter notre sort avec fatalisme. Sommes-nous vraiment condamnés à vivre avec ce *mektoub* ? Cette histoire que quelqu'un aurait écrite à notre place ? Une chose est certaine, si j'étais restée ici, je n'aurais pas appris à écrire Je au féminin. Aujourd'hui, je peux mettre des « e » là où il faut. Une autre chose est certaine : si j'étais restée ici, je n'aurais jamais été libraire à Paris. Et je n'aurais jamais rencontré Myriam.

Si tout est écrit d'avance, alors, que nous reste-il à écrire ?

7

J'arrive à la maison de mon enfance. La maison indigène, comme je l'appelais quand j'étais enfant. *Djebel al Lach'dar*, la montagne verte. C'est ici, dans ce quartier de Marrakech, que j'ai grandi. Grand-père n'a jamais été un homme d'excès. Parti de rien, il a fini officier. Puis il a vécu humblement avec sa retraite de l'armée française. Il s'est contenté d'une petite existence. Je toque à sa porte. *Qui* ou *que* vais-je trouver ? J'attends longtemps. Je toque encore. Personne ne répond. La voisine sort et ne me reconnaît pas. Elle me demande en arabe si je cherche quelqu'un.

« Je viens voir le *françaoui*, lui dis-je.

— Oh, mon pauvre monsieur !

— Quoi ?... il est mort ?

— Ça, Dieu seul le sait.

— Comment ça ?

— Ça fait deux mois que personne ne l'a vu sortir. Certains disent qu'il n'est plus de ce monde. Mais ici, les gens parlent sans être sûrs de rien. »

Peut-être est-il mort cette fois-ci pour de bon ?

Je toque encore, et encore. Il y a une couche de poussière sur la porte et la poignée. On voit bien qu'il y a longtemps que plus personne n'est venu frapper à cette porte. Il me semble entendre quelque chose bouger à l'intérieur. C'est de bon augure. Vient à mes oreilles un bruit. Je le reconnais, ce bruit. J'ai grandi avec. C'est le bruit des pantoufles de grand-père qui quittent lentement les tranchées de Diên-Biên-Phu pour ouvrir la porte. Il a toujours traîné des pieds, grand-père. Je n'ai connu que ça, de lui. Sa vieillesse. Mais, il a dû être jeune un jour. Les pas s'approchent. Tiens, ça parle. Je l'entends enfin rompre le jeûne de la parole : « Qui me parle ?... Arrêtez de me harceler ! »

Il regarde par le judas.

« C'est qui ? demande-t-il.

— C'est moi !

— C'est qui, moi ?

— Ouvre la porte, grand-père. »

Il m'ouvre. Je le prends et je le serre fort dans mes bras. Il ne faut pas que je pleure devant lui. Pas maintenant ! Il faut que je me retienne. Sinon, il va s'y mettre lui aussi. Gardons nos larmes pour plus tard.

Comment va-t-il ? Il est ce que disait son écriture. Pas bien fort. Comment ne pas s'en apercevoir ? Qu'est-il devenu ? Quelqu'un que je ne reconnais presque plus. C'est lui et ce n'est pas lui. Ah, si seulement il m'avait écouté, il n'en serait pas là. Il s'est laissé aller. Il n'est pas à son avantage. Un état d'âme triste. Je crois voir *L'Homme qui chavire* de Giacometti ;

il a été happé par le vide. Il habite son corps comme on habite une maison hantée. On dirait que je viens visiter un souffrant dont l'état est très préoccupant. L'ouragan des années est passé par là et le temps a opéré sa besogne. C'est un homme abîmé. Son pantalon tient à peine, tellement il est maigre. Heureusement qu'il a des bretelles. On voit la peau sur les os. On dirait que grand-père s'est mis plus de rides à son front. Le visage hâve, il a mauvaise mine. C'est un âge sans âge. Il a une barbe d'ermite. Sa tête s'est enflammée de cheveux blancs. On dirait de la cendre. Est-ce les prémices de l'Enfer, comme le lui souhaitait grand-mère ?

Le temps a modifié sa silhouette. Son corps s'est alourdi. Il est un peu plus voûté que jadis. Sa peau est criblée de taches de vieillesse. Il est vivant mais à peine. Il est dans l'entre-deux. Ses yeux bleus sont épouvantablement tristes. Pire, la tristesse ombre sa figure au point de ne plus voir de ce visage qu'elle. Il ne semble pas y avoir de remède aux maux de l'âme. Tant d'affres, de souffrances, de déceptions ont fait de lui cette douleur errante devant mes yeux. Son erreur a été de rester là. Il a passé sa vie à aller je-ne-sais-où en passant par là où il ne fallait pas. Parfois vite. Parfois moins vite. Parfois, sans s'en apercevoir, il est passé deux fois par le même endroit. Aucune perspective. Il n'a jamais atteint la ligne de fuite. Pourquoi n'a-t-il pas réussi à prendre le bon chemin au lieu d'emprunter ceux qui mènent nulle part ? Manifestement, il ne savait pas où il allait. Pourtant, il y avait mille autres chemins possibles. Comment se fait-il que personne ne lui ait jamais rien dit ?

On voit que ça fait longtemps que tu n'as plus parlé à personne. Tu es dans une vieillesse pensive. Tu dépéris, et ton dépérissement est un avant-goût de l'éternité. Tu cherches tes mots. Il y a comme des gerçures sur ta parole.

« Ça fait longtemps que je t'attendais.

— Je sais grand-père... je sais.

— Jamila, ta mère, est morte. On l'enterre ce soir. »

Il est très tard dans la vie de grand-père. Il est là, seul, très seul, au fond de lui-même. Il est resté emmuré dans cette maison devenue trop grande. Trop sombre. Trop tout. Il a tout donné. Que reste-t-il quand on a tout donné ? Il reste les *restes*, justement. L'autour. Des bouts de vie. Pas grand-chose. Les souvenirs se sont éteints. Plus aucune étincelle de ces années. C'est, maintenant, un lien jauni qui date. Dans sa mémoire, il reste quelque chose de bref qui a duré longtemps. Vivre a été une activité tragique. Le *françaoui* n'a pas été épargné par les griffes noires d'un destin qui s'est mêlé de ce qui ne le regardait pas. Il n'a jamais cherché à profaner les prédictions divines. Ni à désobéir à la force aveugle d'un sort si lourdement attribué. Il a été soumis à un tas d'adjectifs. À croire qu'il était là où il ne fallait pas. Il a passé sa vie auprès d'une Berbère à marcher en bordure des mauvaises intentions de cette femme. Que dire d'elle qui ne soit mensonges, égarements, trahisons et malveillance bien armées ? Elle ne l'a pas raté. Elle a presque tout dilapidé. Combien de fois avait-elle demandé de l'argent à grand-père ; et combien de fois avec cet argent, a-t-elle offert des cadeaux et des habits à son amant. Elle dépouillait son mari pour habiller son amant.

C'est une boueuse relation. Ça a tout dévasté. Cette femme a rasé sa vie. Le combat était inégal. En parlant de grand-mère, le *françaoui* dira plus tard, poliment, que c'était un *amour accidentel* pour ne pas dire un amour ennemi. C'était peut-être pire que ça ! Lui, le mécréant, n'a même pas un morceau de ciel auquel s'accrocher. Je crois qu'il aurait rêvé de dire : « Je te reconnais, toi... tu es Dieu ! »

« Mais comment peut-on être autre chose que musulman ! » disais-tu, grand-mère. Te souviens-tu que tu disais ça ? Moi, je m'en souviens. J'avais une petite amie, oh rien de grave, juste une petite amie... C'était à l'époque de la puberté... Les sens commençaient à parler... Ça n'est jamais allé plus loin que se frôler discrètement la main... et parfois un baiser insistant sur la joue. Parfois, deux baisers. C'était beaucoup. Une fois, en rentrant à la maison, fier de moi, je t'avais dit en arabe, bien sûr :

« *Jdah*, grand-mère... Il faut que je te dise quelque chose. J'ai une amie.

— Une amie... ? Comment ça une amie ?... Elle habite où ? Elle s'appelle comment ?

— Sarah.

— Sarah !... Sarah de chez nous ?...

Et là grand-mère tu as pris l'accent juif pour dire :

— Ou... Saraaah... Saraaah de chez eux ?

— C'est qui “chez eux” ?

— Elle est juive ?

— Oui, elle l'est... et alors ?

— Elle est juste un peu juive ?... ou complètement juive-Juive ?

— Elle est complètement juive. C'est la fille du rabbin.

— Quoi ?... Le raaabin ! Il ne manquait plus ça ! *Ya ouili*... *Ya ouili*... Ô mon malheur, t'es-tu lamentée en te griffant les joues.

— *J'da*... Pourquoi tu penses comme ça ?

— Tu ne te rends pas compte... Elle est juive et toi tu es arabe... Elle n'est pas hallal, cette pute... *Ya ouili*... *Ya ouili*... *Ya ouili.*

— Grand-mère, voyons !

— Il n'y a pas de grand-mère qui tienne. Que vont dire les voisines ? Ces grosses n'attendent que ça pour me jeter la honte à la figure... Elle est juive, mon Dieu... En plus, la fille d'un rabbin... Et ma réputation ? as-tu dit, en te donnant des gifles. Qu'est-ce que j'ai fait au bon Dieu pour mériter ça !

— Arrête de te griffer les joues, grand-mère.

— Elle habite où, cette salope qui veut prendre mon fils ?

— Au quartier juif, grand-mère.

— Pourquoi tu traînes là-bas ? Tu imagines un rabbin renter dans la famille... ! Tu ne crois pas que j'ai suffisamment à faire avec ton alcoolique de grand-père ? Je t'interdis de remettre les pieds dans ce maudit quartier juif. »

Voilà. Sarah est juive. Ça explique tout !

Sarah me trouvait beau. Elle aussi disait que je ne ressemblais pas aux Marocains. Sarah ne m'a jamais reproché d'être arabe. Elle s'en moquait de ça. Et pour moi, elle était Sarah, c'est tout. L'interdiction de la revoir ne m'a pas empêché de le faire, en cachette, chez elle, pour quelques étreintes clandestines, lorsque son père était à la synagogue et sa mère au magasin. Je voulais faire plaisir à Sarah. Je la laissais m'embrasser de toutes les manières qu'elle voulait. Je la laissais faire ce qui lui plaisait. Je voulais qu'elle connaisse ça. Ces premiers plaisirs. Même si moi, je n'éprouvais rien. Disons, qu'on ne s'aimait pas de la même manière. Sarah s'imaginait qu'elle embrassait un garçon. Moi, j'imaginais que c'était deux filles qui s'embrassaient. Tu vois grand-mère, ça aurait pu être une belle histoire entre « ces gens-là » comme tu dis et nous… si… si quoi ? S'il n'y avait pas eu tout ce qu'il y a eu… si tu ne pensais pas ce que tu pensais, comme tous ces autres qui pensent comme toi. Ton histoire n'est ni casher ni hallal. Et contrairement à ce que tu as prétendu, je n'ai jamais su jouer du violon. L'hébreux, je l'ai appris un peu. Je n'attends aucun Messie. En revanche, j'ai rencontré un homme que je n'attendais pas. Ce monsieur est juif. Il s'appelle Monsieur Azoulay. Il vend des livres à des mécréants et je ne t'en dirais pas plus.

Bref, passons. Et Aïcha, qu'est devenue la bonne noire, celle qui disait être mal née ? Le destin a bien voulu revenir sur sa décision et arranger les choses. La négresse blanche, ce corps qu'une main céleste avait pétri, n'a pas fini vieille fille, comme le lui souhaitait grand-mère. Et Dieu sait si elle a souffert. Elle aurait pu s'appeler Consentement. Toujours à portée de main, elle a servi sa maîtresse avec un dévouement exemplaire. Elle a accepté les besognes les plus ingrates qu'on lui a infligées. Elle a pris sur elle et s'est acquittée de toutes les tâches, y compris se faire maltraiter sans broncher ; y compris se faire humilier en disant merci ; y compris être violemment frappée. Elle avait beau supplier du regard, la bonne s'entendait dire par sa maîtresse : « Regarde comme tu mouilles ta culotte de peur, salope ! » Nul n'aurait trouvé à redire sur le dévouement de la bonne ; sauf grand-mère, bien sûr.

Finalement, elle a réalisé son rêve, la geisha arabe. Elle avait l'âge de vivre ses choix. Il n'y a aucun crime à vouloir faire l'usage du monde. Ses bras étaient faits pour qu'un homme s'y berce. Ça faisait longtemps que ses entrailles affamées exigeaient que quelqu'un aille loin dans son ventre inoccupé. Qu'un homme fasse souffrir, ce ventre affamé de grossesses. Qu'un sexe prenne instinctivement la bonne direction ; qu'il aille jusqu'où se font les enfants ; et que le mâle bute au fond de l'urne de ses hanches. De loin comme de près, on entendait les humeurs muettes de son corps. Cette fille n'était pas une fille facile. Ce n'était pas une fille de la rue. Les temps étaient venus et elle a, finalement, fait don de son avenir. Elle a dit oui à quelqu'un qui s'est mis à genoux devant elle. Elle a cessé d'être vulgairement sifflée dans la rue. Délivrée de sa servitude et affranchie par grand-père, elle s'était mariée. La princesse aux pieds nus a été élevée au rang de mère de famille. Grand-père, dont l'âme a toujours débordé de bonté, lui a donné tous les habits de valeur et tous les bijoux en or de grand-mère. Il a payé le mariage à ce corps qu'il a tant célébré. Il lui devait bien ça. Elle lui a tout donné, jusqu'à sa virginité. Sa virginité, elle l'a offerte à un vieux. Et mécréant de surcroit.

« Tu es vierge, Aïcha ? lui avais-je demandé, un jour.

— Je ne le suis plus.

— C'est grand-père qui t'a … ?

— Oui, c'est lui qui m'a déflorée. Et je souhaite à toutes les filles de rentrer dans le monde ainsi. »

Longtemps, elle rougira de son aveu. Elle valait bien le temps que le Français lui a consacré. Quoi qu'en ait dit grand-mère, Aïcha ne sentait pas la chienne. Elle sentait l'odeur de cuisine. Elle sentait l'ail, l'oignon et la viande de mouton. Elle avait beau se laver, elle sentait. C'est tenace l'odeur de l'ail et l'oignon. Non, elle n'avait pas une odeur de négresse. Et ses enfants ne seront pas des négrillons. La divine Aïcha était une fille de bonne famille. Elle a toujours été l'égale des autres femmes.

Les bourdonnements du dehors n'entrent plus dans la maison de grand-père. Il a tué la vie en lui. Il n'a plus la force d'affronter le monde extérieur. Il a dressé une barricade entre lui et tout le reste. Son isolement n'a fait que croître. Ça sent le renfermé. C'est à présent un endroit rarement visité par le soleil. Les fenêtres sont fermées et la maison est plongée dans l'obscurité. Les fenêtres, je les ouvre. La clarté entre ; les yeux de grand-père, habitués à la pénombre, se referment aussitôt. Il ne peut subir aucune lumière. Ça l'aveugle. Bien sûr, je ne parle pas de grand-mère. Il n'en parlera pas, non plus. Inutile de réveiller ce qui dort. On ne fouette pas un mort ! Une grenade à Diên-Biên-Phu a emporté la paroi sur laquelle était accrochée le souvenir de cette femme enterrée dans une tombe anonyme au cimetière musulman de Bab Ghmat. Traîne par terre une paire de boucles d'oreilles en or ayant appartenu à grand-mère et oubliée là depuis tant d'années. Je ramasse les boucles d'oreilles laissées là et les mets dans ma poche. La mort a emporté grand-mère mais elle a oublié son fantôme qui hante encore la maison. Il est là, derrière la porte de ce qui fut sa chambre. Il faut que j'aère là aussi. La poussière a recouvert le métal de la poignée de porte. Personne n'y a mis les pieds depuis longtemps, dans cette chambre. Grand-père n'en a jamais franchi le seuil. Il n'a jamais voulu renter là où dormait l'homme qui couchait avec sa femme.

L'âme vaniteuse de grand-mère n'a pas quitté la maison. Elle a beau n'être que poussière, elle est présente et je la sens revenir des ténèbres, dans sa Splendide Magnificence, surchargée de bijoux bruyants flottant sur son corps. Je vois son image sortir de plusieurs années de sommeil. Elle n'a rien perdu de ses airs hautains. De ses regards méprisants. Sa voix saute au visage. On entend le bruit de ses pas. Je revois son regard qui semblait toujours dominer les circonstances. Les murs ont tout gardé. La mort n'a pas éteint l'écho de ses colères. La mort n'éteint rien ! Je la revois dans le lit avec son amant. Je la revois morte et nue avant que l'on ne l'enveloppe d'un linceul. Grand-mère rêvait d'enterrer le Français. C'est lui qui l'a enterrée.

Désormais, plus aucun cordage ne retient grand-père à la terre. Les deux ou trois amis français qu'il avait, ses compagnons d'élégie, ses frères de débauche, se sont éteints les uns après les autres. Il est resté seul et c'est avec la bouteille qu'il s'est le mieux entendu. Ses gestes sont lents. Il se sert un verre de vin rouge et, affaibli, c'est au prix d'un effort extrême qu'il tente de se relever. Il n'y arrive pas, je l'entends maugréer : « Ah ce corps, quelle absurde enveloppe ! » Soir et matin, il a passé sa vie à boire. L'effet dévastateur de l'alcool se montre au grand jour. Je vous laisse imaginer ce qu'il est devenu. Il se relève confusément, ne sachant trop où aller. C'est le revers de l'avers. Son corps a du mal à garder l'équilibre. Il parle comme parle un alcoolique. Il dérape sur les mots. On a du mal à comprendre ce qu'il dit. Mais comme je suis seule avec lui, ça reste entre lui et moi ; et je raconte.

Il est encore lourd du vin de la veille. Son haleine parle d'elle-même. Il ne semble pas très solide. Il n'arrive pas à faire les bons gestes. Les murs, les chaises et les meubles lui servent de points d'appuis. Ses jambes le trahissent. Achoppant sur le moindre obstacle, il essaie de rester digne. Il se sent en disgrâce. La vieillesse est la pire des disgrâces. Pourtant, il essaie de faire bonne figure. Mais il a fort à faire. Il trébuche. Si je ne l'avais pas rattrapé à temps, c'était sa tête contre le coin de la table basse en fer forgé. Il ne faut plus que je le laisse seul. Plus jamais.

Je déambule dans son silence. Son lit à un seul creux est défait. Les draps sont à terre. Presque tout demeure pareil à jadis, sauf, qu'il n'y a plus les bonnes odeurs de cuisine d'autrefois. Sauf, que les murs sont plus décrépis qu'avant. Les meubles ont été maltraités par les années, ont vieilli. Ça a fait son temps. Le vernis s'est écaillé. Le bois a été attaqué par des insectes parasites. Des bouteilles de vin jonchent le sol. Grand-père est aussi un homme à terre. Pour tenir à distance sa douleur, il a passé sa vie à boire. J'enjambe ce qui traîne par terre. Comment a-t-il pu vivre au milieu de tout ça ! Les rideaux sont sales. Je nettoie la poussière et fais disparaître les toiles d'araignées. Au coin d'un mur, je découvre un livre allongé par terre. C'est *Anna Karénine* qui est au sol. Grand-père se baisse et le ramasse d'une main tremblante.

« Tu as lu *Anna Karénine* ? me demande-t-il.

— Oui grand-père. J'ai lu la passion coupable d'Alexis Vronski et d'Anna Karénine. C'est violent. »

Voilà pourquoi grand-père appelait l'amant de grand-mère Vronski. Mehdi, cet alligator souriant, tout comme Vronski, avait brisé le couple de grand-père. Et grand-père ne peut même pas dire qu'il partageait sa femme avec un autre. Elle n'a jamais été à lui, cette femme. Aucun corps de femme n'appartient vraiment à un homme. L'adultère, ce drame plus ancien que la mémoire ! Qu'est-il devenu, celui-là, ce Mehdi, cet onagre quelconque, ce profiteur, cet escroc sentimental ? Nous n'en saurons rien. Et c'est tant mieux. Certainement pas au Paradis. Aucun paradis n'accueille celui qui souille la femme d'autrui, même avec le consentement de celle-ci.

Passons vite. Sans salir sa mémoire, grand-mère avait réglé avec bassesse ce qui aurait pu être réglé avec une certaine grandeur.

Que le mariage soit honorable et que le lit conjugal soit sans souillure, avaient dit les *adouls* qui avaient marié grand-père et grand-mère. Mais grand-père s'était fait piéger dans ce « tomber amoureux ». Ne savait-il pas qu'il s'était marié avec le nœud-coulant de la corde qu'on lui avait mise au cou ?

Le Français a été pressé jusqu'à la dernière goutte par cette femme qui a fauté et n'était rien d'autre qu'une entretenue. Ce n'était pas la peine de vérifier l'incompatibilité de leurs épidermes. Elle vivait en Arabe ; lui, vivait en Français. Elle a tapé là où ça a fait le plus mal. Il ne vivait que pour ça, grand-père. Avec lui, les livres s'ouvraient à la bonne page. Les livres, c'était la basse-fosse où agonisaient ses rêves.

« Ça ne te manque pas les livres, grand-père ?

— Tu sais, les vrais chefs-d'œuvre reposent au fond de nos âmes. »

Je change les draps de grand-père. Il frissonne. On dirait qu'il a froid.

« Il n'y a guère que l'alcool qui calme les maudits tremblements de mes membres ! » me dit-il, la voix tremblée.

L'alcool a été une malédiction supplémentaire. Son œil bleu est larmoyant. Il me parle des *viêts*, de la cuvette de Diên-Biên-Phu et de cette plaine du Vietnam qu'il a si bien connue. La guerre n'a jamais cessé pour lui.

« Tu sais, me dit-il, le Général est mort. »

Grand-père s'est enfin rendu compte que le Général de Gaulle n'est plus là.

« Il faut y aller, grand-père, lui dis-je.

— Où ça ?

— À l'enterrement, grand-père.

— Ah oui ! »

Sa fille est morte. Jamais, je ne l'ai jamais entendu dire du mal d'elle. Grand-mère, elle, ne s'est pas gênée. Je l'entends encore dire : « Cette femme confond le sexe raide des hommes avec le goulot d'une bouteille. Son ventre est une jarre emplie de sperme. »

« Il faut enlever tes pantoufles pour sortir, grand-père

— Ah oui ! »

Il ne peut pas se baisser. Je lui dis de s'assoir. Je cherche une bassine d'eau tiède. Je m'agenouille et lui lave les pieds. Je les sèche et lui mets des chaussettes propres. Je lui mets ses souliers et je fais les lacets.

« Voilà grand-père. Tu es prêt. Tu as tes souliers aux pieds. »

Je dis souliers et non chaussures. Il a vite fait de me reprendre. Je l'aide à endosser la veste de son costume. On se tient par le bras comme se tiennent les couples. Nous prenons une calèche tirée par deux chevaux maigres et assoiffés. Les mains de grand-père sont prises de tremblements. Il n'y a qu'une solution pour faire cesser ça : l'alcool !

« Tu veux un verre, grand-père ?

— Non.

— Pourquoi ?

— Pas en public. Tu sais bien à quel point on est croyant, ici. »

Dans l'ombre de Dieu, des mendiants sont assis accroupis le long des murs du cimetière ocre et craquelé par la sécheresse. Ce n'est pas donné à tout le monde d'être mendiant au Maroc. Il faut commencer jeune et faire pitié. Ne leur demandons pas ce qu'est vivre dignement puisque cette dignité, ils l'ont mise de côté. Comme cette femme assise en tailleur avec un bébé malformé dans les bras et un autre dans son ventre. Le bébé malformé ronge un morceau de pain dur comme on ronge un os. L'avenir des enfants est inscrit dans les yeux tristes de la mère qui apprend à sa progéniture le métier de mendiant. Le bébé apprend vite. Ses yeux maîtrisent déjà l'art de regarder pour soutirer.

Sur la place ombragée de palmiers, à côté de la mendiante assise sur une peau de mouton, un autre mendiant aveugle et boiteux à qui il manque une jambe et qui prend appui sur un bout de bois, s'approche de grand-père. Il harcèle les visiteurs du cimetière en promettant à celui qui lui donnera une pièce d'aller rejoindre les violents plaisirs du Paradis. Il dit à grand-père :

« Dieu n'est pas radin, mais il n'a pas assez d'argent pour tout le monde. Donne-moi ce que tu peux.

— Le Créateur s'est moqué de nous ! lui répond grand-père, dans un arabe parfait. La main manucurée de Dieu ne se posera jamais sur ceux qui sont dans le besoin. Dieu est capitaliste. »

Grand-père jongle avec les deux langues. Ne parler qu'une seule langue est une voie sans issue. Voilà ce qu'il m'a toujours dit.

Puis, toujours prêt à tendre la main, d'un geste presque christique, grand-père donne quelques dirhams au mendiant. Faire l'aumône est un devoir sacré pour le Musulman. Il n'a jamais dit non aux mendiants. Grand-père a toujours donné à ceux qui sont dans la gêne même s'il dit que la charité n'est que vanité de l'âme. Bien sûr qu'on a pitié. Bien sûr qu'on met de l'argent dans la sébile. Même si l'on sait que le bébé n'est pas si malformé et que l'aveugle n'est pas si aveugle que ça. Nous en avons beaucoup au Maroc, des aveugles de naissance qui retrouvent la vue quand ça les arrange. Mais c'est comme ça qu'on nourrit une famille. Vivre de la mendicité est un vrai métier, ici. Mais que peut faire la mendiante ? Que dire à ses enfants qui détournent déjà les yeux d'un devenir flou ? Leur mère n'a que le doute à leur transmettre.

Le cimetière est délabré. Il faut se frayer un passage parmi les mauvaises herbes. La nuit, c'est ici que dorment les sans-abris. À force de n'être personne, ils sont devenus des moins-que-rien qui se réfugient là. Il y a du monde autour des tombes. Les gens se recueillent. Grand-père ne veut pas entrer dans le cimetière. Je crois qu'il ne supporte pas de voir sa fille au fond d'un trou. Il préfère m'attendre dehors.

Nous sommes aux ides d'août. On enterre maman. Je rentre dans le cimetière et je reste à l'écart.

« Maman, je suis venue te parler de la vie que nous

n'avons pas eue. Te dire ce qu'on aurait pu se dire. Je ne t'en veux pas, tu sais. Ça a été une longue histoire depuis que tu as couché avec cet artisan inconnu qui m'a donné la vie. Je suis venue te dire ce que je n'ai pas pu dire de ton vivant. Quand ton ventre a mûri, et que l'heure était venue que tu accouches de moi, quand le travail a commencé, quand tu as perdu les eaux. Te rappelles-tu ? Tu as poussé si fort que je suis sortie de ton ventre avec du sang. Et toute la haine que tu avais pour moi a coulé. »

Autour de la tombe sans amour, il y a une jeune fille et deux garçons qui ressemblent à maman. La fille est aussi belle que la Nuit du Destin. Je crois, mais je crois seulement, que ce sont les enfants de maman ; non, je ne crois pas : j'en suis certaine. La fille me regarde. À ses yeux, je vois qu'on sort du même ventre ; on ne peut pas se tromper. La fille s'appelle Sanah et les garçons Jawad et Imad. À côté d'eux, il y a un homme. C'est le père, il s'appelle Kanouni Bouchaïb. Quelqu'un l'a appelé comme ça. Il est vêtu d'un *selham* blanc, d'une cape blanche et d'un chapelet gardé par des mains croisées derrière le dos. Je vois à leurs yeux qu'ils se demandent qui je suis. Maman, aurais-tu oublié de leur dire que ton père est français ? Ne leur as-tu pas dit qu'un jour, tu as eu un enfant que tu appelais nez de Juif ? Tiens, il est là ton père, aussi. Il est dehors à moitié ivre. Il n'a pas voulu entrer. Je n'ai pas essayé de le forcer. Tu te doutes bien qu'il t'a imaginée dans toutes les positions. Sauf celle dans laquelle tu es, aujourd'hui.

Moi : Je comprenais, tu sais. Les enfants comprennent toujours. Je n'étais pas ce dont tu rêvais, c'est tout. Toute mon enfance, je n'ai fait que te voir de dos. Que te voir partir tout le temps. Jamila, ma mère, je suis là pour implorer ton amour. Tu vois, je suis femme, même si je porte un costume d'homme. C'est étrange, je sais. Tout a toujours été étrange.

Maman : …

Moi : Je n'ai commis aucun crime, pas même celui de tuer ton souvenir. Tu vois, je te reviens en plein visage. On peut avoir plusieurs pères, mais on n'a qu'une seule mère. Tu n'as jamais voulu que je t'appelle maman. Et pourtant, je suis la chair de ta chair. « Maman » était, pour moi, un mot qui allait de soi. Laisse-moi maintenant que tu es morte t'appeler Maman. Tu avais honte de moi. Mais maintenant, tu ne peux plus avoir honte. Enfin, je ne pense pas. Je te promets que je dirais maman à voix basse. Je croyais qu'on pouvait dire ce mot à haute voix. Ce n'est, pourtant, pas honteux de dire maman. Tu sais, je voyais les autres enfants, à la sortie de l'école, courir vers leur mère et, tout joyeux, ils criaient fort, très fort : "Maman… Maman !" Les mamans se baissaient et prenaient leur enfant dans les bras. Je n'ai pas eu cette chance. Sache que les seuls moments où je me suis sentie vraiment proche de toi, c'était dans ton ventre. De quoi étais-je coupable ? De ne pas être comme tout le monde ?

Maman : …

Moi : À défaut de toi, j'ai été ma propre mère. Je me suis parlé. Je me suis dit des choses que j'aurais tant aimé que tu me dises. Je me suis même embrassée. C'est impossible de s'embrasser soi-même, dis-tu ? Si maman, avec toi, tout est possible. Je me suis regardée dans la glace et combien de fois ai-je vu mon rimmel couler ? Mais je me suis reconstruite autrement. Je crois que nous sommes toujours autrement.

On se retourne vers moi. Les gens se demandent avec qui je parle. Cette fois, je ne me tairais pas ! Je suis là pour dire ce que j'ai à dire.

Moi : Maman, dès que tu voyais un homme, tu avais envie de l'avoir entre les jambes. Tu avais la cuisse docile, disait-on. Te rappelles-tu, lorsque tu recevais tes hommes, moi, croyant bien faire, je venais près de vous. Je m'asseyais par terre et je cirais les chaussures des hommes que tu recevais. Je croyais que ça te faisait plaisir. Je voulais que tu sois heureuse. Je voulais qu'un de ces hommes reste avec toi, alors je frottais du mieux que je pouvais leurs chaussures. Je ne savais pas que je te faisais honte, maman.

Maman : ...

Moi : Tu te tais. Tu ne réponds pas. Tu dors, maman, réveille-toi. Je n'imaginais pas que tu puisses mourir un jour. J'ai du mal à croire que c'est vrai. J'ai bougé sept mois et quelques jours dans ton ventre ; et toi, tu as bougé en moi toute ma vie. Tu n'as pas eu de temps pour moi. Je ne demandais pourtant pas grand-chose. Tu n'as pas eu le temps de m'aimer, même un peu ; de m'aimer entre deux hommes. Je me serais contentée de ça. J'aurais tellement voulu que tu sois fière de moi. Je ressemble comme deux gouttes d'eau à tes enfants. Sauf que je suis blonde. C'est normal, ce n'est pas le même père. Au fait, c'est qui le mien, de père ? Je me suis toujours posé la question. Ah, tu ne sais plus ! D'accord maman, ce n'est pas grave. Passons. J'ai passé sur tellement de choses ! Tout ce que je te demande, c'est de me serrer dans tes bras ! Dis-moi que je suis belle. Regarde, ta fille est là.

Maman : ...

Moi : J'aurais tellement aimé que tu fasses semblant de m'aimer, ne serait-ce qu'une fois. Une seule. Ce n'est pas grand-chose. Tu peux même mentir. Dis-le-moi et j'y croirai. Je suis prête à tout croire. Tu ne peux pas t'imaginer combien j'ai besoin que tu me dises Je t'aime. Te souviens-tu de ce jour où tu m'as abandonnée ? Par la fenêtre grillagée, je t'ai regardée t'éloigner. Grand-mère a dit que tu étais une putain. Que tu passais de lit en lit et de mains en mains. Que tu offrais ton ventre au premier venu. Moi, je n'ai jamais rien dit. Étais-tu vraiment une putain ou juste une hétaïre ? Tu disais ce qui ne se dit pas. Tu faisais ce qui ne se fait pas. Rien ne t'était interdit. Certains ont même dit que tu seras heureuse dans la tombe. C'était l'endroit le plus sûr où tu pourrais te masturber à l'abri du regard d'autrui. Et soulager ton vagin jamais satisfait.

Maman : ...

Moi : Ah, ça ne te plaît pas que je raconte tout ça ? Tu ne supportes pas ? Pardon de te parler comme ça. Toi, la bouche avide de sexes d'hommes, tu es allée jusqu'à contracter des mariages à durée déterminée, très courants chez les chiites. Tu sais, ces mariages temporaires ! Ces mariages de plaisir appelés *mut'a* ou *Sigheh* en Iran. Il suffit d'un accord oral entre l'homme et la femme. C'est bien pratique, maman, n'est-ce pas ? Tu te mariais pour une heure ou deux. Parfois pour la nuit. Je m'en souviens. Je me souviens de tout, maman.

Maman : …

Moi : Y-a-t-il un endroit aussi obscur que là où tu es ? T'es-tu déjà posé la question de savoir comment sera ta première nuit, seule, dans cette tombe ? Cette première nuit qui a fait pleurer des savants musulmans et plaindre tant de sages ? Ce soir, tu dormiras seule. On dit que cet espace étroit se rétrécira sur toi jusqu'à ce que tu avoues tout. Tu es séparée de tout, sauf de tes œuvres.

Maman : …

Moi : Tu m'écoutes ?

Maman : …

Moi : Maman, toi, la femme pas complètement française. Pas complètement arabe. Toi, ce mélange ! Toi, la fille au sang brouillé. Ton sang coule en moi. J'ai du sang arabe et français, moi aussi. Toi et moi, on n'a jamais ressemblé aux gens d'ici. Tu étais une femme libre dans un pays où l'interdit est partout. On a dit de toi que tu étais incapable de garder les cuisses serrées dès que tu voyais un homme. C'est fini tout ça. À présent, tes cuisses sont bien serrées. Elles ne s'écarteront plus jamais.

Un vent de sable rouge souffle. Je regarde ma demi-sœur. Son regard est mouillé.

Moi : De là où tu es maman, d'en-bas, depuis ta demeure obscure, tu entendras résonner mes pas lorsque je m'éloignerai. Je respecterai le deuil des quarante jours. Et je demande à Allah de t'épargner les châtiments. Qu'Il illumine ta tombe. Qu'Il mette du baume sur tes péchés et te recouvre de Sa Miséricorde. *Amin*.

Maman : …

Moi : Je m'en vais, maman. Je vais bientôt m'élancer vers la France. Je ne reviendrai plus. C'est à *ailleurs* que j'appartiens. Je me ferais croire que tu m'as aimée. J'aimerais imaginer que ça eu lieu. Tu seras pour moi bien plus qu'un souvenir.

Le jour s'assoupit et la lumière commence à se faire avare. On voit la réverbération d'une autre lumière pourpre. C'est un lever de pleine lune. Je rejoins grand-père. Nous partons avant que le soir ne descende et que les *jnouns*, de leurs pas feutrés, ne sortent rendre visite aux morts. Je prends le bras de grand-père pour qu'il ne titube pas. Quelqu'un a commandé au ciel, la pluie. Nous nous éloignons sous des nuages sombres qui préviennent d'un orage d'été qui soulagera les cieux de leurs eaux.

8

Le destin s'était présenté à grand-père sous la parure d'une femme berbère. Une folle ardeur l'avait poussé dans les rets de cette mante religieuse et les malveillances du hasard ont dicté la suite. Elle savait ce qu'elle faisait, la Berbère. Le *françaoui* s'est acquitté de tout. Il en a payé le tribut. Il a pourtant su tenir sa langue. N'a jamais rien dit. Mieux valait. Il savait que chaque parole pouvait se retourner contre lui. Cette femme, il a dû l'aimer un peu ; car, quand on aime, on accepte tout. Même ce qu'on déteste le plus chez l'autre. Et elle, de l'amour, elle n'en avait pas une goutte. Pour elle, il représentait l'ennemi. Comment peut-on tomber amoureux de l'ennemi ! L'ennemi, on le piétine. On le traîne dans la boue. C'est ce qu'elle a fait. C'était la guerre sous un toit. Et lui, il a consenti toute sa vie. Dieu sait si on lui en a jeté des choses à la face ! À lui seul, il a porté le poids de tous les colons. Je ne crois pas, grand-mère, que tu avais de quoi sourire dans ta tombe. Oui, toi, cette femme arabe qui était si fière ; tellement fière de l'être, sache que je n'ai jamais chercher à aller par-delà toi. Sache que je n'ai jamais tenté de soulever les caftans de la généalogie, de peur d'y découvrir d'autres puanteurs.

Désormais, voilà grand-père bien seul. Beaucoup de voisins, mais pas d'amis. À bien y réfléchir, sa place n'est plus ici, à cuver son malheur et à regarder son avenir au fond d'un verre. J'en profite pour le convaincre de quitter le Maroc. Cela dit, le voudra-t-il ? Il est tard dans sa vie. S'il ose se l'avouer, il dira que ses jours sont comptés. C'est là-bas que sa vie a commencé. C'est là-bas qu'elle doit s'achever. Il est temps de passer à autre chose. La mémoire est faite pour oublier ce qu'il faut oublier. Aucun chagrin n'est définitif.

« Viens grand-père. On va surprendre le destin.

— Comment ?

— On part en France.

— Ce n'est pas raisonnable. »

Dans sa tête, le chemin est tout tracé. Il finira ses jours ici, dans cette vie retirée. Je te regarde grand-père, et à te voir tel que tu es, je n'ose te dire combien le temps vieillit vite. Tu es dans l'entre-temps, tu sais cette période qui sépare le début de la fin. Toi, tu es à la fin de ton entre-temps. Il n'y a pas beaucoup de temps dans une vie. Tu sens comme le temps presse ?

« De toute façon, c'est trop tard, dit-il. Je suis trop vieux. À quoi bon importuner le sort ?

— Ce n'est jamais trop tard.

— C'est de la folie.

— Les folies sont les seules choses qu'on ne regrette jamais. »

Je sens sa molle résistance. Il dit :

« C'est un peu risqué, non ?

— Ça en vaut la peine, non ? »

Au fond de lui, il sait qu'il n'y a plus rien à faire ici.

« N'oublie pas, grand-père, que les années les plus belles sont celles qu'on n'a pas encore vécues. »

Il cherche un reste de courage et dit :

« Tu crois ?

— On doit !

— C'est entendu. Partons. »

Oui partons. Il y a la vie et il y a ce que l'on en fait. Tout ça pour ça ! Ici, il est et restera toujours un étranger ; celui que les gens appellent le *francaoui* ! Le colon ! Ici, il errerait dans un présent lointain. Que fera-t-il d'autre que se recueillir sur son passé ? Il sait qu'il lui reste peu à vivre et je sais que je me mordrais les doigts en le laissant là, à ruminer ses souvenirs. Je lui dois tout. Grâce lui soit rendue.

Grand-père fait venir les pauvres. Il leur donne tout ce qu'il a empilé de son passé. En peu de temps un attroupement se forme devant la maison. C'est la brocante de sa vie. De l'argenterie, des caftans de grand-mère, une gazinière, des meubles, des rideaux, un vieux lit à deux places, une théière, des cravates, et tout son passé. Il fait don de tout ça. Il donne pour se libérer de ses jours d'avant. C'est une libération. Il ne veut plus rien de tout ça. En une heure tout est vide. Chaque mendiant est reparti avec quelque chose.

C'est la dernière nuit que nous passons à Marrakech. Nous partons demain matin. Grand-père sait qu'il ne remettra plus jamais les pieds vivant au Maroc. Pour cette dernière nuit, je lui fais une surprise.

« On sort ce soir, grand-père ?

— Où ça ?

— Tu verras. »

Nous prenons une calèche et je demande au cocher de faire le tour de Marrakech. Les rues bruissent et la lumière tombante éclaire la ville de tous ses ocres. Par hasard, notre calèche longe le mur du cimetière Bab Ghmat, là où se trouvent les deux carrés musulmans. Là où dorment grand-mère et maman dans une tombe sans plaque et sans nom. Leur âme est enterrée dans le ciel parmi les leurs. Je n'ose demander à grand-père si sa Berbère a aimé lire *Les Fleurs du mal* dans l'au-delà.

« Que tes deux femmes reposent tranquillement, dis-je, à grand-père.

— *Inch'Allah*. Laissons-les à leur repos. Que la paix soit sur elles. »

Je regarde sa main et je ne sais comment lui poser la question. Quelque chose le relie encore à cette femme. C'est l'alliance qu'il porte au quatrième doigt de la main gauche. Cette main mariée. En vérité, cette bague n'a jamais quitté son doigt.

« Dis-moi, grand-père ?

— Oui ?

— As-tu aimé grand-mère ? »

Je n'ai aucune réponse. Il fait le sourd. Les vieux savent faire le sourd. En tous les cas, elle, ne l'a pas aimé. Si elle l'avait vraiment aimé, aurait-elle fait tout ce qu'elle a fait ? Grand-père n'a pas été épargné. Ça lui a beaucoup coûté. Le cocher s'éloigne du cimetière. Grand-père lève la main et fait un geste de la main qui veut dire adieu à ses deux femmes. Ou qui veut dire : « Je m'en vais. » Ou qui veut dire : « Je vous ai aimées. » Ou qui veut dire peut-être autre chose, je ne sais pas. Ce que je sais, c'est que sa vie s'est réduite à passer à côté de lui. Bref, en guise de réponse à ma question, il me dit cette phrase échappée, je crois, de je ne sais quelle lecture ; ou, peut-être, est-ce une phrase de lui ? : « Ce n'est pas le premier amour qui compte, ni le second, ni le dernier. C'est la femme avec laquelle on a vécu. »

Il y a quelque chose d'inguérissable qui traverse le regard de grand-père. On n'a rien donné quand on n'a pas tout donné. Il a tout donné. Des frissons s'emparent de sa voix.

Et sa voix est celle de celui qui a tout pardonné.

Des étoiles filantes se battent, là-haut, dans le ciel. Ici, aucune nuit n'est pareil à une autre. On dirait que chaque nuit s'empare de la nuit précédente. Les mains de grand-père sont prises à nouveaux de tremblements. Il serre les poings mais ne se plaint pas. Il dit qu'il n'a pas le droit de se plaindre quand il voit toute cette misère, dehors. D'autres mendiants sont adossés le long du cimetière. Les enfants de personne, les enfants de la rue, les laissés-pour-compte, sont là, sur une décharge cruelle. C'est un bagne pour enfants. C'est une maison de correction pour je ne sais quelle raison. Un espace d'existence partagé avec les rats. Ils sont là, les infréquentables. Les inutiles. Les orphelins de la vie. Cette vie qui s'est désintéressée d'eux. Ils ont grandi mais leurs habits n'ont pas grandi avec eux. Ils font comme si de rien n'était. Ils restent fiers et se défendent d'être ce que racontent leurs vêtements. Nous passons suffisamment près d'eux pour que l'on s'aperçoive qu'ils sentent l'urine. Leur visage muet dit qu'ils ont faim. On dirait que grand-père doit quelque chose à l'humanité. Il descend de la calèche et demande à l'un de ces enfants au regard gelé :

« Comment t'appelles-tu mon garçon ?

— Je ne sais plus comment je m'appelle, dit la bouche sans personne derrière. On ne s'appelle pas entre-nous. Pour s'amuser, on s'invente des prénoms, c'est tout. Des prénoms, qu'on oublie le lendemain. Ça ne sert à rien d'avoir un prénom. On n'en a pas besoin quand on vit ici. Personne ne nous appelle, sauf le malheur. »

Grand-père lui donne de l'argent. Le jeune garçon le remercie en lui embrasant la main et dit :

« Tu sais, monsieur. Nous avons été l'avenir de ce pays. Mais on n'a rien fait pour nous.

— Va t'acheter à manger », lui dit grand-père, en remontant dans la calèche.

Toutes les raisons du monde ne valent rien, absolument rien devant un enfant qui a faim. Mais qu'a donc fait le Maroc de ses enfants ! Chassés de partout, ces moins-que-rien passeront la nuit, ici, avec les chiens errants dans l'indifférence générale. Au milieu du grouillement des rats.

Grand-père ne peut pas passer sans s'arrêter. Quelque chose lui tient à cœur. Il va faire ce qu'il a toujours fait. Il va donner à chacun de ces « sans-maison » un peu d'argent. Il a toujours donné à ces visages sans nom. Ces enfants, il s'en est occupé comme s'ils étaient à lui. Aussi mécréant soit-il, grand-père a toujours eu un cœur grand comme ça.

Que faut-il d'autre à Dieu !

Je me souviens que tous les mercredis, grand-père et moi, faisions le tour de la ville pour donner un peu d'argent à chacun de ces naufragés du Créateur à qui la rue offre une liberté suicidaire. Livrés à eux-mêmes, les enfants errants n'ont aucun repère. On a tellement pris l'habitude de les voir, que plus personne ne les voit, ces fruits pourris de la Nation qui partagent les ordures avec les chiens. Ils ont beau se jeter aux genoux de Dieu, rien n'y fait. Pour eux, le soleil éclaire partout, sauf le Maroc. Qui dit grande pauvreté, dit manque d'éducation. L'école est un mot que ne prononcent jamais ces « pas scolarisables ». Ils sont certains qu'ils ont touché le fond. Ils croient qu'ils ne peuvent pas descendre plus bas. Le lendemain leur prouve qu'on peut descendre plus bas que bas.

Ils n'ont pas de projets. Ni pour demain ni pour après. L'avenir s'est terminé. Ils ne connaissent qu'aujourd'hui et se débrouillent avec des bouts d'aujourd'hui. Certains, sont avachis sur un bout de trottoir. On dirait qu'ils sortent d'une plantation de haschich tellement ils fleurent le cannabis.

Leurs yeux sont couverts du voile de l'absence. Ils sont là, à boire de l'alcool, à brûler et à respirer à pleins poumons de la colle ou de la peinture industrielle. Ils ont grandi à ne rien faire et à tout essayer. La drogue surtout. La toxicomanie ronge leurs os. Voilà, entre autres, ce qui nous ravage, ici, au Maroc.

Le jour, ils font ce qu'ils ont à faire en traînant leur crasse, et la nuit ils se confondent avec le noir des venelles de la médina pour aller dormir dans les cimetières. Ils ont juste faim, les pauvres. Et pour survivre, ils se nourrissent de ce qu'ils trouvent dans les décharges sauvages. Grand-père ne supporte pas de voir ces pauvres déchets humains encombrants dont on ne sait que faire. Ces enfants, dont l'enfance a été emprisonnée dans l'enfer des décharges sauvages. On ne les regarde pas comme il faudrait. Ils n'ont aucune chance d'être un jour élevés au rang d'humains.

« Ce Dieu n'a pitié de personne », dit grand-père.

Seront-ils encore là demain, ces enfants ? La rue ne pardonne rien. Les gens, ici, meurent la nuit. Le lendemain, on découvrira et on enjambera les corps inanimés des jeunes princes couverts de poux. Ils ne seront réclamés par personne. Car, ils ne sont personne ! On a abandonné ceux qui sont tombés dans le gouffre du malheur. Même le malheur en sourit. Derrière le chatoiement des apparences, voilà ce que ne veut pas dire Marrakech, la putain. Il doit y avoir une prédestination au malheur. Nés dans le berceau de la pauvreté, ils sont ignorés d'un Dieu qui ne semble guère touché par tant de misère. Ni Dieu, ni personne ne se soucie de savoir ce que font des enfants de cet âge dans les rues, tout seuls ? C'est la fatalité. Qu'est-ce qu'on y peut bien y faire, dit-on. On n'a pas d'argent. On ne va quand-même pas se servir dans le portefeuille de Dieu.

« Le Créateur a lâché ses enfants, dit grand-père. Celui d'en-haut est un tyran que ses victimes glorifient. »

Les hommes de demain jugeront ceux d'hier. Nous nous éloignons du cimetière doucement. Nous laissons les morts à leur tombe.

« Je voudrais, un jour, savoir autant de choses que toi, dis-je à grand-père.

— Savoir qu'on est vivant, c'est déjà tout savoir ! » me répond-t-il.

La calèche nous mène là où je veux emmener grand-père. C'est un festival de chant et de danse berbère. C'est une musique populaire originaire du *Sous* qu'on appelle l'*houache*. Les chants et les danses sont accompagnés d'une riche poésie berbère. Cette musique est considérée comme l'expression de l'âme originelle libyque. Les hommes et les femmes sont habillés de leurs habits traditionnels. Les femmes croulent sous les bijoux. Leurs pieds et leurs mains sont décorés au henné. Dans les villages berbères on pratique ces danses autour d'un feu de bois à la tombée de la nuit. Grand-père a toujours aimé le peuple berbère. Ça a été une passion. Et la passion mourra de ce qui l'a fait naître. Voilà pourquoi je l'ai amené ici. Maintenant, il ne nous reste plus qu'à traverser les dernières heures de la nuit avant le départ.

Nous nous réveillons à l'aube, à l'heure où on ne peut encore distinguer un fil blanc d'un fil noir. Grand-père met la tête à la fenêtre. Un ciel épinglé d'étoiles annonce une journée ensoleillée.

« C'est une belle journée », lui dis-je.

Grand-père est traumatisé par la guerre.

« Je me suis toujours méfié des belles journées, me dit-il.

— Pourquoi ?

— N'y avait-il pas *aussi* un magnifique lever de soleil qui éclairait le *convoi* 77, lorsque les nazis entassèrent les déportés dans des wagons à bestiaux pour les emmener à Auschwitz-Birkenau ce jour de juillet 1944 ? Il y avait des enfants en bas-âge dans ces wagons ! C'était quand-même des enfants qu'on a déportés ! Et il faisait très beau ! »

Grand-père prépare une petite valise. Il n'emmène que le minimum. Les mendiants ont tout pris. Je vois la photo d'un jeune homme dans un ovale. La photo est en noir et blanc. C'est grand-père. Il était jeune et très beau. Il y a aussi des médailles qu'il range soigneusement dans sa valise. C'est ce à quoi il tient le plus désormais. Un tas de ferraille qu'il a hérité de la vie. Une vie entière pour ça, pour de la ferraille ! Mais aussi la fierté d'avoir traversé certaines épreuves. On peut voir, alignées l'une près de l'autre : la Croix de la Valeur militaire, la Légion d'honneur, la Croix de guerre 1939-1945, la médaille de la résistance, la médaille d'honneur des actes de courage et de dévouement, l'Ordre national du Mérite, la médaille commémorative Indochine 1945-1954. De quoi se souvient-il ? Que retient-il de cette guerre ? Il caresse les rebords de sa mémoire et me dit qu'il se souvient de ventres ouverts à coups de baïonnettes et de neige rougie par les tueries. Il se souvient de *quelqu'un* qui faisait *quelque chose* et qu'il y avait du sang chaud partout ; et puis, ce *quelqu'un* est mort. C'était son ami. Et que ce n'est jamais le bon jour pour mourir. Même quand il fait beau !

Et puis, je vois quelque chose qui m'avait échappé. C'est une croix gammée.

« Et ça, c'est quoi ? je lui demande.

— Ça, c'est ma plus belle victoire.

— Comment ça ?

— C'était un nazi. C'était lui ou moi. J'ai été plus rapide. Je ne l'ai pas raté, celui-là. Une balle dans la tête et c'en était fini de lui. J'ai gardé sa croix gammée pour ne jamais oublier. Je me méfie de ma mémoire. À mon âge, on doute de ses souvenirs. Je ne veux pas oublier qu'ils ont existé, ces gens-là. Cela ne remonte pas à si loin en arrière. Mais *cela a eu lieu*.

— Ç'est ça que tu appelais la pourriture, quand j'étais enfant ?

— Oui, c'était ça, la pourriture. Y-a-t-il un autre mot ? »

Cela a eu lieu et il a gardé cette croix gammée. Pour ne pas oublier. L'Histoire, dit-il, a besoin d'être courtisée et caressée pour qu'elle ne soit pas infidèle. Ni la mémoire de grand-père, ni l'Histoire ne doivent nier que cela a eu lieu, ajoute-t-il. L'Histoire n'a pas le droit de trébucher.

Il rectifie son béret pour parfaire son apparence. Portant beau, une forme de noblesse dans la déchéance, gentiment malheureux, il redresse la tête avec la fierté des vaincus et il ferme la porte de la maison. Si je le regarde bien, mes yeux ont le temps d'entrevoir son élégance et sa lassitude. Nous partons à bas bruit. Il sort de son mariage comme il y était entré ; avec pas grand-chose. Fallait-il passer par tout ça ? Il avait raison : « Il faudrait rentrer dans le mariage sans jamais défaire sa valise. »

Et moi, je me demande si nous avons vraiment vécu tout ça. Je crois que ça ne s'invente pas !

« Tout compte fait, dit grand-père, rien n'est plus drôle que le malheur ! »

Il est temps de tourner la page.

9

À quoi bon regarder derrière soi ?

Mettons tout ça dans les tiroirs du passé. Ce qui a été a été. Tout ça disparaîtra derrière l'épaisseur des jours. Les choses qu'on appelle les souvenirs cesseront de tournoyer et s'effaceront d'un doigt comme un glissando sur les touches du clavier de l'éternité.

Les étrangers, ceux dont on disait qu'ils ne nous ressemblaient pas, ceux qui sont venus coloniser le Maroc, ceux qui chargeaient les colonisés des taches dont ils ne voulaient pas, ceux-là sont partis. Les Juifs aussi, il n'en reste qu'une poignée. À notre tour de partir.

Dans la rue, grand-père donne ce qu'il lui reste d'argent marocain à un mendiant. Il n'en a plus besoin.

« Dieu t'enverra au Paradis, monsieur le Français, lui dit le mendiant.

— Dieu promet beaucoup. Mais ne cesse de changer d'avis », répond grand-père.

Un taxi nous conduit à l'aéroport Marrakech-Menara.

Grand-père ne cesse de se retourner comme s'il avait oublié ou perdu quelque chose. On dirait qu'il dit au revoir à quelqu'un. Il a beau revenir sur lui-même, il ne voit que désolation. Où que porte son regard, il n'y a que désastre. Que rancœur. Et soudain, les trappes de son âme s'ouvrent, et il pleure. Toutes les larmes retenues depuis tant d'années coulent d'un coup. Ne te retourne plus, grand-père.

« Je crois que nous avons soldé le passé », dit-il.

Cesse de pleurer, grand-père. N'abîme pas le fond bleuté de tes yeux. Tu n'es pas responsable de tes larmes. Toi qui lis beaucoup, n'oublie pas que les yeux, c'est ce qu'un lecteur a de plus cher.

Les pires batailles sont celles qui se déroulent dans nos têtes. Parfois on s'en sort, d'autres fois on ne s'en sort pas. Grand-père a tenu bon. Il est ressorti presque triomphalement d'une épreuve qui aurait pu le détruire complètement. Il est vivant. Mais pas indemne. Ça aurait pu être pire.

Dans les toilettes de l'aéroport, j'enlève tous les bandages qui compriment ma poitrine. Pendant mon séjour à Marrakech, je n'ai presque pas respiré le passé. J'enlève mon costume, ma chemise et ma cravate. Je jette tout ça dans la poubelle. C'est fini. Je n'en ai plus besoin. J'enfile une robe noire et moulante. Je me parfume et je mets du brillant sur mes lèvres. Je lâche mes cheveux et mon parfum de femme se libère. Je mets les jolies boucles d'oreilles berbères en or qui ont appartenu à grand-mère et que j'ai trouvées par terre. C'est tout ce qu'il me restera de cette femme berbère. Je regarde mes fesses. Mes seins se tiennent bien. Je rejoins grand-père pour les formalités d'embarquement. Tout le monde semble savoir où il va, sauf une personne : sauf grand-père. Il n'a jamais su où il allait, mon grand-père. Joliment chaussé, il a l'air d'un ange perdu en costume. Je me montre à lui telle que je suis. Il ne bronche pas. Il ne dit rien en me voyant habillée en femme. Je lui montre mon passeport ouvert à la page Nom, Prénom, Sexe et Photo. Il lit : *Sexe féminin*.

Nul ne sait. Sauf lui. Alors, pourquoi lui dire ce qu'il sait déjà ? Il me rend mon passeport et il dit : « À présent partons ! »

Oui partons, avant que le temps ne confisque les jours qu'il te reste et que ton vœu de bonheur ne se réalise à titre posthume.

L'avion de la Royal Air Maroc s'arrache du sol. Les corps sont plaqués aux sièges. Grand-père tient ma main ; non, il ne la tient pas, il la serre fort. Il n'est pas rassuré.

« Voilà grand-père, nous quittons ce beau Maroc, lui dis-je.

— Tu sais... J'ai profondément aimé ce pays, me répond-t-il. Seulement, j'ai cessé de rêver à un changement le jour où il est mort... Ce 29 octobre 1965 où il a disparu en se rendant à un rendez-vous mortel à la brasserie Lipp.

— Tu parles de Mehdi Ben Barka, n'est-ce pas grand-père ?

— Oui... C'est de lui que venait l'espoir. C'était le principal opposant au roi Hassan II. On n'a toujours pas retrouvé son corps. Il a dû monter directement au ciel en laissant un peuple orphelin derrière lui.

— C'était un homme d'une grande intelligence.

— Un homme hors du commun. Il avait une vraie pensée. Avec lui, le Maroc aurait un autre visage, aujourd'hui. »

L'avion arrive dans les nuages. Surpris de se retrouver dans du coton, grand-père cesse de parler.

« Regarde ! lui dis-je, tu avais raison. Il est dans le ciel.

— Qui ça ?

— Ben Barka, voyons ! C'est un ange maintenant. Son âme flotte au-dessus de son pays. Tu sais, il reste quand-même un espoir que les choses changent. Un mince espoir que les Marocains partagent. C'est mieux que rien. »

Et lorsque, cette fois, nous sommes au-dessus des nuages, je lui dis :

« À présent, nous sommes près de Dieu, grand-père.

— Ça m'étonnerait !

— Pourquoi donc ?

— On a beau siffler l'Éternel, rien ne se passe. Plus on s'approche de lui, plus il prend ses distances, ce potier céleste qui nous aurait façonnés. »

Grand-père me dit que nous portons tous un Dieu au fond de nous. Seulement, à y voir de près, ce n'est jamais vraiment le même Dieu pour personne. À chaque fois que naît un être humain un Dieu voit le jour. Et à chaque fois que disparaît un humain, on enterre un autre Dieu. Au fond, chacun de nous ignore le Dieu de l'autre.

« Tu n'es *toujours* pas croyant !

— Ma foi n'a pas grandi, mais la distance entre Dieu et moi, oui. Je n'ai trouvé personne qui me donne de bonnes raisons d'y croire, à ce Dieu.

— Allons grand-père, ne vexons pas notre Créateur.

— Tu sais, qui n'a pas de religion à sa naissance, n'en a pas à sa mort. »

Plus le vent pousse l'avion, plus j'ai l'impression que nous nous rapprochons du meilleur, plus nous allons vers de belles choses. Grand-père fait mine de réfléchir, et avec malice me dit :

« N'es-tu pas athée, toi aussi ?

— Avoue que tu y es pour quelque chose, grand-père ? Cet athéisme me vient de toi.

— Sans doute.

— Je te prouverai qu'un dieu athée existe.

— Tu sais, quand on toque à la porte du Paradis on n'est pas sûr que quelqu'un ouvre.

— Sois optimiste, grand-père.

— Les optimistes ont fini à Auschwitz !

— Tu verras en arrivant à Paris.

— En attendant, soyons le plus possiblement athées ! »

Il lève son verre, boit une gorgée de vin et, les yeux souriants, il ajoute : « Eh oui. N'est pas athée qui veut ! »

Sans doute. Encore faut-il avoir le courage de se libérer des chaînes de la religion de nos géniteurs.

Décidément, grand-père a définitivement été frappé par le vent vif de l'athéisme ; ça ne m'étonne pas, il n'a jamais invité Dieu à sa table. C'est un esprit qui nie ! Il ajuste son béret et commande un autre verre de vin rouge à l'hôtesse.

Ses yeux sont pleins d'intelligence. Je le vois sourire. Autant que je remonte en moi, je ne l'ai jamais vu sourire. Je crois qu'on mesure la vie d'un homme à son sourire.

« Grand-père, je te promets que ta deuxième vie sera plus belle que la première. »

J'espère que le bonheur n'arrivera pas trop tard pour toi.

Tu es vieux mais pas mort, grand-père. Encore un petit effort. Avançons dans la lenteur, mais avançons. Tu m'as aidé à grandir, c'est à mon tour de t'aider à marcher. Le taxi nous dépose devant la librairie. Je présente à grand-père ma « boutique » comme on présente une grande dame.

« Voilà, grand-père, lui dis-je, mon *ailleurs* à moi est ici. »

Je lève le rideau métallique. Grand-père est devant la porte d'entrée. Ça fait une éternité qu'il n'est plus allé dans une librairie. On dirait qu'il n'ose pas entrer. Je le sens ému. Avant d'en franchir le seuil, il s'essuie plusieurs fois les pieds et enlève respectueusement son béret comme s'il entrait dans une église. À ses yeux, nous entrons dans un lieu sacré.

« Entre, grand-père… entre. Tu vois, elle est là, ma librairie… c'est modeste, tu sais… c'est pas très grand… quelques mètres carrés de bonheur. »

À l'intérieur, je lui dis : « Tout à l'heure, je te présenterai quelqu'un.

— Comment ça ?

— Tu verras. Elle s'appelle Myriam. Elle dort. Il est encore tôt.

— Quelle heure est-il ?

— L'heure que tu sois heureux, grand-père.

— Au fait, il n'est pas là le patron de la librairie ?

— C'est une patronne, grand-père.

— Elle est où, la patronne ?

— Devant toi.

— C'est toi ?

— Oui, grand-père. C'est moi, la patronne.

— Comment as-tu fait ?

— C'est une longue histoire. Installe-toi confortablement dans ce vieux fauteuil, je vais te raconter comme un conteur de Marrakech.

— Tu as du vin dans ta librairie ? Je peux te demander ça, puisque tu es la patronne.

— J'ai tout prévu, grand-père. J'ai acheté quelques très bonnes bouteilles en pensant à toi. »

Il est à peine 9h du matin, mais je sers du vin à grand-père. Il faut que ses mains cessent de trembler. Il prend une gorgée et dit :

« Cet excellent vin me parle.

— Que dit-il, grand-père ?

— Il dit d'où il vient… il dit là où il a été élevé… il raconte son histoire dans mon palais.

— Et moi, je vais te raconter l'histoire de la librairie. »

Grand-père savoure son vin en m'écoutant. L'histoire de la librairie, je m'en souviens comme si c'était hier.

Lorsque j'eus fini de raconter, je demande à grand-père :
« Tu crois que c'est le destin, grand-père ?
— C'est mieux que ça, Huriya ! »

10

Nous marchons sur le versant de septembre.

Quelques semaines sont passées. L'été s'essouffle. Les arbres se dévêtent et les feuilles mortes croustillent sous les pas des passants. Tous les jours, j'ouvre la librairie à 10h le matin. Dehors, une lumière de fin d'été irrigue la ville. Grand-père fait l'ouverture avec moi. Lui, en chemise manches courtes et en pantalon un peu trop large qui remonte jusqu'au nombril tenu par des bretelles ; moi, en robe légère à fleurs et le corps poudré de soleil. Il me regarde travailler avec Myriam. Toute la journée, il est assis dans le vieux fauteuil défoncé. Sa place est ici. Oui, ici, et pas ailleurs. Je me souviens que son rêve était de vivre dans une librairie. Voilà... ça y est... c'est fait. La librairie, c'est maintenant sa maison. Il respire... il lit... il boit dans ce fauteuil. C'est là, la noblesse de ses journées. Il ne parle pas beaucoup. Le bonheur n'a guère besoin de mots.

Derrière le fauteuil, il a caché une bouteille de vin. Les clients ne peuvent pas la voir. Myriam, discrète comme toujours, fait celle qui n'a rien vu. Grand-père lit comme on prie ; et de temps en temps, Myriam lui verse un verre, en cachette. Il n'est plus saoul ; ou, quelquefois, si. Souvent même. Chez lui, l'alcool et la littérature, sont indissociables. D'ailleurs, il se lève en titubant. Se dirige vers un rayon de livres. Il reste planté là, face au rayon. Il y a quelque chose de mystique dans son regard. Ses lèvres bougent mais on n'entend pas ce qu'il dit.

« À qui parles-tu grand-père, je lui demande ?

— À Baudelaire.

— Pourquoi lui parles-tu ?

— Il faut être entendu par lui.

— Pourquoi, grand-père ?

— Il faut que les écrivains sachent qu'ils sont au fond de nous. »

En début d'après-midi, grand-père s'endort dans son fauteuil. Il fait sa sieste. Que reste-t-il de tous les livres qu'il a lus ? Rien. De la poudre d'encre. Ça ne suffira pas pour écrire une autre histoire. Pour réinventer sa vie. Et c'est trop tard, je crois, pour recommencer quoi que ce soit.

Grand-père se réveille en sursaut. Son sommeil est encore un peu agité. Tout n'a pas été oublié. Il ouvre les yeux et nous nous regardons avec beaucoup d'amour.

« Tu verras, grand-père, que ta deuxième vie sera plus belle que la première.

— *Inch'Allah*, ma fille. »

Je souris et grand-père me demande pourquoi je souris.

« Comme ça… comme ça », lui dis-je.

Je n'ose pas lui dire qu'aussi français soit-il, il parle sa langue avec l'accent marocain. Disons que son français est plein d'arabe. C'est très contagieux de vivre là-bas. Ça ne se remarquait pas, quand il était au Maroc. C'était normal. C'était marocain, c'est tout.

Ici, on ne voit que ça, ou plutôt on n'entend que ça : son accent ! Il l'a emmené avec lui dans sa valise ; et il le gardera jusqu'à la fin de ses jours. Il parle comme les Juifs pieds-noirs du Maroc avec les gestes, avec les mains, et tout et tout. D'ailleurs, il ressemble à un Juif. Il ne lui manque que la kippa. C'est de lui que je tiens mon joli nez de... mon joli nez, c'est tout.

Et il y a cette cliente qui rentre tous les jours dans la librairie, vers 16h30, avec un petit garçon qui tient un cartable à la main. Le garçon doit avoir une dizaine d'années. Sa mère ne parle pas. Juste bonjour et au revoir. Elle parcourt les quatrièmes de couverture. Elle n'achète rien. Je ne lui saute jamais dessus. Je la laisse faire. Ce jour-là, le garçon, à quelques mètres de sa mère, prend discrètement un livre et se dépêche de le mettre dans son cartable. Il a cédé comme un enfant cède à une friandise. Il a pris un livre dans le rayon adulte des auteurs dont le nom commence par la lettre G. Myriam a vu ce qui venait de se passer. Elle ne sait pas trop comment réagir. C'est la première fois que ça arrive. Elle se dirige vers l'enfant. Aussitôt, grand-père l'appelle :

« Que voulais-tu faire, Myriam ?

— Rien *h'mi*, mon oncle... je voulais juste dire à cet

enfant de reposer le livre. Que cette lecture n'était pas de son âge. Je ne voulais absolument pas le gronder, ni le dire à sa mère.

— Laisse-le faire, ma princesse... ferme les yeux... ne dis rien. Il n'y a pas d'âge pour lire. Huriya avait neuf ans quand je lui fais lire *Les Fleurs du mal.* »

Je suis assise près de grand-père qui fait signe, discrètement, à l'enfant de s'approcher. L'enfant hésite. Il a peur. Grand-père lui sourit pour lui montrer qu'il ne risque rien. L'enfant vient. Grand-père lui chuchote à l'oreille :

« Que voulais-tu faire, mon garçon ?

— Je voulais voler ce livre, monsieur, répond le garçon, en rougissant et en baissant les yeux.

— Pourquoi tu voulais le voler ?

— Parce que maman ne peut pas me l'acheter. Elle aime les livres mais elle n'a pas assez d'argent. On vit seuls, elle et moi.

— Écoute, mon garçon, lui dit grand-père. Je te fais une proposition. Tu vas garder ce livre dans ton cartable. Je ne te fais pas payer. On ne dit rien à ta maman. Seulement, tu vas me promettre une chose. Tu vas lire ce livre et quand tu auras fini, tu vas me le ramener.

— Oui, monsieur. Je le ramènerai.

— Promets-le.

— Je vous promets de le ramener.

— Non, ne me promets pas de le ramener... Promets-moi de le lire.

— Je promets de le lire, monsieur. »

La maman et son enfant s'en vont. Myriam ne sait plus où se mettre. Grand-père lui fait gentiment la leçon. Son âge l'y autorise :

« Myriam !

— Oui, mon oncle.

— Sais-tu pourquoi j'ai autorisé cet enfant à partir avec le livre sans payer ?

— Non, mon oncle. Dis-moi pourquoi ?

— Il ne faut jamais refuser le savoir à un enfant. »

Myriam disparaît dans l'arrière-boutique. Au bout d'un moment, ne la voyant pas revenir, je la rejoins. Elle est en train de pleurer, en faisant mine de déballer les cartons de livres.

« Pourquoi pleures-tu, Myriam ?

— Parce que j'ai failli refuser le savoir à un enfant. »

Deux semaines plus tard, l'enfant a ramené le livre.

Ici, grand-père n'est plus l'étranger, même s'il a gardé les habitudes des Marocains qui prennent une chaise et s'installent toute la journée sur le trottoir à l'entrée d'un immeuble à ne rien faire, si ce n'est regarder les visages passer. Grand-père, lui aussi, prend un tabouret et, en début d'après-midi, il s'adosse au mur. Il regarde les clients entrer et sortir de la librairie. Il dévisage cet autre monde. La France qu'il voit n'est plus la France qu'il a connue. Je crois que le vieux n'a pas dit son dernier mot. Il s'y plaît, ici ; il s'adapte très vite. La preuve, tout le monde le connaît. Il est accueilli les bras ouverts partout. Il s'entend bien avec tout le monde. Les Arabes, les Juifs, et tous les autres Pakistanais et Hindous.

Mais c'est surtout avec les prostituées qu'il s'entend le mieux. Un après-midi, je sors de la librairie. On ne sait jamais. Je l'ai à l'œil, cette fois. Je le vois assis sur son tabouret, le dos appuyé au mur et le béret sur la tête alors qu'il fait très chaud.

« Que fais-tu grand-père ?

— Voyons un peu…

— Allez… dis-moi ?

— Je regarde les filles. Ah, la jeunesse ! Et les jupes courtes. On ne voit pas ça à Marrakech. Ça me change des *djellabas*.

— Voyons grand-père… ce n'est plus de ton âge ! »

En réalité, je sais ce qu'il regarde. Il observe le manège des prostituées et le tournoiement des clients. Les putes, il les connaît toutes par leur prénom. Ils se tutoient, même. Il est souvent invité par elles à boire un verre. D'ailleurs, il y a quelques jours, il a voulu leur rendre la politesse. Je l'entends dire dans la rue : « Et surtout, essuyez-vous les pieds avant d'entrer. »

C'était grand-père qui parlait aux putes. Je suis sorti voir ce qui se passait. J'ai vu un attroupement. Il avait osé, sans me prévenir, me les ramener à la librairie pour boire le café.

« Venez, les filles ! leur a-t-il dit avec beaucoup de fierté, c'est ma fille, la patronne… elle est gentille comme tout, c'est un amour, vous allez voir. »

Par courtoisie, mais surtout par mon éducation qui m'y oblige, je n'ai pas pu les mettre dehors. C'est comme ça que je me suis retrouvée à servir le café, le sucre et les petits gâteaux à une dizaine de putes maquillées à outrance, la jupe ras-latouffe et les seins à l'air. J'aurais dû m'en douter. Quand j'étais enfant, grand-père m'avait bien dit que c'était avec les prostituées qu'il s'entendait le mieux, et qu'il n'avait jamais attrapé de maladie, ni au Vietnam ni ailleurs. Quand les putes sont parties, j'ai dit à grand-père que la librairie était une librairie respectable. Je lui ai dit que je ne vendais pas de livres pornographiques. Je lui ai fait promettre de ne jamais plus recommencer. Quand-même !

Grand-père est assis sur le trottoir, les deux mains appuyées sur sa canne. Quand la vie touche à sa fin, on peut rester des heures à regarder une fleur pousser. C'est ce que fait grand-père en regardant les dernières feuilles sur les arbres. Même s'il ne parle pas, je sais ce qu'il ressent. Je sais ce qu'il pense. Il m'a tout transmis de lui. Il s'est donné à moi. Je me retrouve en lui et il se retrouve en moi. Je sais qu'il y a en lui un vide qui n'a pas besoin d'être comblé, c'est un vide de sérénité. Il lui arrive aussi de caresser un livre sans le lire. Il imagine ce qu'il y a dedans. Ça lui suffit. Il n'attend plus rien. Ni personne. Grand-père sent que la fin est proche et il s'en amuse. On dirait qu'il contemple sa propre finitude.

Puis il se met à parler avec quelqu'un que je ne vois pas.

« Avec qui parles-tu, grand-père ?

— Chuuut, me dit-il… je parle avec mon ange-gardien.

— Pourquoi parles-tu avec lui ?

— Car à mon âge on n'a de moins en moins de raisons de vivre.

— Tu as trop bu, grand-père.

— Tais-toi, je n'entends pas ce qu'il dit avec tout ce bruit... Ah, comme c'est bruyant Pigalle !

— Et que dit ton ange-gardien ?

— Il dit qu'il est temps pour moi d'aller voguer dans la poussière. »

Nous autres, les moins vieux, nous passons notre vie à changer d'avis. Les vieux non. Ils ne peuvent pas dire : « J'ai changé d'avis, je vais vivre. » Grand-père ne changera pas d'avis. La mort est son dernier projet. Il sait ça. À son âge, on sait ce que les autres ne savent pas.

« Bon, grand-père... le soleil tape trop fort... Maintenant, rentre... j'ai des clients qui attendent. »

Il se lève en grognant et en s'appuyant sur sa canne. Il ne marche pas très droit. Je l'entends maugréer : « Ah... l'équilibre... l'équilibre... Quelle fatigue de vivre ! »

Ici à Pigalle, il n'y a pas d'appel à la prière comme là-bas. Grand-père tend l'oreille. Non, ce n'est pas le muezzin qu'on entend. C'est le bronze d'une église qui résonne. C'est Notre-Dame-de-Lorette qui fait bouger ses cloches. Alors, grand-père se sert un verre de vin. Lire et boire et fréquenter les filles de Pigalle, sont sa seule activité. Et Dieu sait s'il continue de boire ! La bouteille fait oublier la croix. Il n'a pas besoin de Dieu pour être heureux. On peut vivre avec ou sans Dieu, dit-il.

Qu'en est-il à présent ? Ses blessures ouvertes ne saignent plus. Il a tué ses morts. Il n'y a plus d'horreur dans son imagination. Ses hallucinations ont disparu. Les chocs du passé n'émettent plus de déflagrations dans sa tête. Il n'entend plus l'orage de l'artillerie. La bête en lui ne se réveille plus. Je crois qu'il a oublié une partie de son passé.

Et la sauvagerie des mots qui lui étaient adressés.

L'autre jour, je lui ai demandé :

« Tu as fini ton livre, grand-père ?

— J'ai terminé.

— Et alors ?

— Et dire que ça a débuté comme ça n'aurait jamais dû débuter ! »

Il s'est servi un verre de vin et il a dit : « Il est temps pour moi de m'en aller. J'espère n'avoir jamais blessé personne. N'avoir rien à me faire pardonner. Partir propre. »

Puis le livre s'est refermé sur ses genoux.

Grand-père s'est endormi pour toujours, cette fois.

J'ai regardé ses mains.

Et j'ai cru voir l'encre encore fraîche de Baudelaire couler le long de ses doigts.

11

Ça fait maintenant deux ans que grand-père s'en est allé.

Il est au fond de moi comme une étoile morte qui continue de briller.

J'ai fait de mon mieux. J'ai rapatrié son corps au cimetière chrétien de Marrakech. Je n'ai pas mis de croix à sa tombe. Une part de lui était encore là-bas. Il voulait que sa poussière vogue là-bas. Le Maroc, c'était aussi chez lui. Il s'est toujours senti marocain. Lui le Français, lui l'étranger, lui qui aimait tant Marrakech a voulu être près de sa femme Salma et de sa fille Jamila. Même si ce n'est pas le même cimetière. Même si ce n'est pas la même religion. Même si tout ça.

J'ai été fière de l'avoir accompagné jusqu'à son dernier silence. J'ai tout fait pour qu'il soit heureux. Y suis-je parvenue ? Je l'espère. Sur la plaque tombale, j'ai fait inscrire son nom : A. Robert Alexandre. Si l'on se promène entre les allées du cimetière, on verra la tombe du Français. Il y a un olivier qu'on appelle l'Olivier du souvenir. La tombe de grand-père n'est pas loin de l'olivier. Au pieds de cet arbre, il y a une plaque en marbre sur laquelle on peut lire ceci :

« Ami, toi qui passes devant cet olivier du souvenir, sache que ses racines enserrent tout l'amour des anciens de Marrakech pour cette terre marocaine qu'ils n'oublieront jamais. »

La librairie tourne bien. Tout à l'heure, Myriam et moi, avons dîné à Montmartre.

C'est son anniversaire aujourd'hui. Je lui ai offert un bouquet de trente-deux roses. Au sortir du restaurant, avant de se promener à la Basilique du Sacré-Cœur, je lui ai demandé :

« Le Maroc ne te manque pas ?

— Pourquoi tu me demandes ça, Huriya ?

— C'est ton pays, quand-même !

— Ce n'est plus mon pays.

— C'est un peu chez toi, non ?

— Mon chez moi... C'est toi ! »

Myriam est une *houri* sur terre. Une *houri* qui redevient vierge après chaque défloration. Des *houris*, on en promet soixante-douze dans l'au-delà à nos hommes musulmans. Ah, cette promesse divine ! Moi, une seule *houri* me suffit. Et l'entrée de Myriam est, pour moi, l'entrée du Paradis.

Nous sommes rentrées à pieds. Une merveilleuse lune argentait cette nuit de septembre qui prolonge cet été. Myriam avait la mise élégante, même si elle ne portait qu'un tee-shirt sans soutien-gorge et un jeans moulant qui mettait en valeur ses belles fesses. D'une féminité débordante, elle était à peine maquillée. Juste un peu de khôl sur les cils pour ouvrir davantage l'œil. Nous nous sommes réinventées l'une pour l'autre. Nos lèvres étaient pressées de se rejoindre. Élancement du cœur. En rentrant, nos peaux complices se sont abandonnées dans un moment d'éternité instantanée. Myriam s'est endormie comme une petite fille sage.

Puis comme je le fais chaque soir, je suis descendue à la librairie. J'ai l'habitude de veiller tard. Je profite de ce qui sépare le crépuscule et l'aube pour écrire. Je me suis installée à mon bureau, pour rédiger la dernière page de ce livre. J'ai allumé ma petite lampe de bureau ; une lampe comme une petite étoile faible avec, à peine, l'intensité d'une bougie. À peine de quoi éclairer mes feuilles. Je me suis mise à écrire. Minuit arrivait. J'ai senti une présence dans mon dos.

J'ai pensé que c'était Myriam qui s'était réveillée et m'avait rejoint, comme ça lui arrive parfois. Je me suis retournée mais ce n'était pas ça. Je me suis remis à écrire et, cette fois, j'ai entendu une musique *chleue*, berbère. J'ai reconnu le groupe Bnat Oudaden. D'où venait cette musique ? Le poste radio était éteint. La musique s'est approchée de moi. J'ai entendu les *bendirs*. J'ai entendu le chant des femmes berbères. La musique s'est approchée plus près, encore. Puis, j'ai vu un morceau de lumière qui a éclairé la pièce. J'ai fermé les yeux pour ne pas être éblouie. J'ai entendu une voix qui venait de la lumière me dire : « *Tu te souviens de cette musique ?* »

Bien sûr que je m'en souvenais. Comment pouvais-je oublier le dernier spectacle où nous avions été avec grand-père avant de quitter Marrakech ? Comment pouvais-je oublier cette très belle voix de Naima Bent Oudaden, cette chanteuse en tenue berbère, des bijoux partout et les mains décorées au henné ?

Puis, j'ai senti un parfum d'autrefois que je reconnaîtrais parmi mille autres. C'était l'odeur de grand-père. L'alcoolique de mon cœur. Non, il n'avait pas l'odeur de Satan, comme on lui avait jeté à la figure. Il avait l'odeur d'un ange.

« *Te souviens-tu de la promesse que je t'avais faite quand tu étais enfant ?* m'a dit la voix.

— Oui grand-père. Tu m'avais promis de revenir sous la forme d'un morceau de lumière. Tu vis où, maintenant ? ai-je demandé.

— *Je suis au Paradis, mon enfant.*

— Et grand-mère… elle est où ?

— *Même de mon vivant, je n'ai jamais vraiment su où elle était.* »

Voyant que j'avais les larmes aux yeux, grand-père a dit :

« *Comment va ta librairie, dis-moi ?*

— Ça va, grand-père… ça va, Grâce à Dieu.

— *Prends-en soin. C'est ton plus bel héritage. Il n'en reste plus beaucoup, tu sais.*

— Je sais, grand-père.

— *Je suis venu te remercier pour la belle tombe que tu m'as payée à Marrakech. Te dire merci pour toutes les prières que tu fais chaque jour. Chacune de tes prières fait monter mon âme plus haut.* »

Puis il y a eu un long silence. Comme si la voix avait du mal à garder le contact.

« Tu sais grand-père, j'ai beaucoup lu depuis que tu es mort.

— *Il faut que tu saches une chose, Huriya. Il ne suffit pas d'avoir beaucoup lu ; il ne suffit pas de connaître la différence entre Proust et Flaubert pour prétendre connaître la vie. Le sais-tu ?*

— Grand-père... »

C'est tout ce que j'ai pu dire. J'ai pleuré, c'est tout.

« Il y a beaucoup de choses que je n'ai pas pu te dire, grand-père.

— *Ce que l'on ne peut pas dire, il faut l'écrire.*

— C'est ce que j'ai fait.

— *Justement... Je suis venu voir ton livre.*

— Tu veux lire ?

— *Je n'en ai pas besoin. Je te lis depuis la première phrase. Depuis que tu as commencé ce livre après m'avoir enterré. Je n'ai pas voulu t'interrompre. Tu as écrit avec humilité. Voilà pourquoi, je ne suis jamais intervenu dans ton écriture. Je t'ai laissée faire. Je t'ai laissée libre. Libre comme ton prénom. Huriya ne veut-il pas dire* Liberté *?*

— Tu ne m'en veux pas d'avoir écrit ce que j'ai écrit ?

— *Personne ne peut t'en vouloir. Pas même moi ; même si tu as raconté ma vie intime. Enfant, tu voulais écrire comme Proust. Aujourd'hui, tu n'as fait qu'écrire* le vrai. *Il fallait que ce soit écrit. Maintenant, c'est fait.*

— J'ai honte d'avoir dévoilé ton intimité.

— *Redresse tes yeux... Regarde-moi... N'aie pas honte de ce que tu as écris... N'aie jamais honte de rien. Sache que la littéra-*

ture décore ses mains au henné, porte les caftans qui lui plaisent, se maquille comme elle veut, mais jamais, jamais elle ne porte le voile de la honte. »

J'ai relevé les yeux et j'ai essayé de regarder la lumière aveuglante.

« *Je crois que tu as fini le livre.*

— Oui grand-père. J'ai fini mon livre.

— *Ce n'est pas* ton *livre, ma fille !*

— Je suis la mère de ce livre, grand-père.

— *Non, Huriya ! Tu n'es que la sage-femme. Tu n'as été que celle qui a fait couler l'encre entre les pages. Sois humble. Baisse les yeux devant la littérature.* »

J'ai baissé les yeux.

Moi Huriya ; moi la femme arabe avec du sang berbère qui coule dans les veines ; moi qui ne baisse jamais les yeux devant personne ; moi qui n'ai jamais été soumise, ni mis le voile ; moi qui ai fait le choix d'être ce que je suis ; moi qui ai appris le Coran par cœur ; moi qui ai vu tant de sperme couler ; moi la femme qui aime une autre femme ; moi qui aime qu'on caresse mes seins ; moi qui jouis comme une folle quand Myriam enfonce sa langue dans ma fente ; moi qui n'ai jamais eu la chance de dire papa ; moi qui connais les trésors de la poésie arabe ; moi la blonde aux yeux bleus avec les plus beau seins de Marrakech ; moi dont les yeux ont vu ce qu'un enfant ne doit jamais voir ; moi la vierge qu'aucun homme n'a touchée ; moi qui ai aperçu ma grand-mère morte, nue, flétrie, son sexe silencieux caché par une touffe blanchie par l'âge ; moi qui connais Ibn Sina dit Avicenne ; moi dont le bas-ventre en redemande ; moi qui porte des jupes courtes et qui bois de l'alcool ; moi qui ne veux plus jamais entrer dans une mosquée ; moi qui apprécie la lingerie et la dentelle ; moi qui aime que Myriam écarte les cuisses après la prière ; moi qui trouve belles les églises et les rais qui enjambent les vitraux ; moi dont le pubis est impeccablement épilé ; moi qui aime les longues phrases de Proust dans *Sodome et Gomorrhe* ; moi que l'on pendrait par les pieds, les cuisses écartées, et à qui on enfoncerait un pieu dans le vagin pour avoir osé écrire ce que j'ai écrit ; moi, Huriya, je fais le serment de toujours baisser les yeux devant la littérature.

Avec la clé du Pardès, j'ai ouvert une porte. Derrière cette porte, j'ai aperçu quelque chose. C'était Allah dissimulé dans la jolie fente de Myriam. Je n'étais pas sûr que Dieu se cache dans le vagin des femmes. Maintenant, je sais !

La voix m'a dit : « *Huriya, tu as trouvé Dieu. Désormais, je n'ai plus rien à t'apprendre. Pars, et va vivre le plus de vies possibles. Et n'oublie pas que tu n'en as qu'une.* »

Et le morceau de lumière s'en est allé vers le Paradis.